# 南　国

## The South Country

[英]爱德华·托马斯◎著

李丹玲◎译

天津出版传媒集团

百花文艺出版社

图书在版编目（CIP）数据

　　南国/（英）爱德华·托马斯著；李丹玲译 . -- 天津：
百花文艺出版社 , 2018.4
　　ISBN 978-7-5306-7364-5

　　Ⅰ . ①南… Ⅱ . ①爱… ②李… Ⅲ . ①散文集 - 英国
- 现代 Ⅳ . ① I561.65

　　中国版本图书馆 CIP 数据核字 (2017) 第 290000 号

策划编辑：赵　芳　　　　版式设计：郭亚红
责任编辑：张　雪　　　　封面设计：蔡露滋

出版发行：百花文艺出版社
地址：天津市和平区西康路 35 号　　邮编：300051
电话传真：　+86-22-23332651（发行部）
　　　　　　+86-22-23332656（总编室）
　　　　　　+86-22-23332478（邮购部）
主页：http://www.baihuawenyi.com
印刷：天津海顺印业包装有限公司分公司
开本：880×1230 毫米　1/32
字数：22 千字
印张：9.625
版次：2018 年 4 月第 1 版
印次：2018 年 4 月第 1 次印刷
定价：52.00 元

# 目 录

# 前　言

　　《南国》是爱德华·托马斯最轻松快乐的散文作品之一。它写作于一段较为闲适、平静的时期，其目的是自我愉悦——他的许多书不可能这样——因此，它显示了处于最佳状态中的作者的特点。

　　他在南国居住了十一年，在他最熟悉和最爱的那部分英格兰待了差不多六年。他在肯特郡住了五年，而十二年来汉普郡一直是他的家园。他离开肯特郡去参军，自此不知家园。

　　我记得那些年里，我们住在一个农舍里。我们与朋友围坐在一间低矮房间里的一大堆火旁边，我们抽烟斗，喝啤酒，聊天，渡过漫漫长夜。有时候他的两个膝盖上各坐着一个孩子，他大声朗读乔叟，或者唱他的威尔士家乡的歌曲直到睡觉时间。有时候我们在一个成熟的花园里挖地。花园周围有茂密的树篱，一棵紫杉立在花园的门口，树上住着一只头顶金黄色的鹟鹩；当我们在肥沃的土壤里挖地时，附近的一只鸫突然啄了一下它的喙。但是他最大的乐趣，当然也是他最大的需要，就是散步和独自一人待在他称作"南国"的乡村。尽管我所说的这些在室内、室外渡过的日子对于别人和他自己来说是少有的安宁和快乐的日子，但是

南

国

最令他满意的日子是他一个人在野外漫步很远，再次踏上被遗忘的人行小径和被隐藏的小路，在遥远、原始、少有陌生人拜访的小旅馆里停留的时候。此时，他体验到最深广的喜悦，因为对于爱德华·托马斯来说，散步不仅仅是一种运动，尽管他经常迈着大步自由轻快地向前走——他身材高大、苗条、强壮；他好看的头部也很惹人注意——没有任何遮挡的头发被风、雨、阳光漂白了。当散步时，他不仅仅是一个热爱大自然的人，热衷于观察鸟儿、花朵、云彩及树篱上的所有生命，尽管他锐利的眼睛很少错过那些他凭自己微不足道的知识知道在那儿的事物。他也不仅仅是一个唯美主义者，让自己的眼睛从山丘的美丽轮廓、对称的树木和聚集在一起的村落中获得满足。他也不仅仅是个旅行者，在路上、旅馆里与他的旅游伙伴们相遇，与他们交流，聆听他们迟缓、精明的谈话。他也不仅仅是个艺术家，将这一切转化为文字。他身上汇集着这些角色，但是还有更多。在英格兰的乡村，他那由于绝望而极度虚弱的灵魂恢复了活力，得到了安慰，正如宗教、音乐对有些人的效果。他独自一人在光秃秃的丘陵地，或者在隐蔽的山谷里，或者在古道上——红隼总是在上面盘旋、翱翔；绵羊一直在那些地方吃草，以至于青草和花朵都已经适应了它们的生长以躲避绵羊牙齿不间断的威胁。有时候他靠在一扇门上与一个庄稼汉谈话，后者轻松而又有技巧地摆弄着他的犁。有时候他在乡村墓地里那些刻有墓志铭的墓碑之间漫步。有时候他坐在小溪边的一个牧场上阅读特拉赫恩、乔叟，或者傍晚坐在旅馆里、任何一个传统的英格兰乡村生活方式保持不变的地方阅读他们——在那些地方他能够摆脱忧郁的沉思，变得开心。

　　爱德华·托马斯生性喜欢沉思、生活简朴、为人矜持寡言。他憎恶奢华、势力、虚伪、做作、感情用事。诚实、直接的人和事物对他有吸引力。在这本书中，他在南国漫游，记录这个过程中的所思、所忆、所看。很容易从本书中看到他对那些热爱乡村的诗人的喜爱：乔叟、特拉赫恩、沃恩似乎是朝圣者之路上的三人组合。在漫步过程中，他想起了许多诗人、散文作者，想要引用他们。当乡村对于他来说仅仅是一个离查林十字街不到五英里、城郊小男孩步行就可以到达的地方，他就读吉尔伯特·怀特、艾萨克·沃尔顿、理查德·杰弗里斯。后来他去了威尔特郡——他的第一个老师杰弗里斯的出生地，在那儿他的观察和记录绝不逊色于他感兴趣的作家们的。拿起第一把鹤嘴锄、找到第一只画眉鸟的蛋、注意到棕柳莺的到来，这些对于爱德华·托马斯这个家伙来说是很重要的事情。在那些日子里，如果他意识到自己的一个愿望的话，那么这可能就是有闲暇时间、有自由、有知识、有创造技巧来写作像《南国》这样的一本书。那时候他还不知道他对于户外、传统、历史和英格兰乡村生活的爱会变得如此强大，以至于当面对舒适、悠闲和安全时，他将在远离城市的地方生活的自由放在它们前面。在乡村，他在口袋里装一幅地图，然后一整天都在路上走；他不是对一条路浅尝辄止，而是去穿越它。在乡村，他逐渐对朝圣者之路很熟悉，正如他对家乡郊区的街道一样。在乡村，他在一本又一本的笔记本上记录美好的事物、奇迹和有趣的事件。在乡村，他以观看一只雌狐在被露水打湿的草地上与她的孩子们玩耍而开始新的一天；他以沿着一条小溪向上走、直到到达它在树林里的源头的方式继续这一天；他以观看蝙蛾跳它们的神秘舞蹈、一只猫头鹰给聚在屋顶边缘的孩子们喂食物、或者听鼹鼠唱着交配的歌儿的方式来结束这一天。他一直认为这些事物可爱、令人兴奋，但是这些只是乡村给予他的一部分。由于他眼光敏锐，观察力几近神秘，对于乡村生活很敏感；因此，他在散步时不会错过任何一个事物。除了这些事物外，他从广阔的天际、云朵、雨、荒凉之地，从粗糙的大地，从与劳动者的朴实生活的接触中获得了一种难以定义的品质——他那忧郁、极度不满足的精神需要从这种品质中获得安慰和满足；而且正如他所理解，如果没有这种品质，生活将无法继续。他曾经在肯特郡、萨里郡、苏塞克斯郡、汉普郡和威尔特郡过着他所选择的生活，时常感到绝望和耻辱，但是他总是能够在南国找到他强烈地想要追寻到的安慰；当失去它时，他可以再度追寻。

他不得不离开这里去法国，继续朝南走，但是这不是他的南方；指南针不是内心的标志；他站在防空洞口，朝北方望去，他看见（他梦想着自己看见）苏塞克斯郡，她那温柔的丘陵上散布着像绵羊一样的灰色巨砾，荆棘被风吹弯了腰、被风摧毁了。他梦想着自己看到了肯特郡及其境内的维尔德，橡树、啤酒花、苹果喜欢那里的黏土，夜莺追寻着那里的萌生林。他梦想着自己看到了汉普郡，那里有很多山毛榉、紫杉、樱桃树，还有白蜡树，山脚下有农舍……他将再也无法拜访这些可爱的地方；他将再也无法横跨大海；他将再也无法攀越边缘光滑的丘陵，呼吸溢满百里香芳香的空气；他将无法追寻南国边界处的遥远地平线；他将无法安宁——只有南丘能带给他安宁。

　　如果不提及达格利什先生的版画，我将无法结束这篇前言。看到一个艺术家如此适合交给他的这个给本书做插画的任务，我倍感快乐和惊喜。菲奇·达格利什先生的线条朴素、强健、可爱，他对事物的细节有精确的把握，他不受感伤主义之约束，他具备诗意的敏感性，他对于艺术中的英格兰乡村和传统具有显而易见的热爱。很大程度上，他与本书的精神一致。我认为《南国》的这个漂亮的版本将会受到许多爱好作家和艺术家作品之人的热烈欢迎。

海伦·托马斯写于1932年

南

国

南

国

第 *1* 章

# 南　国

南
国

　　"南国"这一名字来自希莱尔·贝洛克先生的一首诗，它这
样开头：

　　　　我现在住英格兰中部，

　　　　它呆板、冷漠，

　　　　晚上我点亮油灯，

　　　　我的诗作被遗忘；

　　　　南国的高大山冈，

　　　　出现在我的脑海中。

　　这一名字指的是英格兰南部，以此将它与英格兰中部、"北

英格兰"以及塞文河畔的"西英格兰"相区分。诗人在这里尤指苏塞克斯郡和南丘。我用"南国"这一术语指代被南丘和英吉利海峡所俯瞰之地;康沃尔郡和东英吉利仅仅由于对比之故而被包含在内。粗略地说,它指泰晤士河、塞文河以南,埃克斯穆尔高地以东的地区,因此包括肯特郡、苏塞克斯郡、萨里郡、汉普郡、伯克郡、威尔特郡、多赛特郡以及萨默塞特郡的一些地区。自西向东是绵延不断的白色山峰,它们的棱角被大自然和泥灰匠削平,或者被古路刻上痕迹;山腰上是大片的南国树木;山谷常常被树木所覆盖;偶尔一些高地也生长着山毛榉和冷杉。有时候这些山峰上只有野草、荆豆丛、杜松和紫杉,显得光秃秃的,但是这却是它们最具特色之时——山脊在天际间留下流畅、无限多变的清晰轮廓。有时候它们支撑着逐渐倾斜到溪谷的燧石黏土高原。有时候它们棱角分明的岩脊向下倾斜直到溪谷——首先是一段曲折的长斜坡,然后是一块平坦的玉米地,接着是一段陡峭的长满树木的小斜坡,接着又是草地、棕色的石楠荒原和溪流。除了高原外,峰顶少有房屋和村庄。第一个梯田上有稍大的村庄,甚至一两个城镇,但是大多数城镇都分布在低处靠海的宽阔河畔边或者海滨沿线。这儿的河流主要向南、向北流,很快就流入南部、北部的泰晤士河。给我留下深刻印象的是斯多尔河和两条罗瑟尔河——尤其是注入阿兰河的那一条,还有麦得薇河、蓝河、伊甸河、皓灵河、提斯河、欧斯河、一清河、威尔特艾冯河、韦

南

国

尔河、艾伯河以及许多流过纽佛瑞斯特砂砾、汉普郡白垩地的清澈明亮的河流，还有那条叫作弯多河的不幸涓涓细流——她曾经是众姊妹中的一个仙女：

如此和蔼、美丽，如此纯洁，如此清秀，

如此丰满，如此完美，如此青春，她的眼睛如此清澈；

注视着她的主人，她出现在旺兹沃思，

在那宏伟的统治生效的宫殿里，

可能没有其他溪流的声音，

只有这个仙女，可爱的弯多河；

她肤色姣好，风度翩翩，举止庄重。

我也不会忘记威尔特郡和伯克郡内的那条运河。十五年前，在斯温顿和唐德赛之间，它是一条人迹罕至的偏僻小道。它穿过一个幽静的奶场，河道里长满想要征服它的高大水草和柳兰——它们现在已经达到目的，杂草丛生处有草堆和丁鲷。

交通要道都是从伦敦向南、东南、西南和西部延展，唯一一条贯穿东西而与伦敦无交会之处的是温切斯特与坎特伯雷之间的那条古道，被称为朝圣者之路。

大多数城镇都是小乡镇，主要生产啤酒。伦敦周边的小乡镇逐渐变得很繁华，或者成为沿铁路线分布的住宅区，或者成为海

边的医疗中心、度假胜地。任何一个习惯看地图的人都会在一个
小时之内比我更熟悉这个地区，但是我所寻找的是尽可能远离城
镇的幽静偏远之地，无论它们是工业小镇、商业小镇，还是教会
小镇。我也参考了很多地图，主要是为了避免误入城镇；但是我
必须得说，我更喜欢不用地图，而且如果我有几天时间的话，我
宁愿让小山丘、太阳或者小溪流引导着我；如果只有一天的时
间，我愿意朝左边的岔路口或者右边的岔路口走，绕一个大圈，
不经意间遇到众多美景，最终回到我的起始地。要是遇到阴天或
者乌云密布的夜晚，我经常迷失方向；因此，指示牌经常让我颇
感意外。顺便说一下，我希望自己记下了更多岔道口处指示牌上
的名字。那些指示牌充满诗意，正如指向林伍德和布鲁尼、指向
高雷和福丁桥、指向润伍德、指向布谷山和福祉山的指示牌。另
外一个指示牌在蓬特鲁的牧区，它指向福克斯尔斯和萨德伯里、
指向卡文迪什和克莱尔、指向贝尔牵普和耶得汉姆。美妙绝伦的
风景地如古堡、教堂、古宅从不会让我感到厌烦，除非事出有因。
我喜欢造访它们——通常不知道它们的名字和传奇，但是当我
错过无数次造访它们的机会时，也不会感到悲伤。我从未因雪莱
之故去造访马娄，或者为了黑兹利特而去温特斯鲁。我虽然多次
进入布鲁腾却不记得吉本。他们不会让我特别感动，正如心怀感
激的乡人在彼得斯菲尔德的集市广场上雕塑的那尊威廉三世骑在
一匹彪悍大马（尾部饰有勋章）上的雕像不会让我特别感动一样。

和温切斯特、奇切斯特、坎特伯雷教堂相比，我更喜欢乡村教堂和非国教教堂，正如我更喜欢《在我的帽檐周围》《夏天来了》，而不是贝多芬的乐曲。我不是不喜欢大教堂，不是无法在那里找到快乐；主要是因为它们深不可测，无法让人静心休息。我感觉当我在大教堂时，我知道为何狗会朝着月亮狂叫。与山丘和大海相比，它们太过于复杂难懂，或者说在它们那里我更清醒地意识到自我理解力的匮乏。我讨厌喜欢炫耀之人，讨厌博物馆的气息和神态，讨厌它让人感到钦佩或者一无所获，讨厌它周围的那些穿着考究而又迂腐不堪的人。我有时候认为宗教建筑是一种死语言，虽然高贵却了无生气，从未成为大众语言。这些建筑历史太悠久，被保护得太好，难道是为了用倚老卖老的永恒表情来嘲笑我们的短暂寿命吗？事实上，尽管过去对我有魅力，发现一座大教堂让我欢喜无比，但是我既没有历史感，也缺乏好奇心。我提及这些琐事是因为它们可能对那些阅读我文章的人意义重大。我读史书很多（事实上，一所大学为了对我的历史知识表示尊敬而授予我学位）但是我全都忘了，或者它已融入我的血液、成为它的一部分，但是却拒绝召唤和分析。现在看来，我对历史并无真正的兴趣，因此我喜欢大教堂周围的旧砖房和原始专横的石灰道，而不是教堂自身，尽管它安静而又狂暴，古老而又模糊。那所旧学校也在附近！我在假期时去过一次，两个男孩在只有一半围墙的球场踢球。那是一个晴朗多风而又寒冷的四月的下午，古

南

国

老的砖墙被他们的话语和踢球声所穿透。我认为没有任何事物比那个球场、它那讨人喜欢的院墙、宽阔的比赛场地、附近高贵的小山丘及山顶上深色的冷杉更可爱。我那时没想过温切斯特，或者比它更古老的事物，仅仅被人类及其杰作之间的和谐、两个踢球的男孩、绿色的草地及刮着大风的天空所吸引。

　　我就这样一直在旅游，除了自我和一颗贪婪、放荡不羁、变化无常的心外，我什么也不携带；旅游的目的不是为了追求知识和智慧，而是追求永不占有。政治、戏剧、科学、竞赛、改革和保守、离婚、读书俱乐部——这些是普通人（唉！神秘的普通人，总是可遇而不可求）、高位者和智者所感兴趣的几乎所有事物，我却都无法理解；我的大脑拒绝与它们打交道，当讨论它们的时候，我的回答是"在凯尔坞没有风信鸡"。我想有些不幸而又不相干的人会思考公共卫生、改善住宿条件、警察、慈善、将我们了不起的文明从疯癫中拯救出来等问题。他们也许会跟着我漫步、理解我；批评家也会帮忙。但是他们会误解我——这是他们的工作。他们对于我的分内之事或者不该做之事甚为熟悉。他们说，我应该避免"最糟糕的石印油画的风格"，我不应该"装腔作势"，尽管他们从来不给我开处方；我必须意识到我"对色彩的过度敏感。"随着岁月的流逝，我们学会了一种表达方式，尽管它有缺陷、让人绝望，正如我们观看伟大的诗人、美女、运动员、政治家的方式时清楚地所见那样；我们逐渐适应了这种方式，正

南

国

如旧拐棍之于一只被它磨坏的手。我们自身——最可怜的人也不例外——有很多缺点和优点，盲点和远见。我以写作为生，因为在这个黄铜而非黄金时代，不写作就无法生存。

　　我无知而又缺乏好奇心，但是在户外却找到了闲适和快乐。这二十年来，我在南国各处行走，多数情况下都是步行。我尤其经常到梅德斯通和阿希福特之间的肯特郡，宾西斯特附近，伦敦、盖尔德福德与霍利之间的萨里郡，彼得斯菲尔德附近的汉普郡，伍顿巴西特、斯温顿和萨弗纳克之间的威尔特郡。这些地方的乡人对我很陌生，尤其是因为他们尚且不像城镇居民那样被迫陷入迷惑不解的境地中，因此他们尴尬地看着我们这些既不会手艺——写作是一项不需要技巧的劳动，而非手艺——也不耕作、也并非无所事事的人。但是我知道两三个这样的人，而后又遇到了几十个。尽管我主要是威尔士血统，但是这里依然是家园，我认为它比其他任何地方都更适合那些无家可归的现代人。他们宁愿在这儿退休，他们中的很多人宁愿在这儿度假，因为它是个好养母——胸怀宽广，性情温和，朴实无华。狂暴的海滨、高山、峡谷不会这样欢迎他们，它们有适合它们的人、有它们自己的语言和方式，并且嫉妒心很重。你必须是一个喜好大海和高山的人才能在那里悠然散步。但是南国温柔体贴，会接纳任何人；这里安静的居民们会默默地怨恨入侵者，因此很多人不会注意到这种怨恨。这就是家园，一个人可以藏在那里。人们并不友好，但是那块土地很友好。

　　有时候在阿什当、伍尔默漆黑野外的一块欧石楠地里，松林丛生，道路暗淡曲折，黑色的风暴从温柔的溪谷里吹来；有时候天空一片湛蓝，地平线上出现一抹金色，而在西北天际的蓝色与金色之间却堆积着灰白色的云层；此时，我们需要寻找与南丘不同的另一种快乐。天空、新月、夜幕下的星星被山毛榉树林遮挡；透过山毛榉树林可见高低起伏不平的荒芜耕地，它们由于牧草、杂草上的露水而呈白色。脚下是一条早已被废弃的长满多年生山靛的蜿蜒小路。与空中的狂风暴雨相比，这儿的土地像一块被燃尽的煤渣，冰冷、沉寂、了无生气。突然，一只雄狐开始叫唤，他那不断重复的嘶哑叫声中透露出阴郁与怨恨——这声音唤醒了树林最蛮荒的过去和那条老路。雄狐从我的身边跑过，停下来叫了一会儿。他消失在树林里，但是叫声依旧；他又转回来，依然在叫唤，再次经过我。他的叫声充斥着树林和低处的峡谷，除了被山毛榉所遮挡的蓝色与金色相交融的冰冷天空外，这声音无与伦比。在冰冷的天空下，那只雄狐变成了一块移动的乌木。有时候在平原的薄雾中，一块粗糙漆黑的岬角出现在傍晚的天空中。森林似乎刚刚从恐惧的原始海洋里获得解放。五车二星低垂地悬挂着，它苍白、硕大、湿淋淋地，它颤抖着，几乎被岬角上的树林所吞噬；它那微弱的希望之光依然在暴风雨中闪烁，陆地若隐若现。有时候我在家里，看着英国地图，西部就向我召唤，这召唤来自威尔特郡、康沃尔郡和德文郡，也来自蒙默思郡、格拉摩根郡、高尔半岛和卡那封；召唤声中夹杂着自死去的汤森德、伊斯特维、托马斯、菲利普斯、特里哈恩、马伦达、海岛渔民和山地居民的声音。

　　对于这个海岛的居民来说，西边是大海和山丘。仅仅从地图上看，英国西部令人着迷。地图上的最明显的特征是卡那封、彭布鲁克、高尔、康沃尔的大海角。它们向西边大海突兀伸出，仿佛一副刻在船首的板着面孔的大脸。由于这些特征，整个地图看起来远非完美——它似乎是用生硬的铅笔幼稚模仿的产物。即使在一幅小型地图上，这些突兀的特征也让人感到目的明确、精神振奋。它们心中充满渴盼，凝视着大海，似乎在用它们的眼睛和鼻孔品味大海的芬芳，又似乎在回应海浪的召唤。对于孩子来说，它们代表着冒险。它们瘦弱、疲倦，由于纷争和长久的期盼而伤痕累累。孩子的灵感被唤起，脑海中逐渐出现解释说明这些向西突起的海角的故事。因为被征服的种族不断从它们上面撤退并定居在此，所以让这些海角让人感到奇异而又魅力无穷。征服者也到达那儿，创立了诸如威尔士·马多克这样的传说和德文郡这样的帝国。我们的血液中流淌着征服者和被征服者的血液。当我们看到或者想到西部，它就让我们血液沸腾。我们每个人都像大教堂和城堡一样，既年老又复杂，既崇高如尖塔又深沉如洞穴。在这些土地上，我们的密语和不光彩的起源被模糊地留在记忆中。

我们从贝托伯里和巴伯里的高大帐篷里望着它们：南丘的轮廓在夜晚朝它们集结。甚至在南国的心脏，当平静的铃声在暮色中响起时，在西部太阳落山之处，向西绵延的山峰吸引着我们，让我们的内心充斥着不断向前的欲望。在晴朗的黎明时分，微风吹拂，稀薄的云彩飘浮在高空中；似乎在那里，在那宁静的高空中，正在旅行的云彩懂得公路的喜悦。此时，太阳在蔚蓝色的天空中升起，按照它的意愿行进。

伦敦也在召唤着人们，让指南针里的指针旋转打转，因为在伦敦人们也可以住在"像大海般宽阔的大河"岸边，南国最秀美的一些地方悬挂着伦敦彻夜不眠的微光——它们警告着、威胁着、而又召唤着人们。南国的有些地方已经逐渐衰败，但是有些地方地势险要，除了蓝山地区的陡峭峡谷外，它们几乎是世界上最奇怪的地方。在蓝山地区的峡谷里，谷底平坦，青草旺盛，但只能从靠近平原的峡谷末端进入；有时候裂隙很狭窄，狗都无法进入。

这就是我的南国。它包括北丘和南丘，伊克尼尔德驿道和朝圣者之路及二者之间的岔路，泰晤士河和大海。这块土地出产啤酒花、水果、玉米，这里有高地牧场、低处肥沃的草地、林地、石楠荒原和海滨。最让我敬畏的是A. G. 布拉德利先生、E. V. 卢卡斯先生及以后的那些有才华的地形学家，但是我不会试图与他们竞争。如果我想要标记碰巧提及或描述的某一块土地的话，这只能显示我的无知和粗心。每个人都可以指出我的疏忽、盲目和夸大其词。我也无法提及那些我走过或坐过的每一个地方。一定程度上，这块土地"出自雕刻师的脑海"，因此它没有名字。它不是那个从东到西两百英里、从南到北五十英里的南国。从某些方面说，它比任何一个被绘制的乡村都大，因为心灵只有在无限中才能得到乐趣；从另外一些方面说，它又很小——如一座山峰及其周围的天空、云彩和满月映照在一个小水池里那般大小。

只有比我智慧的人才能将一片土地的物理特征、建筑、人民、普通物的独特集合与另一片土地区分开；因此，我不会去做这种尝试。无疑，我往往将肯特郡的某些地方与我的威尔特郡混淆。我不知道浮现在我脑海中的一幅富有南国特色的图片到底属于哪里。

一个岔路口包围着无人涉入的荒地、矮栎树、山楂树、荆棘、矢车菊、蓝铃花，金色的雉子筵给石楠和橡树幼苗镶上了一道边。沿着其中的一条路向前走，穿过笔直的榆树林荫道就来到一个农场（农场的房顶是茅草顶或者石板瓦顶，它就在路的后面，穿过一个平坦的牧场就到了。牧场的中间有一些柳树，四周有榆树，玫瑰色的柳兰在牧场边缘的小溪边随风起舞）或者堆满干草堆的地方。不久，树篱的间隔变大，平坦的白色小路在一个池塘边站立着的众多绿色的无毛榆、悬铃木、酸橙树、七叶树下乘凉；在路的另一边立着一个"白鹿"的标签，鹿角朝向腰腿之间。

一个石砌的农场和它的谷仓、牲口棚紧靠着路一边的绿树。当树
篱间距再次变窄时，小路沿线则出现另外一个大得多的农场。它
的农场住宅有三个天窗，下面墙壁上有两排窗子，每排各五个，
爬满常春藤的门廊并非在正房屋的中央；朴实无华的草坪被一条
笔直的小路分开；花儿由于浇灌良好而生长茂盛，有灰紫色的薰
衣草、迷迭香、老人蒿，长着长戟的红色蜀葵，还有紫菀——它
的花骨朵儿簇拥在一起像无数小星星；老苹果树被油亮的果实压
弯了腰，树枝几乎要触及地面的青草；苹果树后面大约一里格远
处是蜿蜒曲折的山丘，它将低矮的牧场、房舍、树木与高远的天
空及南部、大海上空的朵朵白云相交。这三栋房子、平坦绿地上
的树木、穿过绿地的弯曲小路、池塘边参差不齐的柱子和向左、
向右倾斜的围栏让这块土地显得很和善。树木站在路旁边，似乎
在向路人表示欢迎和祝福，让他们享受短暂的绿荫，无意识地承
认它们的态度，倾听它们在炎炎夏日的窃窃私语，看一看它们后
面的房舍。旅行者不知道那些房屋是谁修建的，也不知谁住在那
儿，不知是谁以这种方式栽树，不知草地的形状为何那样，更不
知是谁在"白鹿"收获、脱粒大麦，是谁采摘、干燥、打包啤酒
花，最终将它们酿成麦芽酒。他只知道数世纪以来的和平、辛劳
和未雨绸缪让这一切成为可能。这里的精神（时间、自然与人的
和谐相处）让空气中充满花香，让这花香比夏季蔚蓝色的高空更
浓；它用一种魔法让对它做出回应的心灵感到昏昏欲睡而又欣喜

无比。人类曾经思考用灶神、潘神、飞翔的仙女、小精灵、天使、圣人等表现这种魔法，按照该魔法，没有什么东西太神奇、太迷信而无法被表达。当我们列出这些可见、可分析之事物的长长清单后，依然有很多事物被遗留，它们无法估量而又威力无比。当百灵鸟在高空中鸣唱时，他的音符无律可寻，而这里的房屋就模仿着这种风格。要是我们能够给这种精神雕刻一幅图画就好了，而不是用模糊不清的虚伪文字来反映！我有时候认为，对于这个地方，一尊雕像（一尊关于普通人、英雄、圣人的雕像）可能更适合。这尊像应该像仁慈而又骄傲的德墨忒耳的大理石像：她现在虽然被遗忘在一个美术馆的冰冷角落里，但是在那之前，无论何种宗教、阶层、种族、时代的人都向她俯首，在她面前放下自我重负，焕然一新后离开。她应该回到属于她的地方，应该再次欢乐无忧，被祀奉在雨中或者英格兰的明媚阳光照耀下的绿地上，与无毛榆、悬铃木和石墙为邻。这里，正如所有名副其实的房屋一样，砂浆中渗透着人类的辛劳。

# 第 *2* 章

# 冬季的结束

今天早上树林里有三种声音。一种是海浪声：自从大海席卷了教堂、村舍、悬崖以及内陆的树林后，它们就没有消失过。另外一种是树木发出的各种疯狂的声音：橡树的枯叶在枝头沙沙作响；有些树叶像老鼠一样轻快地滑过地面，或者被风突然卷起后又重重地跌倒；枯萎的树枝发出刺耳的摩擦声，柔软的新枝在风中狂舞；小枝条和冷杉松针则在风中叹息；而树叶、树枝和树干则合力发出隆隆声。穿透这一切的是画眉的歌声。雨来了。仅仅一瞬间，树林里的低洼处和远处的沼泽地变得白茫茫一片，到处是被淹的水池，风车的翼板快速攀升、下滑，白茫茫的海面上掀起一排排的浪花，沙滩上巨大的白浪呼啸着自我吹嘘——它向前探身、跌倒、躺下颤抖。雨越下越大。雨声与迷雾让整个世界变成一堵墙，除了内在的世界和画眉的歌声——它如此明朗、清脆，与大海和树林发出的巨大噪音相比，这歌声充满人性。

狂风暴雨一起停止，在悬崖边的矮草上，长出了一种奇特的物种——稍微凸起的真菌，它们大约两英寸宽，中间呈锯齿状，外表形状并非完全规则而是微凹，边缘并非规则的圆形；它们的浅栗色在边缘处透明的黄色的衬托下尤其显得暗淡；它们的外表非常光滑，被雨水冲刷后看起来似乎被冰所包裹。在这样的一天，不禁要感叹大地的伟大。画眉鸟悄悄地从树林里溜出来，它们低着头疾步快跑，当停下来时抬起高傲的头；它们也来到玉米地里；它们非常开心，就在路上争吵、唱歌，也不去费心寻找栖息处。

四周一片寂静。太阳急匆匆地冲破乌云，出现在白色的天空中，青灰色的大海上白帆闪耀。天气变暖了。现在，在潮湿、温暖、寂静的初春，乌鸫开始歌唱。夜幕时分，大雨再次降临，但是没有风，乌鸫依然在歌唱，画眉鸟几乎不离开玉米地。乌鸫的歌声让广袤的南国夜晚、愁容满面的橡树林、榆树下的棕色粪堆以及不修边幅的椴树林后的白色小农场都变得精神愉悦。小农场房舍的长方形窗户排列无序，大小各异，白色的大门几乎位于一个角落，草坪在院墙的右方。

天亮了，雨也停了。阳光、风在云彩与树林里同时翩翩起舞。百灵鸟在漆黑的玉米地里歌唱。犁沟里的水闪闪发光。枯萎的褐色野草在篱墙脚下舞动。牧场角落里的一个小水池将天空带给黑色的土地。马儿在犁前点头。一层薄雾从橡树和白蜡木组成的树篱之间那无数富饶、松软的土块上升起。时不时地,雪白或者灰白色的不规则云块从西边漫游而来,暂时挡住白色的云山、蓝色的天空和银色的太阳。有时候树篱工人和挖沟工人在灌木丛旁边点燃一堆火,芳香的烟雾从中升起。在农舍的花园里,白色的亚麻布在风中摆动、闪闪发光。厩肥车从旁边嘎吱嘎吱地经过,将燧石片轧入泥土中;小马驹的蹄声和铃声组成一支乐曲,这乐曲自从去年二月以来就一直被遗忘。

今天才二月二十二号,但是对于这些欢快的人们来说,春天已经来临。孩子们已经开始寻找紫罗兰。最小的那个孩子在身高和天性上与紫罗兰最接近,她已经找到一株。她现在四岁,站在那儿,褐色的双腿笔直;她的脸庞清秀、柔美,颜色如棕色的榛子;她的头发披散在脸颊和脖颈处,颜色几乎是同样的棕色,但两鬓被太阳照射的地方颜色更浅;她的眼睛亮闪闪地,颜色是深棕色,与最精致的燧石同色;透过张开的红色嘴唇可以看到她那充满光泽的牙齿;她的下巴也充满光泽,前额最有光泽,那光泽似乎来自欢悦的大脑深处。

她像七月的玉米苗那样美丽、笔挺,也像那株独立在溪边的榉树。她如火焰一样无所畏惧,如风一样勇敢、好动,如高山流水一样纯洁、天真、聪明、快乐;她的行为体现出她是太阳的女

南
国

夜幕时分，大雨再次降临······乌鸫依然在歌唱。

儿、风的女儿、大地的女儿。她的长相最可爱。对于许多人来说，不管是她那白皙宽阔的裸脚还是那熠熠发光的头发，都是珍贵之物。

女孩的旁边是一只小狗，他的双耳竖立，头偏向一边，玫瑰色的舌头在黄色皮毛的衬托下更加明亮。狗儿在等待她的奇思异想。和小女孩一样，狗儿不管是静止还是运动，都显得无忧无虑而又漂亮，这都是拜太阳、风和大地所赐。看着他们，我想起两千年前生活在太阳下的这样一个小孩和她的玩伴：一旦开始玩耍，双方都将各自的一只脚放在一块瓦片（瓦匠没来得及将它烧硬、烧红）的松软黏土上。那只瓦片跌落在大不列颠境内的一个罗马城废墟里，几百年后它又被埋葬在废墟和如花的模子里，当我昨天看到深红色瓦片上的脚印时，它已经两千年了。

风雨过后，在荆棘丛中最常见的是知更鸟，还可以听到他成熟的嗓音。太阳落山后，乌鸦开始出现，此时天空清澈明亮；当暮光消失时，在西边的地平线处可以看到一排排正在消失的白昼云彩的尾巴，而黑夜云彩只派遣了两三支黑色先锋队。天空一片浅蓝色，大海上空是明亮的木星和天狼星，陆空上是金星，水星则刚好在远处的橡树林上空。大海上漆黑一片，除了水天交际处——由于夕阳的金色余辉而呈浅色；但是黑色浪花的背后则是两排碎浪掀起的不断起伏的白色浪花。

喧闹潮湿的清晨和阳光普照的清晨相互交替。但是田凫一直在沼泽地里到处飞翔，它们嘹亮的叫声与滨鹬温柔的啜泣声、百灵鸟的歌声及雨声混杂在一起。白天，石楠荒地上面的天空如它的复制品：除了地平线处，天空忽明忽暗，一片片白云飘浮到黑色耕地和绿色松树的上空。在温柔的大海上，只有海浪拍打沙滩的地方是白色——这些海浪如同一排穿着白色上衣的孩子，它们与呐喊者一起前进，玩耍"我们来采拾坚果和山楂"的游戏。有时候西部天空愤怒、乌云密布、天色阴沉，大雪开始纷纷扬扬地落下，而南国的海湾上空却是蔚蓝色，上面飘浮着一大片被日光照射的白云，獬豸在树林的边缘地带放声歌唱。有时候太阳出来了，它引出了画眉、黄莺和百灵鸟的歌声，将斑斑白雪留在松树、耕地和牧场的田鼠丘上。太阳再次消失，迅疾的大冰雹从草地上反弹回来，像虫子一样舞蹈。此时，除了小冰雹打在常春藤、冬青和柔嫩小草上的声音及树篱上麻雀的歌声外，没有别的声音。在下霜的夜晚，还会有第一只飞蛾飞向油灯的声音。

现在雨点落下来了，为自我的力量感到高兴。甚至在轰隆隆的雨声中也能听到画眉的歌声。然后天空放晴，朵朵白云飘浮在蓝色天空中，湿漉漉的道路由于反射天空而呈蔚蓝色，树木如水晶般透明。

# 汉普郡

山丘上的山毛榉在大声咆哮，它们身体被扭曲，似乎要同山丘一起飞离地面。不一会儿，它们又像一匹头靠在门上的高头大马一样温顺。如果这一天雾蒙蒙的，别处漆黑一片，狭谷里的一棵柳树上飘起无数银白色的柳絮，如同无数盏灯。另外一天刮着大风，这是寒鸦的好日子：他在高空中笔直疾飞，如同快乐的骑手，也在一望无际的大草原上大声叫唤。寒鸦的下面是色彩如孔雀羽毛一样明亮的池塘，池塘上涟漪点点；数不清的山毛榉树叶驶过林中空地，急匆匆地奔赴它们的黄泉路。草耙子穿过湿漉漉、亮闪闪的野草；耕犁将残留在地里的浅色残茎转变成隆起的红褐色；人们剥掉白蜡木树枝的皮以作啤酒花支杆，并将它们蘸在沥青中。夜幕降临的时候，风停了。天空中半圆形的淡淡明月与日落后的粉色云彩纠缠在一起，从银色天空下被修剪的橡树林里传来乌鸫的叫声，山毛榉树林深处的一个小村庄里响起一阵钟声。

三月底下了六场霜，它们让清晨的阳光显得虚弱无力，空气中升起一层淡淡的迷雾。天空呈淡蓝色，一片云彩也没有。太阳从东方的迷雾中升起，它温暖着耕地，融化着晶莹的霜冻。从很多树上传来啄木鸟的笑声，它们组成一首歌。一个长满杂草的老果园占领了若隐若现的阳光，绿色和金色的槲寄生在长满苔藓的银灰色苹果树枝旁闪光。灰色的庄稼残梗被阳光照亮，变成黄色，给小山坡披上一层空灵的浅色外衣，这外衣似乎立即就会消失。在陡峭山峰的层层梯级里，无数山毛榉竖直笔挺的树干在薄雾中呈银灰色，而有些树枝和肿胀的蓓蕾呈棕色，有些呈玫瑰色。然而，在四分之一英里以外的薄雾中，这些山毛榉看起来很小、很空灵，与我站立的地方似乎相隔遥远，它们更像平静水面上的倒影而非实物。

在低处树林的边缘，悬伸的树枝形成蓝色的洞穴，从这些洞穴里传来许多躲藏其间的鸟儿们的歌声。我知道，有旋律美妙的乌鸫的悦耳轻松的歌声；知更鸟的歌声虽然充满激情，但是它仅仅是打破更加深沉的宁静的一个旋律；树篱上的麻雀似乎在用清脆、单调之音向人吐露心声；鹪鹩的歌声清脆而尖锐；黄莺与鹦鹉总是说着同样的事情（对即将到来的季节的礼赞）；百灵鸟在空中婉转歌唱；各种画眉总是滔滔不绝地说着当下的各种事情，但是它们从不思考——它们大声叫喊、欢呼，相互斥责、吹捧、哄骗和挑战，它们愉悦、大胆的嗓音肯定和它们大清早在森林里的树枝上发出的嗓音一样。但是我既无法区分乌鸫，也无法区分知更鸟、树篱上的麻雀，甚至任何一种声音。所有的一切都混合成一连串沸腾的歌声。只有一首歌，而不是许多首。只有一种精神在歌唱。与歌声交织在一起的是无数事物的骚动声，包括尚未出生的生命、树枝、树叶和花朵、树心和树根深处的沉静；这是述说着希望和成长、以及虽历经艰辛但终将获得满足的爱的声音。但是大地并非每天都是苏醒着的，甚至小镇和城市都处于梦中。溪水边灯光暗淡的白垩塔楼和塔尖耸立在柔和的薄雾中，它们也一起歌唱。

大地躺着，它眨着眼睛，懒洋洋地翻个身，像半睡半醒的小孩那样讲话；它有时候安静地躺下睡觉，眼睛依然睁着。空气中依然弥散着夜之梦，温柔的太阳还无法将它们驱走。梦想既预示着未来，又怀念着过去，它们在拜访树林，那就是它们为何不愿意摘掉面纱的缘故。要是他能够继续做梦的话，谁会愿意起床？

　　春天还未来临。春天出现在梦中，这个梦比任何一个春天都更美好、更幸福。梦醒之时的情形依然未知。当梦想在温柔的黑夜中盘旋时，我们应该抓住它们。两股青烟从树林里的两座白色房舍中升起，房舍后上方是层叠的灰色山毛榉树干、雾霭中的花蕾和落叶。这两柱青烟笔直上升，然后扩散到沉稳的云层中，因此它们时断时续。房舍里面寂静无声，它们依然处于梦想中。儿童和婴儿、男人和女人也在梦想中，梦想给他们带来令人满意的礼物、建议、模糊的满足、安慰以及希望。这些梦想在空中盘旋，它们用令人信服的口吻说，一切有待更新、一切有待开拓、一切有待从瓮里拿出来。

　　现在我们应该动身，到未知的大海里航行，找到自由、美丽、生机勃勃的新岛屿。一条光线微弱、一成不变的小溪流唱着咯咯的歌儿流过鹅卵石。生命也是如此。生命正在离开泉水。在泉水和大海之间的蜿蜒流转中一切皆有可能。

　　我们不应该要求布谷鸟在沉寂的八月歌唱。七月不会摧毁春天，拉长羔羊的面孔、带走它们的愉悦；六月不会关闭我们与夜莺之间的房门；五月也不会否认四月的诺言。听啊！傍晚时分，在被常春藤缠绕的山毛榉树干上，猫头鹰甚至在睡梦中都在唱歌。一个梦想悄悄地飞掠过它们。现在这个梦想停留在第一只白色蝴蝶的翅膀之间，它在小孩的脸上种下了无以言表的微笑：再一次，那个与硫黄蝶一起采集白屈菜、杜鹃花和紫罗兰的孩子几乎由于害怕那个梦想而开始退缩。

老祖母孤零零一个人坐在她女儿的屋里，一声不发。她双手抱着膝盖，忘记了支撑着她走过八十年岁月的勇气。她睁开眼睛，将两手分开，在空气中伸展以感受它们在自己周围的存在。梦想在她的手指之间。她微笑了，自己也不知为何。一个穿着邋遢、面孔也不漂亮的十六岁的女孩也见到这个梦想了。她将自己黑色的头发用一根新的红丝带系住。她与一个伙伴分享彼此之间的秘密，并且开怀大笑；她抬起脖子，全身上下无处不洋溢着喜悦。她沉浸在自我笑声中，忘记了笑的原因。她走开了，步伐坚定，如保护自己羔羊的母羊。她是一个贫穷而又遭到虐待的女孩。我想象着她五十岁时坐在伦敦街头椅子上的情形：暑热在美丽的八月秋雨中退去，她脸色苍白，带着一顶破旧的黑帽子，穿着黑衣服，朝一个破旧的纸袋子蹲下身。但是现在是她的时刻。未来并未出现在今天的梦想中。她与世界是一体的，一曲深沉的乐曲在她与高空的繁星之间奏响。她的微笑魔力无穷，伟大、渺小而又神圣，它有一种支配宇宙和谐的力量。一看到或者听到它，世间的无数事物的外表就变得更加美丽动人——它们展现了一件衣服上的多彩颜色。

那件服饰战栗着。在树叶、云彩和空气中，一扇窗被打开，朝向无法探测的深渊。我们坐在窗口，望着我们的灵魂朝远处飞去，飞向它必须被包含在内的一首正在谱写的乐曲中。通常，在寂静空旷的黄昏，正如现在，灵魂涌流出去，正如流入大海的小溪，然后迷失方向，甚至无法感染空气中数不清的晶体。身体空虚地站着，等待灵魂的回归。但是，可怜的家伙！当漆黑一片的夜晚降临之时，它居然不知道应该将何物收归自我，然后又离开。我们永远站在永生的边缘，在死亡之前我们会多次摔倒。但是在今天，甚至这样的想法也无法长久存在。一切都会被治愈，梦想说，一切都会焕然一新。今天如同童话般地诞生，它是一个弃儿，阴郁的昨天不是它的父母。它什么也没有继承。它将冬天和已经过去的无所事事的春天变成陈腐的教条和愚昧的故事：它们很调皮。如果云雀的歌声对于听者失去魅力，或者它没有任何改变的话，我对此一点也不感到奇怪。

那个正午在小路上蹒跚走路的老小孩又有什么梦想呢？他背上背着一篮水芥子。他卖了两便士的水芥子，又喝醉了酒，由于醉酒而跌倒的伤痕让他疼得咧嘴。他将冰冷的烟斗从嘴的一边移到另一边。尽管还不到六十岁，他看起来已经很老了；他的精力已被耗尽，瘦弱而又满脸皱纹，他的腰身和肩膀不断地朝左右和前方摇摆。然而，他又很年轻。他和四十年前的自己一模一样。那天，茅屋匠发现他平躺在太阳下，懒得去清洗稻草、或者将它们洒上水以为己所用。年轻的时候，他没有任何计划；他只有一些简单的伎俩和谎言。他从不未雨绸缪。

年轻力壮的那几年，他几乎按部就班地为一两个主人干活，不时离开他们去完成只有他自己才知道的差使。可能就是在那时，除了骨折的鼻子外，他获得了另外一份礼物——孤独杰克的名字。多年以来，他是小镇上的一个自以为是而又缺乏责任心的小丑。镇上的人们私下里认为他的行为可笑，在公共场合则对其表示震惊。他被关进监狱，和塔索不同的是，他从不抱怨。从那以后，他就以出售偶尔逮到的一两只兔子、水芥子、被霜打的无人要的青菜、别人给的残羹、驱赶几头小公牛到集市上为生；他在粮仓里、无顶棚的房屋里、树篱下找到临时住所。

他从来没有父母、兄弟姐妹和妻儿。甚至秋风中的枯叶、洪水中的树枝看起来也没有他无助。他谁也骗不了，一年因为芝麻小事而入狱两三次——这让他的头顶有房屋、他的头发被剪短，似乎是对他的施舍。他毫无智慧，也没有充分地利用自己的天赋。梦想虽然不会经过他，却给了他一种自信：这让他在大人、小孩的侮辱中生活。

我们对大地知之甚少，更不用说对宇宙和永生。人类并不是靠着谈论思想来战胜乳齿象。行为和思想会服务于种族，让迄今生活在太阳、空气、地球、海洋的那些永远不为我们所知的生物群获利。关于辛苦劳作、制订方案及胜利的流言蜚语也许永远不会有结果，而我们不重视或者没有意识到的事物也许会突破永生的外表，给我们带来无尽好处。我们不知道依靠何物生存。那个关于贫穷的盲女人在圣布里吉特的井里恢复视力的爱尔兰故事寓意深刻。"我比其他人祷告更多吗？我不是个爱祷告的人。那时候我很年轻。我想她喜欢我，也许是因为我叫布里吉特，跟她一样。"（《圣人和奇人之书》，作者是格利高里女士）那一天，有些人离开，他们的痛苦并未被减轻。我们依然很愚昧无知，因此对永生充满恐惧。

我们希望延长我们所见、所触、所说之物的寿命，但是我们知道衣服、肉体及其他行将灭亡的东西也许不会跨过死亡的门槛而与我们同行，因此我们放弃这一切，似乎送葬人和挖墓人真的如同天使。与送葬人、挖墓人并排的还有历史学家和其他似乎可以馈赠给我们永生的人。他们每个人都像一个将花朵从植物的根、茎上折断然后希望它们成长的小孩。我从未听说过蝴蝶喜欢蝶蛹，但是我确信毛毛虫期待着有一天它能够无止尽地吃绿叶、不断长大、直到能够鄙视火车的尺寸。我们可以做宇宙之事，尽管我们需要摆脱朋友、国家、房屋、衣服和肉体的限制；而在世俗人和显微镜看来，我们是隐形人。我们现在如隐形人一样地工作，但是这些事情并非我们。那个自豪走路的少女就是关于永生的例子。

冬季的结束

然而，假装不介意那件显见的多彩衣服是徒劳无益的。我们的房子、轮船、花园、书本都是它的一部分，既然它们也有永恒的自我和永久的空间，否则我们就不会这样爱它们，不满足于看到、听到、摸到它们——因为肉体热爱肉体，灵魂热爱灵魂。然而，三月的这一天，福祉以两种爱的形式诞生了，它们如此完美地融合在一起，以至于我们可以忘却二者的界限，因为灵魂热爱肉体，肉体也热爱灵魂。这个老小孩摆脱他的耻辱，飞跑过那块被不朽的微笑所充斥的土地。他"并非完全愚蠢"。他刚好在那个被土地所编制的图案中扮演了一个必不可少的重要角色。这幅图案吸引了众神，他们从天堂上探身望着这个游戏，然后说他、其他人、鸟儿和花朵"他们也是我们的伙伴"。

第二天下起了温润的雨。棕柳莺在光秃秃果园里的玫瑰色花朵间歌唱，它的声音虽小却从山谷传到高山上。双音符或常常重复的音符预示着这是布谷鸟的歌声。傍晚时刻，鸟儿的歌声大胆、圆润。山毛榉的树干颜色暗淡，如同烟柱；农舍的炊烟在无风的时候像山毛榉树干。然而，又一场霜降来临了。日落后，在暗淡的金色光线下，山毛榉的黑色影子躺在山坡上，它们比树木本身更真实可触，似乎它们才是最真实的存在，而直立在那里的树木只是死者归来的灵魂。

现在雨时断时续，土地被埋藏在雨水下面，从被淹没的陆地下面传来歌声。薄雾从山毛榉上被摇晃下来，如一阵阵烟雾；它们或者挂在山毛榉树枝间，如同被钩在荆棘上的羊毛。阳光穿透进来，山毛榉长长的树干闪闪发光，黄莺、金翼啄木鸟、黄道眉鹀唱着让人沉醉的喜悦歌声。此时的南丘尚未变绿，它屹立在远方；透过雨雾望去，南丘就像破旧的茅草房。

当炙热的太阳晒干树林的时候，风儿吹起一团花粉，仿佛长满山毛榉的峡谷里的紫杉树上的一阵灰烟。这是汉普郡的典型特征。这里有陡峭的海湾，一直延伸到白垩山附近，并逐渐变狭窄。在这里，燧石高原和白垩山让步于生砂和草原。陡峭的山崖上长满山毛榉，但成千上万的山毛榉被黑色的紫杉（这些紫杉在颜色稍浅的树木之间犹如洞穴）所点缀；春天它们则被绿叶松的绿针叶和花蕾组成的白雾所点缀。有时候峡谷的谷口出现一条小溪，它大概一码宽，深及脚踝，白垩碎片上到处都是鳟鱼；阳光下的点点涟漪像蜂窝一样。如果没有小溪，就有蛇麻草园，或者一片草地——没有公路、小路可以到达，只有猎人和猎犬从此通过。峡谷里一年四季常绿，虽然滴水不断却很安静，它们是产生薄雾的大坩埚。薄雾躺在深谷里，如同匀称的雪粒；或者飘浮在深谷里，透明、平滑，如同穿过月亮和朝阳的轻软丝绸。峡谷养育着人类和年代久远的树木；峡谷里回荡着孩子浅睡时发出的笑声，晚上回荡着狐狸和猫头鹰的声音，平静的黄昏则有乌鸦的叫声；至于号角声和号叫的猎狗，周围的树林重复着它们的声音，似乎这样就可以永远囚禁它们，从而让幻影超越现实。这里是兰花和

南
国

兰花和美味蜗牛的故乡。

036

美味蜗牛的故乡。春天，在山毛榉树下，黄色、白色、浅黄绿色的花朵最先开放，这包括金绿色的虎耳草花、雅致的五福花、大戟及桂叶芫花、菟葵、白罗兰、酢浆草、花心粉红的报春花——在叶子的衬托下花朵呈浅绿色；还有黄绿色的新叶和苔藓。最漂亮的是白花的霜花，它们落在地上的枯枝上。日子一天天过去了，它们比丝绸、孩子的头发、被剪羊毛工人初次暴露在太阳下的羊毛更漂亮。早春时刻，最显眼的绿色是叶子是剑状的莎草——它们在三月底开出紫褐色的茸毛花朵。水晶般透明的水芹轻轻地摇曳着，浅绿色的茎、微微弯曲的叶片、暗色的花朵，这一切让人感到心旷神怡。山毛榉上的常春藤最繁盛，苔藓生命力最强——它们从树冠排列到树根。荆棘上长着灰绿色的地衣，它们茂盛、稠密，似乎充满地衣的潮水曾经扫荡过山谷。最顶层的树枝上悬挂着常春藤的长藤、忍冬和铁线莲。槲鸫一曲接着一曲地唱着清脆的歌儿。啄木鸟一边跳起来飞翔一边大笑。峡谷入口处有一棵蓬头垢面的苹果树，上面长满金绿色的槲寄生；黑鹂在槲寄生之间歌唱，很像村民们过去常唱的歌调，这让它的歌声更显得甜美；在夜幕降临之际的凄雨中，再也没有比这更珍贵的声音了。天空一整天都是蔚蓝的，白云在列队游行，没有风。突然之间，狂风、冰雹或者大雨来袭，接着平静而又温暖的太阳出来了。太阳吸引着最早的蛱蝶停留在通往峡谷的小路上的燧石上，燧石已经被脚踩得磨损了。最后，陡坡林地的上空一片蔚蓝，一两颗明亮的小星星挂在上面。但是在峡谷里，半边天空被遮盖住，你可以看到西边有苍白的天空、怪石嶙峋的乌云及若隐若现的树林，这一切之上是一弯新月。黑鹂在歌唱，绵羊在走动，雨滴在黑色的树枝和苍白的樱草花上闪光。这一切为何要改变？有时候似乎一切都不会改变。当人们感到乌云爬过西北方、遮盖住整个世界的时候，精神、地球和天空处于无限和谐中。山毛榉在大雨中咆哮。月亮和绵羊消失了。脚下的小路冒着泡、泛着光。远处一只黑鹂依然在唱歌，它躲在雨幕中，宛如被自身魔法所掩藏的巫师。

现在是四月了。当树林里和树篱周围还是一片漆黑的时候，鸟儿们就开始一起歌唱。在这迷宫曲中处于支配地位的是猫头鹰的叫声——如同各种潺潺噪音中的一轮新月。每一天都有新的入侵者占有这片土地。啄木鸟聒噪而又意志坚定，从来无法与其他鸟儿和睦相处。他是一个十足的陌生人，但是人们却喜欢它的到来。他最先被听到，不是在清晨，也不是在橡树林附近——整个白天都属于他。

然后，鸫鹒敏捷地从你的身边飞过，在紫色的白蜡木花朵中歌唱。这里有属于紫马丁鸟和小燕子的一天，也有属于喜鹊的一天：他坐在灌木丛低处其伴侣的附近，几乎像苇莺一样温柔地低语；他时而添加一个与灰雀相似的简单低音，而有些音符又像红雀叽叽喳喳的歌声；当被惊扰时，喜鹊展翅飞走，发出嘶哑的喁啾声。

南

国

白嘴鸦会统领几天。他们栖息在一小块茂密的椭圆形山毛榉树林的一个群落里，树林位于一块干燥的灰色耕地中央。他们呱呱的叫声洪亮、柔和、温暖，仿佛土地自己的声音。与此同时，露珠滑过树枝，与其他露珠混合在一起，或者掉在地上，而鸟儿们则在他们的巢穴里扇动着翅膀。不时由三滴露水组成的大露珠被阳光照射，它在悬挂的地方跳动，如同众多小星星中的金星。

每个温柔的傍晚都属于黑鹂。他在白蜡木光秃秃的枝头唱歌。树下阴郁、清澈的水使深红棕色的水芹轻轻摆动。在河岸上白色的花瓣飘浮在漆黑湿润的土地上，花瓣底下的榛叶依然幼嫩。深色的冬青逮住了最后一束光线，它像水珠一样闪亮。在后面，南丘如此近，如此清晰可见，以至于我感觉能够看到、触摸到其光滑的绿色侧面。黑鹂将所有光线暗淡的美好事物汇集在一首颂歌里。

花儿也有属于它们自己的日子。如同最初在树篱根部发现的绿色小巧五福花和白色、淡紫色的紫罗兰一样，花儿们芳香四溢，与露珠一起在杂草丛生的红豆地里（尽管几天前刚刚用链耙锄过）俯首鞠躬。当杜松完全被黑刺李那深蓝色、几乎是黑色的小浆果点缀的时候，这一天相当引人注目。另一个伟大的日子属于柳树，此时芳菲的柔荑花序变成黄色，蜜蜂嗡嗡地穿梭其间。欧石楠也有属于自己的一天，此时天气阴沉，在一大片黑色树林和棕褐色天空的映衬下，他如同燃烧的绿火焰。一个峡谷里有一棵无花果树，他孤独、受过重创，但是他也有自己的时刻：此时他站在那里，一动不动，无数半张开的树叶变成黄绿色；他虽然看起来有点疲倦，但是从与蓝空的第一笔交易中获得喜悦，这让他焕发着光彩。

一天清晨，月亮还没有落山，田野里冷冰冰的，到处都是露水，树林聚集在一起守护着夜晚。尽管几株嫩绿的荆棘从悬崖边探出头来，朝闪着微光的灌木丛叹了一会儿气，但是这里依然算得上万籁俱寂。突然，白垩路上的寂静被撕破，一首歌响起来。一开始是一阵疯狂、躁动而又清晰的音符，它被迅速重复，又任性地半途而止。接着是如我们所期待的一阵寂静，这之后是长长的哀号升调，它们之间几乎没有任何间隙，一声接着一声；哀号声几乎尚未停止，它们就被那些快速重复的音符驱赶出记忆，这些音符又突然停止，接着是沉默。每一个音符都很圆润，如水晶葡萄一样饱满，也如同水晶葡萄一样被串在一起；它们如清晨高山上的流水般狂野、纯洁，也像钢铁一样冰冷、富有穿透力；它们的节首音独一无二：这是夜莺的歌声。长长的哀号像划过天际的星星：一声源于黑暗，划出一条银线，然后消失；另外一声源于沉默，划出一条弧线，然后消失。但是它们并没有消失，清澈的节首音也没有消失。它们及其鬼魂居住在褐色灌木丛中悬挂的树叶上，因此沉默被完美地保存。另外一些音符被关闭在粉色花瓣、榛树周围及黎明时分开始闪烁的露珠里。

这些音符由于其品质和秩序而美丽，但是它们的非人性让它们魅力无穷——它们让我们感到神秘，并且告诉我们：大地并非仅仅是人类的财产，有些并非属于人类的事物力量强大，值得我们尊敬。

最初的疯狂音符及随之而来的哀号清空了我们脑海中仅有的关于人的观念，留下的是与整个世界的高度和深度相关的观点。此时此刻，我们远离人类的狭隘主义。鸟儿让更多的空气进入。我们深深地呼吸着这种空气，成为永生的自由公民。我们听到从未梦想过的声音，它的精神就存在于生命的微小形式里，也存在于落在地上的树枝上的霜花里，地下看管宝物的小矮人身上以及那些在意山毛榉树根、树干上的苔藓，墓碑上的扁藻的人们身上。这条褐色的乡间小路是一个帝国的壮观的宫殿，我们发现自己在这里是客人，并非完全异类，也不感到局促不安，尽管我们对于它的语言感到陌生。饮一小口这里的空气，你无须害怕人类的行事方式及他们的嘲笑、冷酷和陌生。

歌声统治着多云的清晨。默默等待着的山脉及其树林处于阴影中，而峰顶却是金色的。乌云在空中扩散，太阳透过云层，开心地望着这个世界。当倾盆大雨将半山腰树林里的薄雾打碎之时，太阳消失了。现在，空气清新，野蔷薇、荆棘、接骨木的叶子上露珠闪耀，田凫在空中盘旋。雨滴变成唯一的闪亮之物——天空中乌云密布，低矮的天边处的乌云更黑，它向南蔓延，遮住除东南方以外的所有峰顶。在东南方，天边出现了一个狭窄的半球形银锥顶，乌云拖着长长的细穗子穿过它逃跑。太阳从这个锥顶处射出万丈光芒，让附近的田野和远处的丘陵变得容光焕发：田野变成一个翡翠绿湖；被浓密的树林加冠的丘陵变成坐落在地球边界的珍珠状城堡。这个锥顶慢慢地扩展，乌云被照亮，变得胖鼓鼓的，然后被蓝色的天幕分开；最后，山区、峡谷和平原上的河流、水池、野草、树叶和光滑的树枝都闪闪发光。天空似乎属于大地：湛蓝的天空和云朵被按照南丘的模子来塑形。

当天气晴朗时，每一朵花都含情脉脉、欢快活泼，都有与众不同的完美，这种完美能够让心灵随岁月转变，让我们保持童真的快乐——几乎没有别的事物能更胜任这一点。人生的半辈子已经流逝了，我们对于布莱克在《弥尔顿》中的这几行诗感同身受：

> 您看到花儿散发出它们珍贵的芳香，
>
> 没有人知道如此小的一个中心怎能散发如此的芳香，
>
> 忘记了永恒在那个中心扩展
>
> 门卫和阿那克斯小心看护着那扇门。
>
> 首先，破晓之前，喜悦在花心开放，
>
> 它甚至高兴地流泪，却被朝阳擦干；首先是野百里香
>
> 然后是毛茸茸的绣线菊在芦苇间摇曳，
>
> 光线突然从空中涌现，在绣线菊上舞蹈；吵醒了

在橡树上睡觉的忍冬；这些洋洋得意的美人们

在风中狂欢；五月的可爱山楂

睁开她们无数可爱的眼睛；听啊，玫瑰依然在睡觉。

没有人敢吵醒她。不久她从罩着红帷幔的床上跳起来。

她出来了，高贵而又美丽；每一朵花——

石竹、茉莉、桂竹香、康乃馨，

长寿花、野百合，各自打开各自的天堂；每一棵树木、

每一朵花、每一棵草很快就会在风中舞蹈，

但是都很甜蜜、可爱……

　　多年以前（或者许多世纪以前？）这些词语或这样的一个早晨可能会让梅特林克侯爵去描述植物生命中的某一重大时刻。这些描述术语被精心挑选，它们暗含了一种智慧和对于植物至关重要的能量的辨别；它们既不证明也不解释什么，但是向真理迈进了一步：打破传统的科学观点，用另外一种人的观点来代替；这种人充满激情地观察许多生命形式，发现它们属于一个大家庭。将花儿仅仅当作一个异常卓越的工匠所制造的易碎玩具的这一观点对于人类来说应该是越来越难。

　　现在天气晴朗。高远的蓝色天空与低矮的灰黄色天空相交，白雪积存在北边的犁沟和山毛榉树干上。太阳使积雪开始融化，一切都是那么清澈、明亮和寒冷，蓝天上再次飘浮着巍峨的白

云；许多画眉鸟在唱歌；宽阔的山谷里是一片蓝色的荒原，房屋隐藏其间；远处的丘陵似乎近在眼前。傍晚时分，起风了。我们能看见另外一个世界：湿漉漉的草地低处的弧形斜坡暂时由于阳光而很温暖；草地的一边是容光焕发的山毛榉，在另外一边，肿胀的白云刚刚从绿地后面露脸；而此时的远方，在半球形黄色锥子顶下面是长满野草和树木的深蓝色丘陵。

　　当北风吹起的时候很利于行走。大地在我们的脚下和前方绵延，等待我们去征服它。也许勇士从山顶看到敌人沃土的喜悦与看到美丽风景的喜悦交织在一起。方圆二十英里内，在黑色的树林和树木繁茂的山丘之间那干燥浅色耕地发着亮光——风已经将土地风干成白色的小碎片，突如其来的阳光使一块地看起来像雪一样白亮。顺着山腰阶地的古道在紫杉树下蜿蜒曲折地延伸，远处是燧石耕地，家禽饲主的铁房子周围是干燥的灰色荒地，一条闪闪发光的小溪穿过一个富饶的山谷，里面有茂盛的橡树、白蜡木和牧场。树冠呈黄色的落叶松林形成一片绿火。在落叶松林、橡树和白蜡树上的槲鸫是北风的象征，他用自己无畏的形式和歌声来概括北风，仿佛一个盾形纹章在概括历史。他飞到一棵高大冷杉的顶端，与它一起摇动，唱着关于探险的歌儿；他将一种精神注入从下面经过的人的心中，加快他们的步伐。荆豆开花了。在树篱上，牛筋草已经将它的梯子靠在荆棘上，不久这些梯子就会爬到每棵树篱的顶部，仿佛一个巨大的微型梯子大军。高大的紫杉和白蜡木上悬挂着被去年的旅行者丢弃的绳子，它们给旅行者带来了无穷乐趣；但是它们居然可以到达如此的高度，是谁将它们挂上去的？新绳子已经上路了，但是旧绳子在最上面的树枝上晃动的同时也向我们展示了可做之事。太阳落山的时候，一片广阔无垠而又富饶的土地躺在我们的脚下，酒红色的太阳倒出一杯杯庆祝胜利征服的美酒。高低起伏的耕地在红光下看起来很温馨，耕地间夹杂着一块块棕色的庄稼残梗地和雾蒙蒙的小麦地；有些浅绿色的地里到处都是咩咩叫的小羊，它们脖子上的铃铛叮当作响。田野外面是陡峭茂密的山毛榉幼苗林。西边是大片树林组成的雾海。宽阔明亮的西南上空飘浮着平坦的白云，它们下面是丘陵的轮廓。在南边，山丘上的树林融化在深蓝的烟雾中，除了边缘地带，看不到它们的轮廓。在北部和西北部，伯克郡和威尔特郡境内的紫罗兰色高地平卧在三十英里的迷人空气中。它们召唤着我们继续向前，攀上圣凯瑟琳山，到达温切斯特，直到夜晚和白昼的缤纷色彩让大脑感到昏昏欲睡。

　　清晨的色彩是铅色和白色——雪花从灰色的天空降落到白色的大地上。玫瑰花枝向大地弯腰，沉甸甸的紫杉小枝条用它的白色羽毛清理雪花。薰衣草上的白雪像羊毛；铁线莲轻巧的枝条一动也不动，它们将雪花聚集成团；一只画眉在唱歌，但是无法长久忍受他的音符未被其他任何音符所挑战；麻雀在干草堆里叽叽喳喳地叫；乌鸫在等待着簌簌落下的雪花的停止，空气中没有一丝风。

　　正午时分，雪变小了，几乎成为雨。毛毛细雨或者大雨开始从天而降，落在树枝上。常春藤和冬青叶逐渐被暴露出来，它们发出暗淡的光芒；白蜡木紫色的花蕾和黄色的新叶突然冒出来。山毛榉湿漉漉的树干像黑色玛瑙；树梢上覆盖着残破不全的雾布；离树梢不远处，破蜘蛛网一般的云彩急匆匆地从天空经过。

　　雪又开始下了。小夏鸟的声音被淹没在静默的雪花中。雪花漫无目的地旋转，它们一会儿飞舞，一会儿降落，一会儿横冲直撞。狂风在孤独的房顶、门口及周围哀诉、呻吟、厉声尖叫；树木疲惫地摇摆着，树梢也随之摇晃，整个树林不停地咆哮。寂静无声的雪花与咆哮的树林共存。一只鹡鸰尖叫着刺破寂静，然后飞走。大地和天空被夜色和雪花所淹没。

南

国

下雪了……一只鹪鹩尖叫着刺破寂静，然后飞走。

# 第 *3* 章

# 春 天

第二天，风依旧在吹，雪花再次变成雨滴：头顶可见一线苍天，但它不像大地那样闪亮。路边漆黑的树木湿漉漉的，显得很美丽。远处的大地像一具神圣的尸体，它上面的蓝光迅速吞并一切，将四周的风景转化成精神的存在。夜幕和雪花降临在大地上。拂晓时分，巢穴里堆满了雪。山丘上的紫杉和杜松镶嵌在白色的山坡上，绿色的落叶松上积压着层层叠叠的雪花。花园里，水仙花横七竖八地躺着雪花中，露出黄色的花朵。但是雪已经停了。最初，无云的天空苍白而又纤弱，似乎刚刚摆脱长期监禁；当太阳升起、开始逐步聚集力量的时候，天空颜色开始变深。山丘上蜿蜒曲折的小路一开始闪亮如一道道闪电。画眉在唱歌。在漆黑笔直的山毛榉上，积雪一滴滴、一阵阵、一团团地往下落；树枝颤抖了一下，然后获得解放，它的上面泛着微光。地上的小野草悄悄地探出头，它们周围的积雪变成蓝色。微风吹过常春藤、杜松和紫杉，发出一声叹息。太阳升高了，从他高高的防护云层中，一束长长的光束到达纯洁的大地。落叶松再次完全呈绿色。山毛榉的花蕾是玫瑰褐色。一辆运货马车从此处通过，里面装满了红色的瑞典甘蓝苗和黄色的甜菜苗，它们似乎在覆盖的积雪下面燃烧。每条白色道路的两边都有一条溪流在唱歌，溪流上涟漪闪烁，像数不清的水晶花朵。水在到处嘀嗒、滴流、跳跃、喷涌和缓慢流动，它们汲取了大地、绿色植物和花朵的芳香。积雪在暖温下迅速融化。天气变得温暖而湿润。积雪不耐烦地想要再次成为水流，但是它依然给荆棘和蔷薇披上一件斗篷。从岩洞里相互缠绕的树枝上不停地传来唱着嘀嘀嗒嗒歌儿的水声。树叶、树枝和被囚禁的无精打采的水发出巨响，它们为获得解放而欣喜无比。洞穴的每一边都有水滴或喷涌而出或缓缓流出；植物发出噼啪声、沙沙声和呻吟声；树木张开双臂、伸直腰杆、欢迎空气和光线的来；洞穴是一个湿润、芬芳四溢的主人；它潮湿阴暗而又灿烂光辉；流动的水流和里面的倒影如同从天地间一闪而过的烟雾。

一只布谷鸟一直在哭。他最初在头顶上方，后来飞到远处，然后又回到附近，最后又飞到远处。他很快就飞走了。人们只有在清楚地听到他在蓝空、白云和闪亮的河流上唱歌很久后才能从所有恒久的声音中提炼出其歌声的精神和它们之间的确切间隔。

布谷是一个强大的词语！雪化得很快，到了傍晚，除了天边处高大漆黑的山毛榉树林后面山坡上的洞穴里外，其他地方的雪都融化了。当光线在迷雾中消失时，一千首歌开始响起，点缀其间的是布谷的哭声和猫头鹰的嚎叫。山毛榉树干在其重重树枝的包围下变成了一排排笔直的珍珠。在低处的树林里，融化的积雪在下落，它们划过阴郁的空气，溅落在枯叶上。这种阴郁、单调的声音组成了一个精致的修道院。下面河谷处乌鸫的歌声传到这里，但是却未打破这种氛围。从树林到山谷之间的薄雾在慢慢地变厚，现在什么也看不见了。然后，倾盆大雨打断了歌声和乌鸫的喧哗声；当乌鸫默不作声时，松鸡的叫声做出以下宣告：直到明天，这个世界都将属于野兽和雨夜。

　　布谷鸟在河流上和高山上唱着好听的歌儿，他偶尔也在积雪覆盖处歌唱。但是我将选取兰兹角六月拂晓时的峭壁作为布谷唱歌的地方。假设此时是六月末，风儿阴冷，轮船在嶙峋的海浪中踉跄前行，初生的光线温柔地照在船帆上。阳光依然寒冷，高耸的峭壁上到处都是阴影和穴鸟，还能听到海鸥轻佻的叫声。黑色海水中白浪点点，黑色的鸬鹚擦着浪花飞翔，天空虽然金光闪闪但是依然很虚弱，黑夜的牢笼依然让它颤抖——这时传来布谷鸟那惹人爱的声音，它打破寂静，划破黑暗，而在正当壮年的年岁开始走向衰落。当湿漉漉的花园里落英缤纷时，布谷的歌声动听而又令人回味。许多人一生中只能听到一次这样的歌声，许多曾经期盼它的人将无法听到它，因为他又老又聋，或者心灵已经关闭。每一个晴朗多风的热天能听到这种声音，它似乎在告诉我们：我们脚下的土地是空灵的，我们头顶的天空也是空灵的。

有时候布谷鸟整夜不睡觉。这些征服者的叫喊声从路两边长约二十英里的树林里传来，而天空中挂着一轮圆月和代表爱情的白星。如果你停下来，你会发现这首歌统治的似乎并非是寂静，因为所谓的寂静中其实充斥着如同树叶数量般种类繁多的声音，这包括匍匐声、滑行声、嗒嗒声、沙沙声、虫子爬行时发出的低沉而又连续的声音以及突然发出的声音等。令人奇怪的是，当辉煌的白昼最终从黑夜的废墟中升起来时，幸存者会偷偷地溜到被人遗忘的古道、稠密的树林及被废弃房屋的烟囱里。

只有当鸟儿在我们的附近，为我们所见，只有它们歌声的力量被我们所感受时，它们的音符才是最欢喜的。有时候两三只鸟儿相互对歌，有时候它们花费半天的时间在峡谷里四处游荡，仅仅为了得到一声回复。当两只鸟儿一起歌唱，一只鸟儿的第二个音符与另一只鸟儿的第一个音符完全融合在一起之时，这种声音是大自然中最丰富多彩的声音之一。它们继续歌唱，似乎被自身的和谐歌声所吸引，挖土工人也会靠在他的镐上聆听。

积雪融化后，高地树林边缘和山毛榉之间的白花楸迎来了自己的日子：它那无数的巨星状的白色花蕾指向天空，仿佛一个巨型的烛台。对于我，花楸总是与徒步旅行相关。它的白色花蕾像

春

天

花儿、火焰，让人着迷，给春天的旅行者带来喜悦。花楸总是长在斜坡上，通常在半山腰的白垩地里。秋天，它的树叶在落下前已经枯萎，在周围杜松和紫杉的映衬下，叶子的颜色像粉色杏花。落下的树叶也值得关注。它们躺在地上，通常白色的表面朝下；尽管它们被雨水浸泡，被风儿驱逐，也不停地被践踏，它们依然保持着美丽的白色直到冬天或者来年春天。除了紫杉外，它是另外一种长在朝圣者之路上的树。很难忘记这些白色树叶躺在路边未被践踏过的草地上的情景：它们与湿淋淋的紫色、红色、金黄色的树叶混杂在一起，在阳光下闪闪发光，进入古道上孤独行者的思想、幻想和回忆中。此时年末的味道刺鼻如烟气，却也甜蜜如花朵。

## 肯特郡、萨里郡、汉普郡

雪天和晴天之后下了几天雨。在柔软的山坡上，花楸色彩亮丽。这几天大地被快活地生长繁殖的花楸所吸引。雨水如面纱，花楸将自我包裹在里面，这样她就能在她神圣的家里劳作、低唱而不被打扰。柔弱的蜗牛爬上野草和花朵的嫩茎，它们的房子悄悄地跟在后面，房子的颜色有珍珠色、红褐色和黄褐色，表面或光滑、或有环、或是方格状。树叶的种类无限多样，有野铁线莲叶、枫叶、野蔷薇叶、山楂树叶等等，它们的美丽也无以言表。树叶在雨中成长，雨滴则悬挂在树叶底端和棘刺上。地衣享受着树林中经久不散的薄雾；黑刺李结痂了，银绿色和褐色的地衣挂在结痂的黑刺李上面；地衣甚至长在棘刺上和新叶、花朵的周围。桦树现在是引人注目的绿色雨雾，但是这不足以遮盖绿雾间的白色枝干。山毛榉树干的颜色现在最典雅：它被灰色、银色、黄绿色的地衣，浅绿色的霉菌，绿色的苔藓及不易察觉的灰色（很素净，几乎在树干上呈黑色）斑点所染色、点缀和玷污，缓慢下流的雨水和多变的夜晚也让树干的颜色多种多样。紫杉的树皮有些已经脱落，或者被染成绿色、红色和灰色，有些被绿色的苔藓覆盖，有些则被磨成红木色。甚至被长久遗弃的蓟状玉米也由于活血丹花朵和紫罗兰而呈浅紫色。沼泽地里、牧场上、树林里和树篱上都盛开着花儿，周围香气四溢，甚至连死水和流水都如此。此时是绿色野草的完美时刻：绿色如此浓烈以至于它们在雾霾中发出世俗之光。在两边或者三边均被黑色的树林所环绕的牧场上的野草最好看——在黑色的对比下，野草似乎是一种尤物，既不属于大地，也不属于河水，更不属于天空——它们像大地一样在我们的脚下，像河水一样闪光、平坦，像天空一样遥远、空灵。野草在雨水的滋润下迅速成长，发出无数的声音。整个大地现在有了它自己的声音——被雨水浸透的土地发出咯咯的声响。

## 汉普郡

　　田野现在最绿，它们两三面都被树林所包围，这并非为汉普郡所独有。田野一般在生砂上面，或者躺在与河床相似的那种平坦蜿蜒的土地上。有时候田野的两边很陡峭，被树林或者鹅耳枥树篱、榛树、白蜡树和几乎长到树林边的荆棘所覆盖。牧场是绿色的，宽阔的河流在漆黑的树木之间流淌，树根周围长满报春花。有时候一条小河流过一块田野，但是作为边界，小河边长满了灌木，因此小河失去了它应有的魅力。最完美的例子如下：光滑的绿草地长而弯曲，形状像小河，宛如树木之间的庭院或回廊。当草地的一边或者两边有坡地凸起时，这块地也很有魅力。不管是杂草丛生的春天还是长满玉米的秋天，这些凸起的田野——有些是规则的半球形——始终是阳光的最爱：正午时分，当牛群在陡峭的斜坡上吃草时，它们的影子完全是自身的倒位，犹如水中的倒影。

* * * * *

春天从雨水和薄雾中走来。她亭亭玉立，纤弱而又精力充沛；她芳香四溢，五彩缤纷，到处充满欢声笑语；她让人赏心悦目；因此，即使是情人也无法详列一个清单以示其可爱之处。她高大，她清新而又大胆，她或动或静，她长相甜美；她的唇上有一层绒毛，仿佛山毛榉嫩叶那柔软光滑的边缘。

# 肯特郡

当夜莺在橡树、芳香的板栗树、鹅耳枥树及榛树下的铃兰丛中歌唱时，甚至马路也让人心情愉悦。现在，它穿过一片太小而无法吸引众人的公共用地——一块粗糙、高低不平的开阔地，被茂密的草地包围，上面长满荆豆和荆棘，还有一些旧蚁丘，一条杂草丛生的小径从中穿过。夜莺在这儿孤独地歌唱，歌声在周围寂静的树荫及笔直的白路的衬托下更显得甜蜜。这块公用地是南方小块公用地的典型代表。苏塞克斯郡的克劳奇克罗夫特是另外一个典型的公用地：它临近与克罗伯勒并排的三处幽暗的沼泽地，很平坦，上面长满荆豆，有一个被树篱上的高大冬青围起来的水池。它附近的彼得亚当也是一块公用地，上面有杂草、荆豆和形状怪异的松树，也有一个池塘；彼得亚当非常粗糙，如同残缺不全的阿什当、伍尔默，但是它给芬芳的农耕地带来一种与众不同的粗野风味。另外一块公用地在石头街那里，它非常小，上面栽了一些橡树和高至膝盖的黑刺李、荆豆、野蔷薇；它的边界处尘土飞扬，电报线发出嗡嗡的歌声。

小块公用地、长牧场、橡树、白蜡树后面是一座石头房子，它已经有七百年的历史了，院墙内静悄悄的。它周围有雪松、紫杉、松树，雏菊草，深蓝色的水池和天鹅及其对面的四个烘房，这一切看起来都很精致。这附近的名字真好听！迪纳斯·登奇是房子所坐落的峡谷的名字，巴尔克·萧、克雷姆·克洛克、迪

春

天

克·梅田野、常春藤窗口、女士大地、女士树木、罗布赛克斯高地、罗布赛克斯低地、奥布兰姆树林、路法特、斯基润特蜂蜜酒、修德，当然还有斯塔夫克罗。正西方有一条漂亮的小径穿过啤酒花园、玉米地、葡萄种植园和杂树林。从小径的左边可以看见一望无垠的维尔德——它的树林绵延大约三十英里，地平线附近的天空和云彩似乎飘浮在海上；向南是阿什当的荒凉山脉。然后小径进入高大的白蜡木和橡树林，如同卵石般散居在海葵、迎春花之间的是铃兰和宿根山靛。就在这时，突然出现一条陡峭的小路，路的末端是五座勺状烘室，它们处于樱花和冷杉的荫庇下。远处是一个蜿蜒曲折的峡谷，里面是牧场和玉米地，峡谷的四周被橡树、榛树和荆棘包围，迎春花点缀其间。这些树木将峡谷与所有的公路和房屋隔开，但是在峡谷一个末端的上方有一个农场。几头牛在那儿吃草，太阳穿过倾斜的树林，将野草变成金色。

南
国

　　然后北丘出现在视野中，它高耸在一个教堂塔楼的上方，塔楼的周围有浅色树叶的庄严山毛榉和起伏不平的广阔牧场。在快乐的天空下，北丘沐浴在暮光中，茂密的树林被薄雾笼罩。那些山毛榉位于路的下方，整齐地排列在一个长牧场的边缘。太阳从对面喷射出几乎水平的光束，让每片新叶都发出黄绿色的光芒；树干处于阴影中，它周围的树叶则泛着银色的微光。这一刻，树木失去了它们在坚实大地上的支撑点，它们在飘浮、摇曳，泛着微光，除了我们脑海中的音乐和幻想外，它们比鸟儿、可见事物甚至任何事物都更加空灵、纯洁和狂野。此时我的大脑开始飞翔，它竭尽全力地盘旋在树叶之间，与露珠、颤抖的百灵鸟的歌声和涟漪点点的流水同类；它不仅在沉重的大地之上跳动，也在由奇思妙想和不成熟的思想（它们随意漂泊，既不知天堂也不知家园）构筑的苍天之下跳动。我们丢失了一个名字而非信仰，这阻止我们说：精灵仙子在五月底的山毛榉新叶之间拍着翅膀，引诱着我们。

春花秋实之时可以到这儿看烘干室。虽然几乎每一间烘干室的外表都与寺庙相似，但是却与站立在附近的塔楼灰色、塔尖高耸的教堂相去甚远，甚至当它们偶尔被常春藤覆盖之时也是这样。烘干室低矮的圆形砖砌塔楼外形美丽，顶上覆盖着一个瓷砖砌成的锥形，高度与塔楼差不多，锥顶上放置着通风帽和风向标。这儿有三个烘干室，它们的年龄、柔和的颜色、圆度、质朴的尊严使人想起古老宗教中的三女神：她们被描述为看护神，怀里抱着婴儿、水果，或者花朵；当阳光明媚、雨水充足时，农民给她们敬献祭品以示感谢。肯普辛的烘干室处于榆树和洋李子树的掩映下，旁边还有灰色的木瓦板塔尖，它们背后是光秃秃的阴郁山丘。在朝圣者之路附近也有许多同样迷人的烘干室。

那条从温切斯特到坎特伯雷，途经汉普郡、萨里郡和肯特郡的蜿蜒道路可以概括除笔直公路之外所有路的特征。有时候它是连接一个农场到另一个农场的马车路；有时候它仅仅是一条人行小径，或者并排的五六条人行小径；有时候它遭到除了好奇者之外的所有人的遗弃，被掩埋在荨麻、牛蒡丛中，被荆棘、铁线莲和野葡萄藤阻断；有时候它在几英里内是一条白色的乡村公路：它爬上一座山丘或者下到一个溪谷里，然后再次变成人类和鸟儿那三叶形爪子可以通过的杂草丛生的小径，或者变成粗糙的滑轮可以通过的一条燧石路；有时候它躲藏在无人看管的榛树林或者长满山毛榉和紫杉的白垩河岸边，红隼在那儿坦然自若地逮花鸡；有时候它自由地向前延伸，两边没有树篱；它如同半山腰的一个长露台，默默地注视着被白蜡树覆盖的半个南国。它经过教堂、旅馆、农场、村舍和流浪汉的篝火，如同一个四处流浪的幽魂。大地上的一个小神灵确保它的安全——他是那些绝非全能的小神灵中的一个，他们往往忽视自我管辖领域外的一切，以有限的方式享受着大地；他们喜欢将微不足道的事物变漂亮，例如一片树林、一块田、一个只有莎草和水的水池、一处海湾、一堆云、一条路。我在很多地方看见过他们的手。无疑，他们中的一个庇护着我知道的一块粗糙的湿地，这块地位于两座大房子之间，被人遗忘了。它大约有三英亩，大部分是粗糙的坡形牧场，它的高处以一片林子那长满荆棘的边缘为界，低处的边界处是一条荒凉的小溪流。在这儿有一群绣线菊侵入牧草；在那儿入侵的则是高高的柳兰，它那玫瑰色的花朵正在怒放；入侵者还包括飞蓬和螺旋状的问荆草。蛇漫不经心地穿过花丛。水蒲苇莺在那儿歌唱。一匹上了年纪的白马对那块地、那里的夏天和冬天都很满意，晚上他躺着的地方变成了银色。神灵的形象就呈现在那棵灰柳树身上：他光秃秃的，朝小溪流躬身，像一尊来自远古时代的可爱雕像。一个小神灵居住在一个赤裸的白垩洞穴里。在洞穴里，枯蓟从一码厚的白雪下面伸出来，让人产生关于大海的奇思妙想：海面上没有一片帆，美丽的大海拍打着南丘，海面上泛起点点涟漪。一个小神灵居住在伦敦郊外的第一个农场上，那儿尚未被污染，人们可以闻到干草、粪堆及奶牛呼吸的味道。一个小神灵居住在路边毫无价值的荒地里，例如两条暂时几乎平衡的小路之间的一块荒地——这块地狭长陡峭，仅有几英寸宽，上面长满了稠密茂盛的黑荆棘和黑莓，但是它的四周并没有被围起来。在路边的每个白垩洞里也都居住着这样一位小神灵：白垩洞上面悬垂着山毛榉树根，下面是野蔷薇。也许有一个甚至更多的小神灵住在八月夜晚的高高山腰上：此时蟋蟀在铁线莲丛间高唱，仿佛一个聒噪的小缝纫机；萤火虫在百里香上闪光；猫头鹰的哭声没有打破圆月下让人窒息的宁静；树林里，在月光的照耀下，地上有许多混杂的方格图案，树木和它的影子同样大小；我走在月光与方格阴影交织的地上；小山坡完全沉浸在轻松快乐的氛围中，我经过这座小山坡，成为一个极不情愿而又勇敢的入侵者。

在有些地方，这些神灵与辛劳的人类共同掌管大地的和谐。在朝圣者路上就有这样一位神灵。我穿过一个树枝漆黑、花儿轻盈的樱桃园，这里的草地上到处都是蒲公英。一群松树聚集在一起，榆树成行成群，袅娜多姿而又湿润的牧场养育着梅德韦这个地方。在朝圣者之路的入口处有一个两层楼的农场小屋：它那色泽柔和的暗色屋顶上有天窗，无花果和栗树保护着屋顶；农场的前面是一个饱经风霜的谷仓，顶上覆盖着茅草；与谷仓几乎成九十度处有另一个赭石色瓷砖顶棚的谷仓；还有一些旧砖和瓷砖砌成的附属房屋；池塘附近有一辆装载着燧石和茅草的马车；在一大片没有树篱的宽阔田野的边缘处，被随意栽种的橡树将它们的影子投射在草地上。农场的后面就是朝圣者之路，虽然无法看到它，但是有排列成行的白花楸和紫杉，这让人很容易猜测。偶尔有一棵高大的白蜡木，粗大的辫状常春藤似乎被雕刻在树干上——它们看起来和白蜡木的质地相似，颜色也相似，都是石青色。在紫杉和白花楸树下，铁线莲攀上山茱萸和绵毛荚蒾。玉米长到路边，有时候随风起舞。远处，一里格大小的一个果园在农舍和橡树林的前方；新月形的北丘朝东西方向延伸。

　　路沿着新月形山冈的半山腰延伸，但是几乎总是在最陡峭的山坡底部。在那儿，白垩洞穴被刻饰成白色，像扇贝壳的凹面，它们的周围是绿色的草地。除了入口处及其两侧的阶梯处，繁茂的树篱遮挡了视线。在一个地方，树篱的上方是四处散落的灌木丛——它们爬上一个小山坡，上面有白垩凹痕和兔子活动的痕迹。山上既没有羊也没有庄稼，它也不属于公用地。任何人都可以占有它一个小时。在伦敦人被说服到这里建造房屋以前，它将

南
国

春
天

蛇漫不经心地穿过花丛。

一直是兔子的家园。有时候一条像朝圣者之路一样古老的路突然
下倾到一个陡峭的白垩深沟里，沟里悬垂着紫杉、山毛榉，或者
角树、橡树，白云飘浮在林间天蓝色小溪上。这条路向南与主路
相交，主路在朝圣者之路的南方与之平行，它从温切斯特开始蜿
蜒，途经吉尔福德、多金、西汉姆、梅德斯通、阿什福德、坎特
伯雷，最后到达多佛海峡。不仅仅白垩洞穴，道路也让山冈中空。
有时候一系列平滑的小峡谷绵延数英里，有些峡谷里长着山楂，
有些则长满绿草，与齐胸的草皮交互生长。峡谷的底部有塔楼和
塔尖，主要是塔楼。有时候在两个峡谷之间有一个长约一英里的
红色农场，偶尔在大片草浪之后的树木之间有一座大房子。在峡
谷的上空，丰满的白云倚在绿色猖狂的山冈上，它们眺望着果园、
远处的树林、长满橡树的维尔德、更远处的山脊、山冈和梦幻般
的南海。

南

国

　　开始下雨了。灰色的雨幕慢慢地穿过山毛榉的新鲜树叶，如
同在阴影中游行的鬼魂。白色的云朵再次在树顶翻滚，树叶新鲜、
纯洁，从绵延数英里、充满喜悦的乡村雨滴和微光中传来乌鸫的
歌声和布谷鸟的叫声。雨水似乎不仅使所见之物生辉，而且让看
事物的眼睛和认识事物的大脑生辉；突然之间，我们从平衡的橡
树所体现的伟大和力量中体会到喜悦，从遥远的地平线上空一动
不动的云朵（孩子将它们想象为山峰）中体会到喜悦，从花楸树
上像白蜡烛的花蕾中体会到喜悦，从山楂树上坐在鸟巢里的一只

鸟儿（她的眼睛是黑色的，喙高高地抬起）身上体会到喜悦，从变豆菜、五福花、香芹、老鹳草叶子那无限多样的形状、质地和明亮的色彩中体会到喜悦，从双叶兰、罗兰和大蒜的轮廓中体会到喜悦。

被水晶般明亮的雨水所装扮的大地让人想起早春：白色酢浆草的花儿，粉色和白色的海葵和杜鹃花，拥挤在一起、有着长长花梗的迎春花，没有花香却如婴儿般纯洁的黄花九轮草；在光秃秃的山毛榉之间孤独绽放的野樱桃树；暮光中的乌鸫，脸型如花的猫头鹰；在夜幕中盘旋的田鸠；农舍花园里的长寿花、水仙花、筷子芥、山金车；在棕色树林上空的蓝天上飘浮的白云；纤弱的画眉鸟——它那带斑点的胸部比背部颜色浅，站在带露水的草坪上一动不动；来自于未知的黑色世界的所有快乐生命，它被树叶、花朵、野草、泥块的或清淡或浓郁的芳香，鸟儿的羽衣，动物的毛皮，女人和孩子的呼吸所打开。

我们的思想、身体的运动以及人性善良是如何适应这个无忧无虑的世界的？懊悔所失去之物是徒劳无益的吗？或者并非如此？相反，这象征着我们可得之物，因此它们的意象蒙蔽了我们，正如为参加派对而化妆的孩子（有些严肃而沉思，有些快乐十足）会蒙蔽我们一样；但是夜晚的狂风和暴雨结束后，灿烂的光线突然将这些事物揭示给我们。

在晨光中，我看到月亮低垂在西边天际，仿佛被损坏的凹形银盾——它挂在树林里一个伟大的骑士的帐篷外面，已经被遗忘了很久，帐篷里面则是骑士干净的白骨和生锈的剑。太阳从东方升起，如同一个红脸牲口贩子，它的前面是无数只穿过黎明蓝色天幕的绵羊：我感到不满足，必须要观看一会儿千变万化的小云朵（它们从空中飘过，与更大的云朵汇合，或者听一会儿极具叛逆性的音乐）它将驾驭世界的权力交到我们的手中，让我们统治一小时，并且告诉我们：我们可以坐在马儿的后面，朝梦中的目标驶去。

一条小径与朝圣者之路岔开，它穿过山毛榉树林中的一个高低起伏的公园：公园很宽阔，被天衣无缝的绿草所覆盖；它蜿蜒曲折地向前延伸，这儿一个小弯，那儿一个大弯。小径穿过白色的主路，汇入一条较小的路，后者穿过一块长满山毛榉、橡树、白桦树的公用地。树叶在公用地的上空形成一个完整的屋顶——除公路外，没有小径通过它。这是一块带状的、只有几英里大小的公用地，没有露天空地，上面长满了灌木丛，显得很阴郁。去年的落叶安静地躺在盘根错节的树根后面的洞穴里，颜色如红鹿；它们的上面是绸缎般的绿色新叶，周围是长满苔藓的山毛榉树根。没有孩子们的叫声。恋人也不会从此处通过。摩托车从此处匆忙穿过，朝着维尔德开去。它孤零零的。山毛榉向天穹高耸，像有生命的石雕，它们为木蛀虫撑起一片绿色的天堂，让后者产下珍珠般的卵。

在南边，山毛榉树林下面的那条陡峭公路两边的斜坡上种植着玉米和啤酒花。斜坡的脚下是维尔德的橡树林和牧场，但是许多斜坡地里却种植着啤酒花，它们打破了维尔德的地表，让其多样化。从这儿往回看，高处小山的形状没有我们身后北方的丘陵那样精美；但是它们也有自己的小峡谷，有时候宽口海湾伸入峡谷内，将其切割成锯齿状。有一个海湾口处混杂生长着橡树、榛树和黄华柳，还有一小块耕地，一个农场，三个锥形的烘干室，一个地势稍陡峭的果园，接着是啤酒花种植园，紧随其后的是杂草和橡树、紫杉林——它们覆盖着地势稍高一端的海湾边缘，树林里有一块曲折回旋的耕地。这个海湾得到人们的精心开垦，是布谷和夜莺的园地——它们在树叶黄绿、树枝乌黑的橡树林里和生长着铃兰、宿根山靛的草地上唱歌。

峡谷外面，一条陡峭的小径穿过山毛榉、榛子树和白花楸，直到到达另外一块长满石楠的公用地。公用地上间歇有黄色碎石坑，桦树、矮胖的橡树和松树长得很分散，欧洲越橘在它们的底下呼吸。

远处有一个小镇和一个矮小的灰色塔尖，它的旁边是树枝垂直伸展、树叶宽阔的无花果树，长长的草地上点缀着黄绿色的花儿。小镇在摩托车的刺耳喇叭声消失后再次快速进入睡梦。过了小镇之后是一片开阔、庄严的领域，它的边缘是农舍；虽然这些农舍看起来饱经风霜，却很整洁，周围栽着花儿。一栋砖房站在农舍上方长满草的坡地上，它穿着朴素的红装却很自信，周围是刚刚吐出新叶的山毛榉树林，一片孤独的荆棘在其树荫下做梦。那一小片通往砖房的椴树林美丽而又高雅，是大自然和乡绅的杰作。紧接着是他的栗树和松树园。这儿有一棵被修剪过的山毛榉，它专横地将自己的根伸进长满苔藓的小土堆和碎土里；它的躯干看起来奇形怪状，似乎是被孩子气十足的人装饰的；它的新叶悬挂在强壮的树枝上，这些树枝是松鼠、松鸦、鸫鹩的豪宅。这棵山毛榉立在树林的边缘，看起来冷酷而心绪不佳，它向路人要通行证——他生活得好吗？他热爱这个世界吗？他勇敢、自由、善良吗？如果答案是肯定的，它不会用自己的忧郁包围他，正如他最初进入无数山毛榉的无数叶子组成的天地之时一样——此时，山毛榉开始回应日落后垂直下落的雨滴，最后一只布谷鸟的哭声、最后一串脚步声和车轮声在后面消失。不断有水滴从树枝上往下滴，树叶在黑色树干之间发出几乎是白色的微光。当微光消失时，海绵状灰色天空下的雨滴和树叶感到心满意足。低处是维尔德的深谷，虽然在黑色的雨幕中它无法看到却能够被感觉到。猫头鹰在啜泣，叫唤，低唱，呵斥，也为它们的胜利而尖叫。

## 萨里郡

清晨，臃肿的蓝色云朵飘浮在一排排的玉米幼苗和圆顶树木——它们像黑夜一样黑暗，树冠却是金色的——上空。这时来了一场暴雨。结实的雨滴将群山隐藏，仅仅将橡树林边缘的一丛孤独的荆棘、或者小蓟树篱上方的一排山毛榉显露在外面，树篱底下的小蓟在湿漉漉的草丛中间如同小星星。过了一会儿，雨停了，浅蓝色的天空上飘浮着白色的云朵，云褶里闪着银光，光线落在周围的小山上，土丘上长满紫杉和山毛榉，扇形峡谷的底部被橡树所覆盖。在杂草丛生的白垩洞、挨挨挤挤的黑色紫杉、白花楸和长势猖狂的铁线莲旁边的就是朝圣者之路。滂沱大雨再次从天而降，它们落在活泼的树木里，后者虽然颤抖、气喘吁吁，却也不无高兴地接受这一切。当眼睛尚未饱览这些跳着舞蹈、闪闪发光的雨滴及摇晃的树枝时，天空再次一片湛蓝，如同樱花正在绽放的牧场。

那条风度翩翩的溪谷由方形的绿色田野、像公园一样美丽的斜坡、颜色暗淡的松树和浅色山毛榉组成；远处，树木聚集在一起，一层接着一层，因此自东向西的南国犹如稠密的大森林。在山路的一边是一块公用地，上面长满白蜡树和橡树，冬青和荆棘在公用地的边缘。在树林和尘土之间有一大片杂草丛生的土地，有时候上面开满金雀花。在山路的另一边，虽然没有野鸡出没于橡树和山毛榉树林，但榛树下的草丛里却长满了无数的杜鹃花。请不要擅自闯入。英国的禁猎区是林区最有魅力的地方，虽然很珍贵，但是只有一两个守卫者，他们对其他人都很有礼貌，除了小孩和穿着邋遢的女人。如果我们从侵入者拙劣劳动所带来的快乐来判断，窃贼这一行业一定相当迷人。

　　树林中央是一条四通八达的路，杂草丛生的小路或者白色小路将随你的兴致所致将你带到高大的山毛榉树林里那处有着闪亮新叶的荆棘丛和将你带到蚂蚁堆、鼹鼠堆上，或者碎石坑和石楠花丛中。现在溪谷里的这条路就是朝圣者之路吗？这条路主要穿过橡树、榛树，有时候越过棘豆、欧洲越橘、石楠花和沙土，仰望着白垩山上的紫杉和山毛榉的极为脆弱的道路吗？它经过一个小村庄（一条清澈的溪流从中穿过）一个林区教堂，一个鹡鸰栖息地；然后爬上一个陆岬，穿过一个绿草地，又经过另外一座蜷伏在绿草地上的黑色教堂——教堂的窗很小，看起来似乎年代久远；从教堂的位置向下看，整个世界都有了教堂、灯塔、要塞的特征，要求得到人们的尊敬。在这儿，这条朝圣者之路诉说着它身后众多古道的苦楚——它们要么被彻底摧毁；要么在被用得精疲力竭之后遭到抛弃，最后成为榛树下面的地道。

　　我希望这些公路可以一直像教堂那样供人们使用，而不是像彼得斯菲尔德的山兹伯里公路那样被划归给土地拥有者。为了方便商人和马车夫，这些公路被新路所替代，或者被拓宽，如同萨里郡的科尔曼·哈奇附近的那段被荒废的公路一样，它已经深深凹陷，上面长满野草。几个世纪以来，这些路对于许多人来说是必不可少的：清晨，人们满怀希望地上路，无比喜悦地走在上面，也乐意在傍晚时刻看到它们白晃晃的样子。一般人会一直沿着这些公路走，少数人为了放荡行为而偏离它们。大多数人如同前人一样对于他们的所见感到满足，尽管他们已经看了上百次。现在他们死了，他们的脚步声和回声已经消失，这些公路只是杂草丛生的白垩上好看的坑洼。路人，待在这儿吧，小山上的那座黑塔说，脚步轻一点，因为你走在其他人的梦想上；但是不要待得太久；现在下山朝西边走，尽可能走得快一点儿，跟随你自己的梦想，它总有一天会躺在别人的脚下；再也没有比走在前人的古老梦想中更甜蜜的事情了。

春天

# 第 *4* 章

# 一个冒险家

　　在远处小镇边缘的一个崭新的农舍里住着一个人，或者说他试图活下去。他曾经在这样的一个郊区为了一场注定要失败的战斗与伦敦战斗了多年。他父亲曾经开垦过的农场现在被街道所覆盖。他曾经被人劝说做生意，于是为了积累资金，他变卖了除房子和花园之外的所有土地。据说这笔生意会给他的儿子们带来巨额财富。他剩余的资产几乎不够养老。但是那笔诚实的生意失败了；不久，在厄运的驱使下他开了一个小商店。他将那栋曾经是农场住宅的房子转变为商店。大概五年前，人们依然可以在一排花里胡哨、亮闪闪的窗户的末端看到这个小商店。这是一个乡村小店，只有一个普通的窗子来展示商品。商店内部令人沮丧，可以从一个狭长的小花园里进入。花园里站着一棵椴树，树叶不断往下掉，它的表情活像古老罗曼史里的公主。后花园也是一个果园，一堵高墙将它与一个便道隔开。一棵宽阔的樱桃树曾经将一个粗糙的树枝伸过院墙，缤纷的樱花洒落在柏油路上。路人抱怨说，这棵树没有预见人们会戴着丝绸帽子从下面经过，因此那个树枝被砍掉了。这个店里出售那些好事的旅行者所需要的一切东西，包括织袜、皮袋子、钱包、廉价首饰、钓具、板球棒、雨伞、拐棍；只要他们可以欺骗这个视力虚弱、半农民半花匠的店主，他就将这些东西卖给他们。商店外的楼梯可以通向卧室，从狭窄的楼梯平台的窗口可以望见干草地远处的班斯特德丘陵。如果那只猫没有卧在窗台上的袜子里，那很可能是猫宝宝们（它们躺在很少有人打动的过时领带堆里）的粪便让她敬而远之。有时候她躺在椴树下的阳光里，望着她的孩子们追逐旋转飘落的黄色树叶。

店主一般不会轻易让步，但是有时候也迫不得已。例如：他买了首饰股票，因为旅人赞扬了他的小猫；他也不得不允许樱桃树被截枝，因为新的自治市议会下了命令。他穿着马裤、绑腿和笨重的靴子，从来不穿棉衣，烟斗也不离嘴（除非他噘嘴的时候）。他很少离开自己的房子，除非去花园里或者在夜晚到空无一人的街道上散步——此时从面包店里传来的蟋蟀声是唯一的声音。此时，他那爬满爬山虎的小房子很漂亮，椴树和爬山虎在起风的月夜下颤抖，窗户和门道空洞、漆黑而又浪漫，似乎诗人让它们不无懊悔地叮咬一下人的心灵。

当这位老人散步回来，关上门，独自一人的时候，没有人知道他在想什么。显然，他怀念那些大门高大厚重的房子，它们曾经站在他房子的对面，被紫藤、西番莲、铁线莲所掩映；他怀念那些长满他父亲全部土地的椴树，但是它们都不在了，除了这一棵（秋天早晨，金色的落叶平躺在看起来尚未被行人践踏的街道上；浓雾中，树叶湿漉漉的；这一切是多么可爱啊！）；他怀念爬上栏杆的香脂树；他怀念黑色的紫杉，它站在色彩亮丽的丁香和金莲花之间，仿佛《一千零一夜》里的那个被众多女士包围的黑人；他怀念穿过教堂墓地的那条小路，那些日子里他们需要给墓地围上栏杆以保护那块体面的草坪，但是这一切现在都徒劳无益了，因为在绅士（他们都是绅士）的坟墓之间到处都是丢弃的报纸和电车票。他更怀念的是那些房子和花园，而非里面住的人——他认为那些悠闲而又有地位的男人和女人过度重视自我尊严，因此他们的声音显得太温和。然后他怀念的是孩子们，现在的孩子已经不是那样了；他也怀念那些青年男女，小伙子们小心谨慎，女士们坚强、可爱、温柔，他们是他阅读的司各特小说在现实生活中的活生生的体现。他们都消失了，只模糊地存在于他阅读的小说中。他对于他们的房子记得更清楚，因为多年后它们才被拆毁，果树被连根拔起，茂盛的苔藓被装进袋子里搬运到附近花里胡哨的别墅里——袋子被从路上拖过，留下一条长长的黑尾巴。这些可是上好的黑色苔藓，苹果、李子、油桃从它们当中获取养料；而将它们搬运到自己花园里的人在不超过一年的时间里就会离开，因此这些苔藓上除了旱金莲和向日葵外什么也没长。一想到这些，他就很生气。

接下来的一段时间里，旧态度（从上一次革命流传下来的事物）被摧毁，花园被荨麻和阔叶野草所侵占，少有花贝母和蜀葵从倒塌的房屋中生还。手脚架杆，粗糙的石块，发出刺耳声音的砖堆，大量冰冷的陶器、铁器，它们属于即将代替古老房子的一排排别墅；但是它们看起来更像废墟，而非原材料——它们赤裸裸地躺在蒙蒙雾色中的青草和沉静的蓝色榆树之间，看起来相当可怕。有一段时间，画眉鸟依然在未被打扰的茂盛灌木丛中歌唱。但是不久后，人们就将砍倒榆树；树荫永久地消失了，还有所有住在那儿、我们可以想象的事物。树木不再会被乌鸦清晨沉醉的歌声所吸引。世俗事物的神圣美随着木质马车的离开而离开，或者被践踏在泥淖里。树段被用来装饰新房子的花园。两根树段由于某人的愚笨而躲过此劫难。一根大树枝在一个夜晚掉了下来——在遭受砌砖整整两周的重压后变得粉身碎骨。

那些榆树不自觉间变成附近人们宗教信仰的一部分，当然也包括那位老人。它们凉爽的绿叶一边摇摆一边发出声音，它们的树干在夜晚和夏季的风暴中一动不动，因而它们给人以威严之感，让他们敬畏。它们向那位老人发出神秘的邀请，这邀请让他热血沸腾，虽然他那谦卑的大脑依然运转缓慢；这邀请帮助我们建立美的避难所，并维持其牢固，以便我们能够引退其间——如果我们不仅仅吃饭、喝酒和看报纸的话。当榆树消失的时候，他想弄明白（他依然很谦逊）对于那些新来者来说，谁将代替它们？看着那些年轻人面孔上呆板的斜视，听着他们咆哮的声音，他一点也不感到奇怪。他们没有机会。他们怎么会知道老居民们的闲适、庄严和仁慈？他们没有神灵，只有一座崭新的哥特式教堂。他们经常支持这场或者那场运动，或者买一本观点新颖的书，但是他们或者胆小地或者粗鲁地对任何事物都嗤之以鼻。他们对于在安全范围内稍微偏离常规感到满意，其思想、精神上的对应物是被铁锤打造的铜质赝品门环。他们不是很在意树木。虽然他们在每条街道上都种了树木，但是到了晚上小学生和跑堂的小伙计会将它们一棵一棵地毁坏。他们将高大的白杨树的树冠折断，害怕有一天西风会做同样的事情，而此时百万人中的一个刚好从下面经过。

新来的人是一群穿着黑色装束的神秘人物，他们是贵族、小偷、街头流浪人、农业工人、手工业者、商店店员、职业人士、农场主、外国金融家以及其他不相关大众的后代。对于这个老人来说，他们就是一个无止尽的谜底。他常常像盯着一具尸体一样盯着他们的房子，希望从中发现一点活着的东西。他们正如其房子一样让人费解。夜晚来临的时候，明亮屋子上的百叶窗被拉上，绰绰人影让人难以置信地透射出来。他无意间从报纸上读到他们的破产、任职、罪行和成功。当然，他永远无法对此释怀——总是被那么多他并不了解、对他也一无所知的人所包围。这群茫然、不惹眼的人穿着谨慎，将自己的秘密保守得很好，他们明天有可能在任何一个地方。

他将注意力从他们身上转到自己的花园里和樱桃树上，他想起曾经走到那儿的人。在长方形花园的栅栏的另一边，他的小猫及其后代住在里面，他感到很自在。那个长方形花园一直存在，虽然它所属的大屋子已经不在了。一个商人和他的四个女儿曾经住在那儿。女儿们肤色黝黑、身材高大，她们那骄傲而温柔的话语连花园里的老树都能回忆起来。她们每个人都很漂亮，但是待在一起时最漂亮。她们散步、骑马、娱乐，在花园里读书；老人可以看见她们在那儿。据说她们很聪明，她们的父亲很富有。她们几乎总是在一起，并尽可能经常与父亲在一起。她们是与众不同的一类人：能力超强，风度翩翩，总是相互拥抱在一起来对抗这个世界。但是，看着她们雨中的花园，老人对自己说，她们都没有结婚。她们将房子和土地出售后就立即搬到了伦敦。此后，她们到过他的商店一两次，找个借口走进花园里：看着自己的花园，似乎若有所失。他一边想着她们，一边走进他的商店，打开一本书。一只爬在树叶上的黑色小昆虫受到了惊扰，在他的白色书页上不停地爬动，他假装看书。它沿着之字形爬行了大约半英寸，在黑白相间的沙漠上迷了路。有时候它爬到书的锋利边缘，然后又朝另一边爬。但是总的来说，书边让它很惊恐，它开始后退。它永远都不会停止不动。它让他想起自己。他们都迷失在地球的广阔无边的表面上。

当然，那不是他离开的原因。没有人知道他为什么离开。七十岁的时候，他离家出走，未做任何解释；他像一只羊一样从一群人中冲出来，但是并不比其他人勇敢多少。他带着他的猫儿们，有足够的钱能够支撑到死亡。他被他的侄女认为是精神不稳定，想做什么就做什么。当独自一人时，他最开心。

南

国

# 第 *5* 章

# 苏塞克斯郡

在那棵高耸的截梢山毛榉以南几英里处就是北部的萨里郡、肯特郡和南部的苏塞克斯郡的边界线。从边界线向南大约几英里，荒原的主人——石楠、白桦树和松树取代了波浪形的草地和长势良好的山毛榉、橡树。黄色的小径穿过石楠到达沙地，海边的软岩和黏土暗示了山洪和波道，这让荒原更显得野性十足。高高的茅屋顶通常也能显示这种野性——稻草的颜色是土黄色，由于雨水的浸泡而有了裂隙，鸟儿在上面打洞。这儿的房屋都是由石头搭建的，没有任何装饰，用石楠苫顶。用桦树和石楠制作扫把的人辛勤地从事着他的手艺。院子里有一垛垛的石楠和金雀花。松树林区底部高沼地的凹槽处，景色美丽怡人：白板铺成的磨坊站在闪闪发光的浅滩旁边，金雀花颜色亮丽，白色的衣服在整洁的花园里随风飘舞，第一朵玫瑰已经盛开。在昏暗的雨天，金雀花对突如其来的闪电和高温的反应让人回味无穷：那些单调的灰色、灰绿色和棕色的干刺突然燃烧起来——这真是个奇迹，正如在殉道者的脚下将火焰变成玫瑰。

对于野鸡领主来说，将落叶松栽种成平行四边形是很容易的事情：为了躲开它们必须先进入里面。然而森林里有的地方看起来广阔、漆黑而又原始，里面有几所离群索居的房屋。排成一行的电线杆穿过高大阴郁的松树林，下到沼泽山谷里，经过栽种得稀稀落落的矮柳树，最后到达荒野南部边缘处的一座被废弃的木风车、空无一人的小屋和石楠苫顶的小棚子附近。看着这一大片荒原，大脑似乎会忘记许多世纪的文明，开始品尝早期人类在未开化的山区面前体会到的惊恐——我们内心的惊恐被缓和，以帮助我们形成崇高的印象。荒原的影响超过其界限，徘徊在路边的那一小块金雀花丛中。朝南有牧场、玉米地和耸立在黄花九轮草之间的橡树。那些小小的农场住宅十分整洁漂亮。一个这样的住宅前面有一堵长长的石墙，路对面的高大冷杉站在绿色池塘边，水毛茛的白色花朵让池水斑纹点点，与池塘毗邻的是山毛柳和灯芯草。矮小狭窄的橡树林，宽阔的榛树、山毛柳树篱沿公路排列。树根处有数不清的铃兰、迎春花和杜鹃花。湿漉漉的牧场从高处的树林延伸到低处的农场，从塔尖延伸到塔楼。每一栋农场住宅都是新的——这一栋的屋顶和墙是用砖砌成；对面的一栋是由杂草和金雀花缠结在一起，家禽和鸡笼夹杂在中间，还有一个长满山毛柳的池塘、一堆柴把、一些弯曲的橡树木节和刚刚被剥皮的木材——去年的啤酒花支杆靠在一段高大的橡树木材四周。一般来说，农场住宅的大门由未上油漆的橡木做成。极个别的门在别的地方不多见，它们比围栏矮，由二十根直立柱子合并在一起构成两个结实的平行木块，这两块木块相互接触形成Ｖ字形。这些门值得被书写。

　　在路边围着白色栏杆的池塘里，香蒲光亮的绿色叶子互相映照。这就是维尔德，黏土小池塘之乡。榛树属于夜莺所有。在许多橡树林里，马车从褐色黏土深处的迎春花和铃兰中开辟出一条道路。更显眼的景色是：一片接着一片的朦朦胧胧的橡树林，树林里有玉米、杂草和灰色的耕地；太阳穿过黑色云层，将瀑布般的阳光洒向绿色的草地，草地变得容光焕发，过了一会儿又暗淡下来。稍微逊色的景色是：路边有一个长满荆棘的陡峭的采沙坑；十字路口处有一个白磨坊；黑木材建造的旅馆前耸立着一些紫杉；一只聆听农舍屋顶的麻鹬的召唤的八哥；银色白杨树的叶子在傍晚的公路边瑟瑟发抖；一个牧场的角落里有两三棵高大的橡树，它的阴影下面是弯着腰的毫无瑕疵的西芹和野草——它们似乎在随风奔跑。在一个旅馆的门口站着一个年轻的体力劳动者。他高大、挺拔，但显得松松垮垮的；他的小鼻子扁平，蓝色的眼睛深深凹陷下去，嘴唇像安提诺乌斯；他的脸色红润，但很粗糙，他褐色的头发很短，四周是卷发；他的脖子上系着一条宽大的围巾（围巾上有红色和深绿色的菱形图案），一个铜环在脖子下面将它收紧，因此它飘垂在蓝大衣里面；他穿着灰色灯芯绒裤，裤子很脏，上面打着褐色补丁，几乎被风化成石青色；他的裤子紧紧地贴在他的大腿和腿肚子上，盖在那双穿着笨重鞋子的小脚上。他是一个好人，一个奴隶。他二十岁，没有结婚，头脑清醒，为人老实，是一个高贵的动物。他走进一个衰败的小农舍里——它的材料和茅草屋顶已经没有直角，农舍周围的苹果树和那棵孤独的榀梓树也很老，树木下隐藏着丁香和一个小花园。这是一栋房子（我几乎说成这是一个人）它注视着英格兰，这让人想起《来啊，和我一起生活，做我的爱人》这首歌，或者下面几句歌词：

"嘿，从山上下来！"戴安娜唱道，

她周围围坐着一群处女；

"再也没有比爱情更徒劳无益的事情了。"

我一边思考，一边用低调哼唱民谣。


过了一会儿，他走到门廊下面。我似乎看到了那个英格兰、那个天鹅窝、那个人们可以全身心爱着的英格兰。但是现在，我们有大不列颠、不列颠帝国、不列颠人、英国人、说英语的世界；我们的选择太多，以至于任何一个有爱国心的人都感到尴尬；谁要是能够为过去、现在和未来找到一个理想的英格兰来崇拜，并将它体现在他的故土、河流和花园里，他就是幸运的。

广袤无垠的南丘就在眼前。在附近的一个小山上的大白垩洞穴旁边立着一个风车，低处是大片的榆树林，围着矮树篱、长满草和小麦的田野。农场在丘陵地里。有一个农场与榆林相邻。榆树枝条聚集在农场的瓷砖屋顶、灰色的烟囱和山墙周围；聚集在用新瓷砖砌成的畜舍周围；聚集在有一个大斜坡的谷仓周围；聚集在长满苔藓的低矮的马车棚、车轮、接地车轴周围；也聚集在浅色的稻草堆、靠着梯子的深色干草堆周围。数百只山羊一闪而过，它们身上的铃铛在风中奏出乐曲。云雀在歌唱，似乎以前从未在黄昏时刻唱过歌。现在是日落时刻，刮着大风。除了太阳落下去的地方外，天空中布满深灰色的柔软云层。此时，太阳依然可见，它散发着光芒，从西边的一个明亮窗户里向外望。在太阳的正下方，野草和小麦沐浴在光辉中，西南风掀起阵阵闪闪发光的涟漪。现在除了水上，已经无法在其他事物上见到太阳光。在北部太阳光线无法到达的地方是一个茂盛的牧场，远处是一块平坦的沼泽地，它的上面流淌着几条蜿蜒曲折的小河。沼泽地的高处是一个黑色的教堂，它耸立在一个树木繁茂的土堆上。

在西南方的半山腰里有个小镇，镇上有一个磨坊和城堡，它们忧郁而又清醒，它们的背后是更多远山的轮廓。

# 第 6 章

# 回归大自然

　　我走到下一个小客栈里，内心充满希望。多年前，正是在这儿，我第一次遇到一个不同寻常的人。那是七月末的一个夜晚，大约九点钟。干草工人刚刚放工，他们穿着灯芯绒裤和肮脏的白罩衣，踏着沉重的步伐走进酒吧。最后一马车的货物停在客栈门外，红胡子马车夫站在旁边，一只手放在门闩上；在将马领进畜栏前，他喝着一品脱酒。紧跟着干草工人们进来的是一个身材高大、头发稀疏蓬松的男人，他看起来很久没有刮胡子了。他的衣服是灰色的——灰色的棉袄、灰色的马裤、灰色的长筒袜，连他的那顶看起来很旧的毛毡高帽也是灰色的。他要了六便士的麦芽酒。他将干草灰尘从他的脖子上擦掉，然后坐在我旁边。

　　不，他今天不在这儿。也许他永远不会再离开伦敦。

我向他询问到最近村子的路，问他那儿是否还有床铺。他说，最近的村子有点远。他停下来，一边看着我，一边用他的大啤酒杯喝酒；然后他压低嗓门说，如果我愿意去他那儿和他一起住，他会很高兴。我不得不接受这个不寻常的邀请。

在下一个小路向南大约四分之一英里处，他打开了一扇橡树小门，又在我们的身后关上。在一小块平坦田野角落的一棵橡树下面，那就是他睡觉的地方。我愿意第二天早上六点钟和他一起吃煎熏肉、蚕豆，喝茶吗？

他点燃了一小捆干草，不一会儿火焰就燃烧了起来。他又拿来一些干草和麻袋铺第二张床。农场住宅里的灯光在这块地另一边的丁香树下闪耀着光芒。农场的水泵响了几分钟，声音如同珍珠鸡的哭声。后来灯光消失了。我问他农场的名字，他告诉了我。

"我几乎每个夏天都来这儿割晒干草。"他说。当他察觉到我对于这不是他首次割晒干草这件事很吃惊时，就接着说："准确地说，这是第十个夏天。"

他还不到三十岁。我注意到他的手虽然很小很精致，却很黑很粗糙，上面有瘤子。我不假思索地说，如果一年四季像这样旅行的话，他肯定会觉得冬天太恶劣了。

"是的，"他一边说一边叹了一口气，"的确如此。这就是我为什么冬天要回去的原因，至少这是部分原因。"

"回去？"

"是的，回伦敦。"

我依然感到很迷惑。从他的神态看，他似乎来自小职员阶层，在某个小镇上长大，但是他的口音又不像。我无法想象他在伦敦的职业如何与他目前的生活兼容。

"那么，你是伦敦人？"

"也是，也不是。我出生在卡马逊郡的一个小村庄。我父亲是邻近小镇煤炭商办公室的一个小职员。但是他希望不断上进，晚上也努力工作。在我七岁那年，他为了找个薪水更好的工作而去了伦敦。我们住在华兹沃思市一条新建的小街道上。我到附近中产阶级学校上学一直到十六岁，然后进入一个丝绸商的办公室工作。然后我父亲很快就去世了。他从来都不是很强壮。从他到伦敦工作的第一年开始，我就听母亲说，他没救了。他没有朋友。我小的时候，他把所有业余时间都给了我，他很幸福。每个不下雨的周日和几乎每个周六的下午，他都会用小推车把我推到乡下，母亲走在旁边。

"在一次远足中，他们将我留在一边，开始谈论一些比平常此种情况下更严肃的事情。突然，无限（无限时间、无限空间）被展示给我，它仿佛一个打着哈欠的大洞，不仅在我的下面而且在我的四周。它被用力推给我，而我无法抓住它，只能闭上眼打颤。我知道，甚至父亲也无法挽救我。过了一分钟，一切都消失了。对于一个更快乐的孩子来说，一个美好、壮观的幻象可能会从此深渊中产生，并且赋予他对于生活和世界即使不是更伤感，也是更深刻的洞察力。这与神秘主义者的入迷状态很不一样，在这种状态下，他用无限的心灵去感受大地、星星、大海、遥远的时间，意识到自己与它们的同一性。但是对于我，这次偶尔的经历向我暗示：我的心灵需要在这条白色的道路上旅行；这条路就在我的身前、身后，它无止境地延伸着。这次经历给我带来恐惧，并且将我列入地球上无助、多余人的行列。

"我是他们的独子，我的父亲从我身上获得巨大的喜悦，只有他生活中的痛苦及他所预示的我的生活中的痛苦能够与这种喜悦相匹配。他常常给我读书，有时候回家晚，他就叫醒我给我读书；如果晚上没有给我读书的话，他会在早饭前一小时将我从床上拉起来。他最喜欢的书是《垂钓大全》《拉文格洛》、华兹华斯的诗歌、梭罗的日记和《塞耳彭自然史》。记得十二岁的时候，我想：尽管已经是一个老人了，怀特在给巴林顿的最后一封信的末尾对自然历史说再见的时候内心可能依然躁动不安。一想到这一点我就对人性的浮躁感到很绝望，于是就哭了。我的父亲用一种悲伤、嘶哑的声音——我当时这样认为，尽管停下来的时候，他很高兴——将这些书给我读了好几遍，我经常难以忍受，因为随着我的逐渐长大，我能够并且愿意自己读书。

"我完全能够感觉到荒野的存在，尽管我从来没有去看过（我几乎记不得卡马逊郡的黑森林）以至于我开始沉浸在幻想中，并且开始鄙视那些悬挂在我家和邻居花园之间的栅栏上的那些如同昂贵连衣裙的茂盛爬山虎，因为它们生长的土壤不是红色的，而是黑色糨糊状的混合物，里面充斥着煤渣、砂浆、腐烂的破布和小猫的尸体。我曾经喜欢去铁匠铺里闻烤焦的马蹄味儿，去车棚里闻马儿的味道，去看穿着宽松上衣的男人：他们光着膀子，手里拿着铁钳、黏土管，脸上是那种无拘无束的表情，这种表情我从来没有在别的地方见过。在公路和铁路上干活的挖土工人也给我带来无穷的乐趣。我注意到等火车的办公室职员喜欢看这些粗糙、无忧无虑而又悠闲的汉子们做着看起来很重要的事情，完全不像他们的分类账。我眺望从东向西逐渐升高的街道及街道最顶端两堵陡峭的砖墙之间落下的太阳，并且从中获得无限乐趣；似乎一扇门在那儿打开了，所有让我伤心的人和物都从那儿消失了，只剩下我自己；这很像孩提时期向我打开的那个大洞。

　　"我父亲死于肺炎，我那时刚刚能够自我谋生；因此，我一个人留在租住的房子里，母亲回到威尔士。我勤学算术；我至少早出晚归，从来不停下来跟别人说话；然而我经常犯错误，那些数字中充斥着美国的河流、英国的瀑布、吉普赛人的帐篷，以至于如果没有这些数字我能够阅读梭罗、爱默生和博罗竟然成了一种奇迹。时髦的人接受"工作的权利"这种呼声；但是显然，他们的精神已经崩溃，他们无法想象生存的权利这种观点，他们仅仅满足于工作。他们接受这种观点，却什么也不做，这不好。人们不可能为了获得"工作的权利"而像我曾经那样战斗。我曾经的办公室在一个矿井的底部。那个矿井的四条边就是我办公室的墙，上面有很多窗户，我能够听到人们在我后面的屋里说话，听到打字机的喀哒声，却什么也看不到。只有在六月的两三天里我可以看到矿井外面的太阳。大热天里，绿头苍蝇在我的窗格上嗡嗡地叫，我照顾它们直到它们一只接着一只死在窗台上。办公室里没有蜘蛛，它们似乎生活得更好。有时候麻雀在矿井里飞上飞下。每个星期我可以让一只黑白羽毛的鸽子给我作伴。它每天都站在对面的墙洞里，直到有一天死去，它的尸体落在下面的水泥院子里。云朵从矿井上空飘过。金色翅膀的海鸥在十月的下午从头顶飞过。当所有灯都点亮的时候，我喜欢矿井里的迷雾；尽管我们互不相识，但是我们可以相互作伴。我最喜欢雨。雨常常从四周泼溅下来，发出很大的噪音。我抬起头，看见做工精巧的通风盖像小猫一样坐在烟囱顶部；我的脑海中出现愚蠢的幻想，它们将我暂时带到遥远的地方。

"父亲死后的两三年是我最糟糕的时候。我将一大半微薄的薪水都花费在衣服上。每天带我进城的火车厢里有九个年轻人，我费了很多力气去模仿他们，想尽可能像他们那样说话、吸烟和思考问题；我学习他们对穷人、异乡人以及对任何与他们或者他们认识、羡慕的有钱人家里不同事物的那种可怖而又胆怯的蔑视。我们都是奴隶，我们给我们的衣领镀金。"

"但是记者和御用文人更差劲，"我说，"至少你们的主人对你们要求不多。御用文人被要求在短时间内献出所有能够转变成文字的东西，因此他从不取下自己脖子上的领子，不像你在下午六点和第二天早上九点之前是不戴的。"

"哦，但是到底做好事还是坏事，这取决于你自己。我们只会干坏事。我们每天都做着自己不懂的事情——这些事情与我们无关，与我们在学校所学、从书本上所读、从父母那里所听的事情无关。当工厂老板生气的时候，他就说，我们最好小心，否则机器会在十年而不是二十年内取代我们。我们被从生活中驱赶到地下通道的一个角落里，在那里，任何不能帮助我们提高算术、按照命令记录信件、衣着整洁、服从我们上面的奴隶的事物都被认为是多余的。当我们离开办公室的时候，我们不能做任何不符合我们职业的事情。工厂老板经常说，我们每个人‘都扮演一个角色，不管这个角色多卑贱，但是对于现代文明的崇高机器来说，并非每个人都是多余的；我们应该像地球那样不抱怨，不焦躁，它并非因为自己是这个宏伟宇宙中最小的元素而抱怨或者焦躁’。于是，当不在办公室的时候，我们继续保持整洁，我们反抗任何其他没有能力夺走我们面包的人、事——包括老人、穷人、孩子、妇女、我们从未梦想过的观点。这与大冬天一个野蛮教区对待一只乌鸫的做法如出一辙：看门人、园丁和农场主拿着枪出去，他们将它从一个树篱追赶到另一个树篱；它饥饿、惹人注意、远离自己的伙伴，最后倒在他们残忍的枪口下，被他们卖给当地的一个贵族，这个贵族将它关进一个玻璃箱里。

"有时候在周六和周日，我感到一种无以名状的焦躁，于是就逃出去。我独自一人走到孩童时期父母带我去的美丽地方。我已经五六年没有去过那些地方了。我的访问很正式。我走出去，很高兴再次回到有阳光的街道上，很高兴能够享受浓茶、报纸和小说。但是有一天我比平常走得更远。我来到我们曾经去过却未进去过的一个树林里，发现我能够够到乌鸫、画眉和知更鸟的窝。我煮了一壶水，开始喝茶。在那片林子里除了我父母外，我没有见过任何其他男人、女人；除了父亲大声朗读华兹华斯的声音、鸟儿的歌唱声和树林边缘的一个池塘里松鸡的声音外，我从未听过其他声音。它曾经对我是关闭的，但是我学会热爱阳光、树木、花朵以及它们的爱。当再次见到这个树林的时候，我哭了，我真的忍不住哭了。因为在它的侧面修了一条路，建设工人们走来走去，因此树篱上有十几个缺口。他们不停地践踏这片树林，折断树枝，让它变得有点可憎。更糟糕的是，那块金色的土地被封死了，一个小教堂建在上面。我过去时常躺在那块土地上的金凤花丛中，一个人与蓝天作伴。也正是在那儿，八岁的我第一次感觉到蓝天的广阔、亲切和友好，我高兴地伸出手，想要通过那柔和的蓝色物质将天空招引过来。新房子分散在那块土地上，还有一个属于陌生人的墓园，这些人互不认识，也不认识其他任何人。最初我只是决定逃跑一次。但是那种景象让我怯懦，我拖着两只脚慢慢地向前走。我只能回到家——我的意思是我租住的地方。

"然而，那之后我的变化很大。我对于自己的生活方式感到很羞耻。现在我将所有的业余时间和钱都用在去乡下、阅读老书以及我能够听到的同样精神的新书上。我为这些事物而生活。我现在才知道自己的奴性。一切都在提醒我这一点。我回乡的火车票直白地说：'你需要在晚上十点三十九分之前返回这里。'后来我就走不同的路回去，甚至完全步行，以此避免将这个宣布我是奴隶的东西装在我的口袋里。

"现在我第一次接受一个亲戚的邀请。他住在东海滨，离大海很近。海边有一个沙滩海岸，岸边有一处陡峭的沙质悬崖，悬崖的边缘就是粗糙的沼泽地。当海潮很高时，海水冲刷着悬崖底部，每天将黄色的沙滩冲洗两次。海水冲走了所有的足迹，只留下被不断重新排列的蓝色卵石——它们在涩风中闪着光。再也没有比在这个沙滩更让人感到自由的啦！我很满意。大海让我回想起自己躺在金凤花地里的感觉，还有墓园。我仰望着天空。走在沼泽地里，起伏不平的地面被掩盖，大海总是以一种出人意料的方式出现在眼前。我突然回头，似乎看到蓝天在延伸，几乎碰到我的双脚，半空中有褐色、白色的小云朵，像鸟儿，又像轮船——其实那是在海天交接处的大海上航行的轮船。生活似乎很美好。这儿的云朵不得不被纺成丝线、被雕刻出形状。卵石对于眼睛和手都是一种享受。但是我最大的悲哀正来自于我幸福的极致。我恋爱了，爱上了我的表妹，一个十七岁的小女孩。她从来没有回应我的爱，但是她是个非常真实的朋友。一段时间里，我沉浸在喜悦中。我现在甚至嫉妒那段短暂时间里的痛苦和不幸。

"她聪明、善解人意，因此与她在一起时，我总是处于最佳状态；但是，她又像孩子一样甜美，像动物一样奇怪。当看到她与其他女孩在一起时，我很痛苦。当她们在一起，在沙滩上奔跑、聊天、跳舞的时候，她们看起来似乎是一体的，就像风。有时候我想，就像风，她们也没有心脏，除了我的心脏——它与奔跑的人们一起奔跑，在哄笑的人们中间叹气。看到她与动物在一起真是太可爱了！当与奶牛、马儿在一起的时候，她不自觉地流露出母性，她的母性直率而温和，不含任何思索。有时候，我认真严肃地望着她的眼睛，直到迷失在好奇的愉悦中，如同走在一个阴暗、安静、寒冷的地方，例如一个大教堂里或是寒冬的一片小树林里。她有一双深灰色的大眼睛，既不逃避也不微笑，只是无畏地望着前方，既无忧无虑，也不感到害羞，仿佛树林里一个不习惯路人的深水池。然而，她又那么孩子气。我渴望有一天（我从未有过）能够像她那样无忧无虑、大胆无畏、自由自在。不，我永远也教不会那双眼睛和嘴唇爱的方式：那是小男孩的任务。我想，我会很高兴爱她、拥有她的友善。我比较老成。在没有女人影响的办公室和租住房里的生活让我不太适合她这种姑娘。我转过身，在大海上被阳光照耀的轮船为这种想法感到悲哀。但是我不能等待。我告诉她我的爱。她既不生气也不冷淡。她没有拒绝。她很害怕。他们将她送到大学里去读书，她努力学习、努力玩耍。他们告诉我她现在是个女教师。我看到她双手放在一起，忧伤而又坚定。我认识她的时候，她身材修长挺拔，褐色的长发被编成两个粗辫子，半球形的眉毛闪闪发亮，她的眼睫毛是黑色的，眼睛是灰色的，她的微笑里包含着无以言传的甜蜜——我曾经因为沉浸在这种甜蜜里而让她很吃惊。我对于她的思想和自然中蕴含的美感到很高兴。

"我失去她的时候，或者我认为我失去她的时候，我感到：

> 活着是一种痛苦
>
> 但是一想到世界上的这颗宝石
>
> 我也许可以再次见到——

"我决心不再做奴隶。几个星期里，我幻想着自己只是偶然失去了她。有时候默想这件事情的时候，我感到很激动，我的想法向前疾跑，似乎希望超过、改变这个已经降临在我的身上、实际上引起该想法的坏运气。

"我节省下能够从工资里节省的每一便士。我在六个月内省了二十英镑。我用一笔钱买了一套黑色的西服、一双靴子、一顶帽子，然后将剩下的交给我的房东，让她替我保管直到我回来——可能是十月底。那时候是四月。我提前告知我的雇主，然后离开他们。第二天一大早，我离开伦敦。我走了一天一夜才到达海边。我在那儿游泳，好好吃了一顿饭。我沿着悬崖走，直到来到一个小农舍里。我订了一个房间。在那儿，我睡觉思考、再睡觉，我不受打扰地睡了二十四个小时。我自由了。我想象自己已经不再是被乌合之众领导的乌合之众。如果精打细算的话，即使不去工作，我的钱也可以支撑到仲夏。

"五月温暖而又湿润。到五月底的时候，有很多收割杂草的工作，我毫不费力地找到锄草的工作。然后就是摘草莓和摘樱桃。我做得很慢，挣钱不多，但是现在天足够暖和，我可以睡在外面。我挣到了买食物的钱。到七月底的时候，因为喜欢自己的工作，我能够像任何一个女人一样熟练地使用干草耙，比大多数临时工都干得好。在捆绑大麦、燕麦及后来喂脱粒机时，我磨破了手指。但是在十月底的时候，天气将我赶回伦敦，那时我的口袋里还有十先令。

"我穿上我的新衣服，找到一个和第一份工作一样好的职位。怀着到户外度过另外一个春天和夏天的希望，我愉快地度过了冬天。为了省钱，一回到我的租住房里，我就上床睡觉；我一直读书直到睡着。

"五月里，好天气持续了一段时间，这促使我再次告知我的雇主。第一天我一直走到梅德斯通。我的第二个夏天像第一个夏天那样。已经有五六个农场知道我。当他们不能立即给我工作的时候，他们让我放假，让我在维尔德所有农场的三四个池塘里钓鱼。我吃了很多丁鲷、鳝鱼大餐，虽然并非每次都美味可口。夏天快结束的时候，我口袋里有三英镑，到十月底的时候，我的钱稍微少了一点。

"我像以前一样度过冬天。我这样生活了五年。后来，为了用我的积蓄出国，我在一个办公室工作了整整一年，然后在卢瓦尔和波尔多过了四个月，我从波尔多来到卢瓦尔。那之后，我再次回到原来的计划。"

他停下思考了一会儿。我问他是否依然容易在伦敦找到工作。

"不，那就是问题所在。"他答道，"我的字迹没有以前好，我也写得慢。在伦敦的第一个星期似乎抵消了整个夏季的远足，尤其是我的工资没有以前高。当我申请工作的时候，他们开始问我是否结婚。十一月的雨提醒我的风湿病。我可能需要医生，不得不花钱，因此直到六月份田地里工作很多的时候我才能离开伦敦——这是我最大的恐惧。但是我有自由，如果需要的话，我可以当个牧牛人，住在陆地上。当我申请文书工作的时候，他们开始看我的手。我不能带着手套。"

"十年之后呢？"

"十年对于我来说太遥远，我无法想象，尽管我不如以前那样高兴。我意识到我依然属于郊区。我不属于任何一个阶层和群体，也没有传统。我们郊区人是一群糊涂的、迷惑的、犹豫不决的人。我们勇气不足，尽管耐性较好。至于我自己，我意识到周围的世界；因此，我遭受着不可言状的孤独之苦。我知道缺乏重口味和冲动（这让人盲视与他们无关之事，因此他们活得更轻松）的痛苦。例如，我的味觉很敏感，也很喜欢我的食物，但是每次品尝羊肉的时候（我的确吃）那种愉悦被一个屠夫将一只羔羊夹在他的胳膊下面的景象所破坏。这就是问题。无论从哪方面看，我都很敏感。真汉子要么忘记这个景象，要么加入一场运动。我什么也不能做。

"我现在对于观看事物、观看外表感到厌倦，因为我没有看到任何其他物。当我思考燕子在许多孩子、诗人及其他人眼中是什么这个问题的时候，我感到很悲哀；对于我来说，它们只不过是不可仿效的、紧凑的黑色物体，我不知道它们如何能够在透明的空气中翻跟斗——仅此而已。但是我知道它们不仅如此。我理解它们的重量、浮力、速度，但是我缺乏远见。然后我记起了托马斯·布朗的话：

回归大自然

我相信有一种共同的精神作用于我们内部，但是不属于我们——那就是上帝之精神，它那高贵、强大的精髓的燃烧和闪烁就是所有精神的生命和热度……正是那种微热在河水边沉思，在六天内孵化出世界；正是那种光照驱散了地狱的迷雾、恐怖的云层，驱散了恐惧、悲伤和绝望，让心灵的世界保持恬静。不管是谁，如果他无法感受到这种精神所吹过的暖风及其温柔的释放，我不敢说他活着，尽管我感觉到他的脉搏；如果没有这种精神，热带将没有炎热，没有光线，尽管我栖息在太阳下面。

"我不敢说我活着。然而那些奶牛，那些营养良好、安静的奶牛，在这样温暖的好天气里从门口嫉妒地盯着我。尽管它们对于死亡一无所知，但是我知道死亡一定会来临。尽管人们有时候渴望死亡，但是当它来临时，人们不会欢迎它。然而，它们依然嫉妒地盯着我，我确信。

"我没有勇气，但至少可以忍耐。我可以放弃自由再次变成奴隶，至少我知道按照自己的生活方式，我将一无所失。是的，我可以忍耐，如果死后被问及一些难以回答的问题，我可以问一个没有答案的问题——我经常在伦敦问自己这个问题，不是在这儿。在这儿，我喜欢我的食物，我的工作，我的休闲。我的梦想很美好。人们对我评价不错，我没有敌人。

"但是，我无法向前看（前面什么也没有）正如我无法回看。我的同类还没有建立未来；他们没有在地球上定居；他们无所事事；他们是大机器上的一滴油、一粒沙；他们谦卑地拿走他们的食物，找到避难所，对他们上面那些既不仁慈也不残忍的有权人士不无感激。我希望我不比他们做得少，我希望我能够做更多。

"现在儿时的感觉再次回来了（我离开表妹时体验过）不仅在伦敦，而且在南丘的峰顶，在海边，我都能够感觉到；我感到浩瀚无边的孤独，似乎我下一刻就有可能在所有可见之物之外。

"你知道是什么感觉：在宁静的夏夜，天气暖和，农夫和他的妻子还没有打发孩子们上床，他们在玩耍，他们的高叫声惊扰了树林的沉思；此时我感觉到空间、宁静以及我的渺小都被无限地夸大了。我希望我能够放下思考、欲望、噪音、激动，不要再徒增那伟大的和平的烦恼。也许赞美诗作者谈及的正是这种孤独：'我的日子如同烟雾般被消耗……我看着，如同屋顶上一只孤独的麻雀。'世界错了，但是夜晚是美好的；露水闪亮，湿润的空气中弥漫着忍冬的香气。我想再吸一管你的烟，离开你一会儿。睡觉前我喜欢一个人待着。"

我再次见到他的时候，他在为我们的早餐炸熏肉、煮豆子。"忘了我昨晚的想法，"他说，"对于干燥的白色小路和蓝色的天空表示感谢吧！我们不那么年轻了，但是现在是夏天，天气良好，我们应该感到高兴。至于我，干燥的天气如此甜蜜，以至于我喜欢凋谢了的花儿、运送干草的马儿的粪便和傍晚进入喉咙的灰尘的味道。再见。"

他去一个水泵边洗漱，牛儿从挤奶畜栏里出来，分散在田野的四处，田野里充满了它们甜蜜的呼吸以及啃吃茂密杂草的声音。

几年后我再次见到他。

伦敦又热又干燥。如果有生命的话，它可能已经被烤焦、开裂、枯萎了。砖石建筑物都非常干燥，以至于人们首先对它们感到疲倦，然后才是脚下的人行道。对于雨的渴望让这个城市与自然相一致。街道上的法国梧桐如同许多战俘：它们被束缚在石板路上，浑身沾满灰尘，垂头丧气的；它们的质朴虽然被抢走，但是没有被遗忘。飘浮着白云的高远蓝色天空被烤焦，蓝色和白色被炙热的淡黄灰色浮渣（它们与砂质人行道、一丝不挂的塔楼和塔尖相和谐）所玷污。最漂亮的是远离泰晤士河的深绿色的嫩草叶，它们试图穿过围绕在街道上树木周围的格栅而生长。野草是一个预言家，低语说着荒诞、模糊的事情；既然它的声音很小，并且来自地下，也就很难听到、很难理解。无数人践踏着野草，除了夜晚的几个小时外，因此它永远也无法摆脱格栅。

一个大型机器从后面插入墙壁，发出隆隆声；尽管墙壁颤抖、变热，机器始终没有穿透墙壁。即使街上行进的所有人与物（人类、马匹、机器、马车等）一边咆哮，一边不停地快速向前走，被无形的墙壁所禁闭，他们也无法穿透墙壁。他们有是否做被吩咐的事情的自由。他们看起来比一个旁观者更牢固地被监禁着，因为他意识到自己的栅栏；但是他们继续向前，至少看起来是这样：向前，再向前，转弯，再转弯，他们毫无思想，如同引擎上的带子。

我谁也不认识。没有人微笑，没有人休息或者被一个观点、一种感情、一个幻想所感染；他们头脑清晰、坚硬，被固着在同一种缺陷里；因此，尽管他们无限多样化（没有两撮眉毛的形状是一样的，也没有两张嘴巴与眼睛有相同的关系）但是他们的多样化似乎是无意识的灵巧和悠闲的产物，例如一个崇高的集邮家的产物。几乎没有人说话。女人们从左边走到右边，而不是笔直向前走；看到她们嘴唇在动，却听不到她们的谈话。人们聚在一起发出的咆哮声最后演变成一种沉默，没有一个人能够打破它，大海也无法将所有小溪流都完全纳入其中；而这种沉默却吞并了男人、女人的声音，这种孤独吞并了他们的个性。偶尔有一张脸变了色，有一撮眉毛竖起来，或者有一张嘴拉下来；但是这对于我还不如鸟儿拍打翅膀有意义——当雨滴从山毛榉上一滴一滴地滴下来，溅到一片树叶上，让它颤抖，然后又溅到灌木丛中的另外一片树叶上，此时鸟儿会拍打它的翅膀。

大众的行进不仅仅只倚靠人类力量，也不只是弓形脖子、胸部肌肉、马儿的脚步、聪明优雅的女人、高大强壮而又持之以恒的男人的所有力量总和。他们无法停下来。他们看起来愚蠢、麻木、面无表情，甚至是残酷。他们为了别人的事情而奔波；他们将自己的事情隐藏起来（仿佛一个醉汉忘了将他的黄金藏在哪儿了），以达到遗忘隐藏地方的目的；他们将他们的灵魂隐藏在更坚硬、更漆黑的事物下面，而非他们躯体的衣服下。很难理解他们为什么有时候不相互拦住对方，询问灵魂和灵魂被掩藏的地方，或者撕掉面具。我不认识他们，他们也不认识我，我们不得不这样继续向前，如同海浪（月亮将它们送到无法攀登的海滩上，它们在那里夜以继日地发出隆隆声，它们只有服从）这真是让人难以忍受。这种驱使我们在炙热的街道上行走的力量和决心可能超过奥林匹斯山。那个能够领导风暴派对的人在哪儿呢？

在一排出租车和一排公共汽车之间有一块大概五十码长的安静地方。一段时间内，人流似乎在拒绝他们的任务。没有人穿黑色上衣，没有一匹马，没有一辆公共汽车上载了人：没有匆忙。原来这是一个游行队伍。

走在队伍前列的是一个高个子。他白色的脸庞上留着黑色的胡须，黑色的长头发从数量和形状看更像鸟羽毛。他也没有戴帽子。他像士兵那样走路笔挺，但是他的步伐很长很慢。他的头低垂着，因此他赤裸的胸膛支撑着它——他没有穿外衣，他的衬衫半开着。他穿着短裤，黑色双腿裸露在外面，脚上穿着鞋子。他的手背在后面，似乎被拷了手铐。两个男人走在他的旁边，他们穿着黑色的衣服，原本黑色的帽子已经变成灰色——这两个人不引人注目，他们的鼻子扁平，下颌上的短胡须很粗糙，眼神呆滞，走路拖着脚步。另外两个人紧跟着前面的人，每人拿着一个白色小横幅的一个支杆，横幅上刻着这几个字——"失业者"。这些人都不引人注目，他们虽然都很年轻，但瘦弱苍白、身材弯曲。他们的衣服、面色、头发、帽子的颜色都是干巴巴的，几乎和马路的颜色相同。很难说清楚他们的面部特征，因为这些人都低着头，帽子盖在头上，眼睛不为人所见。他们无法步调一致，无法肩并肩地走。他们的横幅总是在前后左右摇晃，总是歪歪斜斜的。

　　紧跟在后面的是三个同样类型的人，他们没有排成队，像其他人一样颤抖。他们身材中等，穿得不是太难堪，也不是太瘦；他们将手插在衣袋里。我认出三人中的一个是那个出生在卡马逊郡的人。一辆运货马车紧跟在他们的后面，被一只膘肥体壮的灰色驴子拉着。驴子不需要被驱赶，因为驾驶马车的那个人背对着驱动轴。他向前靠在一只桶上（他们希望人们将钱扔进这只桶里）似乎在与跟在他后面的人说话，因为他挥舞着一只手臂，摆动着他的胡须。他很胖，戴着一顶丝绸帽子，穿着一件双排扣长礼服和条纹裤子。要不是与一双漂亮的黄色靴子相搭配的话，那条裤子就显得太旧太可笑。他的身份介于海边吟游诗人与仆人之间，他没有一个动作破坏了自己的身份特征。"失业者"这几个字也出现在他的上衣上。他的讲话对象大约有十五到二十个人——他们走在队伍的末尾，但是似乎没有在听。他们都是年轻人或者中年人：他们的身躯微驼，金色头发，胡须蓬乱，皮肤的颜色与马路的颜色相似，衣服的颜色稍微暗一点。很多人穿着大衣，衣领被竖起来。有些人里面除了一件衬衣外什么也没穿，有人甚至连衬衣都没穿。他们的手都插在口袋里，只有一个人手里拿着一个烟斗。他们都沉默不语，脸上有惭愧的表情，拖着弯曲的膝盖挣扎着向前走。没有两个人并肩行走，他们的队伍既不成行也不成队，也没有诸如从偶尔撒播的种子发育而来的植物的那种令人赏心悦目的不规则美。他们再也没有比现在更孱弱，更缺少兄弟之爱，更缺少条例、目的和自控性。每个人脸上的表情都是最卑鄙的小偷被抓住时的样子。

两个忧郁、仁慈而又冷淡的高大警察时不时地举起手臂，似乎要帮助这队令人鄙视的队伍前行。有时候他们快速挥动一只手，让摇摇晃晃的队尾走得更快一点——队尾的那些人向前跑几码，他们的膝盖更弯曲，上衣后摆不停地晃动，但是他们依然将手插在口袋里。他们只能跑几码，因为他们现在的步伐已经达到最佳状态。尽管他们力气相同、中等身高、步伐大小也一致，但是没有两个人能够齐步前进。

交通越来越拥挤了。马儿们打着盹，迈着沉重的脚步向前走；

汽车吐出阵阵烟雾，与公路产生阵阵摩擦声；在它们之间的是这一群人——驴车后面的人成为灰色的交通障碍物。驴子的一边是那个留着黑胡须的人，现在他的右胳膊放在驴脖子上；驴子的另一边是警察；驴子的前面是低垂着头、举着支杆的棋手。常常唯一可见的是这群人的领导者乌亮的羽冠。

这群人在人行道上继续向前挤，经过色彩缤纷的商店。没有人看横幅、领导者及其愁容满面的追随者们，除了几个年龄最小的送报纸的小男孩外——他们有几分钟的空闲时间，跑上前跟着他们一起走，希望有音乐、演讲或者冲突。一个身材挺拔的卖花女孩站在路缘上，她的眼睛闪亮闪亮的，她用左胳膊将藏在披肩里的孩子优雅地抱在胸前，左手拿了一大把玫瑰花。那些衣着考究的温柔妇女靠在她们男人的肩膀上，让她们微笑着，有点同情那群失业者；意识到自我的安全和惬意，让她们感到很高兴。有阅历的男人瞥了一眼，意识到这是一个游行队伍。

一个站在路边上的男人拿出一枚沙弗林，看了看它和那些失业者，然后做了个迷惑不解的手势，将那枚钱币扔在低处的排水沟里。他接着观看。自我感觉良好的小职员及其他卑躬屈膝者意识到这些人就是报纸上报道的失业者（"一个极其紧迫的问题""一个非常复杂的问题，不能马上做出决定""它正在引起我们这个时代最有才智者的注意""我们的特报员正在做全面调查""谁是真正的失业者，谁是冒充者？""与社会主义者的阴谋相关"），他们将"社会主义"这几个字重复了几遍；看到那个领导者裸露的双腿和演说家黄色的靴子，他们笑了。第二天他们会再次骄傲地微笑，他们看到此次游行——它以反对军队和有钱人的无效而又狂热的话语结束，四人被拘捕，一人被监禁。那些失业者语气中透露着饥饿的感觉。他们很生气，不停地咒骂着。一个人在一个宫殿门口挥动手臂，即使所有的国王坐成一排来诱惑他，他的手臂也几乎无法举起一把左轮手枪。由于拥挤和骚动，他们的领袖摔倒在地上，晕了过去。他们用手臂支撑他，在他周围给他腾出一点空间。"纳尔逊之死"，一个旁观者建议道，他注意到他的姿态和短裤，禁不住大笑。"要是他有个荆棘王冠就好了……"另外一个人说，他被那群人逗乐了。"他想要一点清汤和苦工。"第三个人说。

# 第 *7* 章

# 一节火车车厢

我尽快离开伦敦。火车车厢里几乎塞满了读三四种大同小异报纸的男人。这时一个头发花白戴着眼镜的小个子中年男人进来了。他也许是个印刷工。他的面孔扭曲，脸上带着愚蠢而又迷惑不解的表情（这可能为他赢得了街头小男孩的嘲笑。当他坐下的时候，他认出了一个水手）他高大、笨重、面色和善，将他巨大的红色双手放在膝盖上，每一只手都适合当英雄头盔的模子。

"哟！我从没做过这事。你还好吗，哈里？"

他们亲切地看着对方，但是显然都有疑虑。他们努力想要了解对方，却不想暴露自己的好奇心。事实上，他们之间的友善几乎融化了二十年不见面的身体障碍和对对方的不了解。

"你什么时候离开老地方的？"水手说。

"你离开后不久，哈里。野天鹅失事后。二十一、二十二——是的，二十二年前。"

"这么长时间吗？我敢发誓，你依然留着我上次见你时的胡须。"水手看着对方。他已经横跨了这二十二年的距离，了解了这个人。

"是的，二十二年。"

"你又回去过吗？查理·纳什怎样了？年轻的伍尔福德呢？还有那个牧羊人呢？"

"我想想——"

"但是玛吉·卢克还好吗？"水手打断了他的话。

"哦，你不知道吗？你离开后她就生病了。他们都认为她没事儿，但是他们无法治愈她的咳嗽。冬天她的咳嗽加剧，整个春天都很严重。"

"那么她在夏天的时候死的？"

"是的。"

"我的天啊！但是我们曾经很开心。"

然后，在回忆往事中，他们变得很开心——记忆的胜利，将自我加到对方的故事中，这让他们感到满意。他们讲述一个漂亮乡村女孩的故事——他们曾经为了她而吵架直到她对两人都很傲慢。她头发很厚，跑得很快，没有人比她更擅长寻找黄蜂的巢。她的大胆和粗枝大叶依然让他们很嫉妒。

"我想我们这些老家伙现在会叫她假小子。"水手说。

"我想我们会的。"

"现在我想知道她会是个什么样的妻子。"

"嗯，不知道……"

"你还记得那天她、你和我，我们三人在森林里迷路了？"

"记得。我们在那儿待了一晚上，我找了个藏身的地方。"

"不是玛吉。"

"不是可怜的玛吉。"

"当什么也看不见的时候，我们将她举到那棵老山毛榉树上绿色啄木鸟的巢穴处。"

"你脱下你的外套和短裤给她盖。"

"你也是，虽然现在想起来，我想一个人的衣服就足够了。"

"我不知道。但是为了保暖，我们的确需要整个晚上不停地走动。"

"我们也不敢走远，怕找不到那棵树。"

"早晨的时候，我在想，我们要怎么拿回我们的衣服呢？"

"你想让我去，因为我的衬衣上没有洞。"

"但是我们两个是一起去的。"

"我们还没有决定谁先去叫她，她突然站起来。天啊，她开怀大笑！"

"唉！她的确如此。"

"她说，'小伙子们，我简直不敢相信自己的眼睛。'我们也笑了，我也没有觉得自己很愚蠢。她是个好女孩。不管是男人还是女人，我从来没有遇到像她那样的人，从未听过比她的故事更好听的故事。"水手沉思地说。

"结婚了吗，哈里？"

"没有，也不可能。你呢？"

"唉，我结婚了……我娶了玛吉……在第一个孩子之后……"

在一个角落里，一个小男孩无法继续阅读他的短篇小说。他吃惊地张大嘴巴，瞪着眼睛，偶尔无意识地模仿他们的面部表情；他有时候纠正自己的好奇心，变得很腼腆，对于这两个人在一个拥挤的车厢里大声谈论自己的隐私而完全无视他人的做法感到很不舒服。

一个穿着整洁的店员假装在阅读关于板球的新闻，但是实际上在听他们的谈话，他无法隐藏自己对这两个如此堕落之人的冷漠的鄙视。

一个肤色较黑、瘦弱、和蔼、脸色苍白的清教徒小职员可恨地望着这两个孩子——他脸上流露出要求其他乘客承认他高人一等的表情。尽管他这样看着他们，但是不会谴责他们。

其他人偶尔迅速看看他俩，瞪他们一眼，或者沙沙地翻动报纸，但是他们没有摘掉掩盖在他们个性之上的那层厚厚的面纱，这让他们如坟墓、纪念碑，而不是人。

有一个人温文尔雅地坐在那儿，看起来傻乎乎的，他发自内心地羡慕这两个人生机勃勃的闲谈、他们的手势以及他们丰富的生活。

那些听过、说过、却没有体验过花儿的美丽和生命的人只是植物学家，因为命运拒绝了、教育毁坏了自由和快乐的馈赠。

# 萨里郡

我看见一大片寂静的牧场、树林和远处的山丘。山丘上的紫色草皮向天空延展；山丘的上方是一座发光的云山，它在蓝空上休眠，如同休眠在大海上。白色云层将伦敦掩埋在下面，似乎在说"愿灵魂安息"。

我喜欢这样想：大自然能够如此轻而易举地吞并伦敦，如同吞并一头乳齿象：它让蜘蛛去织裹尸布，让虫儿去填充坟墓，让青草满怀同情地遮盖它，再给它添一些花儿——如同一只无名之手将花儿放在尼禄的坟墓上。我喜欢看大自然在以下事情上一显身手：用苔藓覆盖工厂的厂房，使荒废的铁路金属生锈，在荒废的站台上种草，在炉膛和墙壁上种夹竹桃。看到狭长的楔形彩虹挂在东南方的围栏之间和几乎在伦敦中心的查塔姆车站上空时，这真让人感到满意。当空气中充满各种预告忧伤的声音时，天气就会瞬息万变。当橘红色的浓雾弥漫在平坦的杂草堆上，但是并没有完全遮盖住牵引机车、伏卧的木材、篝火及其周围快速移动的疯狂身影、天线支架的僵硬轮廓时，远郊几乎如同沼泽地一样迷人。在其他未被迷醉但受到威胁的田野里，浓雾恢复到一种原始的状态。风使得电报线发出巨大的噪音，如同隆冬时节的石楠和金雀花发出的声音。当空旷荒芜让位于拥挤的街道时，这儿出现一块公用地，那儿出现一块草坪；要是在十一月，纯洁清白的白杨树叶躺在草地上，椋鸟在树枝上窃窃私语、尖叫、瑟瑟发抖；此时没有人会从沥青路上走到湿漉漉的草地上：一大片绿色草地后面的大房子遥远而模糊，伦敦的脉搏微弱，几乎让人听不到，她似乎害怕无法抗拒的敌人无声无息地将缰绳从她的周围收起。如果刮起了一阵微风，干燥卷曲的树叶从人行道上摩擦而过。到了夜晚，这些树叶似乎是无人防守的间道上的间谍。但是也有一些天——春天和夏天的某些天——无声无息的恐怖让伦敦以外的空气变得浓烈而安静。

浓雾中的树干看起来无情而又冷酷。被阴谋包裹的孤独树木零星地分散在田野的四周。房屋甚至整个村庄都变得不再真实可靠，它们似乎被雕刻在空气中，不能被触摸；它们空虚、哀痛如颅骨和教堂。没有生命是可见的，农夫和耕牛仅仅是美梦中的影子。一切都是这么柔软苍白。大地已经喝下麻醉迷雾，在慢慢地移动，极其不情愿地进入永久的梦乡。远处的树木和房子在瞌睡中，既无法苏醒也无法说再见。我们的大脑也被感染，一想到整个世界都处于一种永久的、普遍的休眠中，没有哭声，没有痛苦，它就变得悠闲许多。

# 苏塞克斯郡

公路环绕着沼泽地、小溪和小镇，穿过南丘的一个缺口，朝另外一个山脉处延伸，山脚下是更多的榆树和农场。马车夫的小生威严地走在四匹拉货马儿的侧面，手里拿着绑着黄铜的直鞭子，马车夫驾着马车。看着他们在金色的大清早去干活，这是一件让人愉悦的事情：空气清新，四周寂静，马儿的铃铛叮当响，他们走在坚实的路上。如果他们领着自己的队伍，然后给它们上太阳车的轭，它们不会更高贵。他们是我今天早上见到的第一批人；一瞬间，他们创造了这样一种幻觉：他们将要去引导世界，在蓝空下、清新的金色晨曦中，一切都会一帆风顺。

现在这条路开始分岔，环绕着南丘的底部，但是一条农场小径开始向上攀登南丘。在那儿的角落里有一座教堂，它刚好立在平坦山谷的边缘，山谷的牧场中点缀着橡树和白蜡树。这是一座非常普通的教堂，有一个粗糙的墓园，一半是墓地，一半是果园；多节瘤的苹果树下的野草、西芹、荨麻没有被割过；苹果树被银色的花蕾点缀，长满黄色苔藓的树枝紧密地纠缠在一起，像喜鹊窝一样。来自高处公路上的灰尘洒在荨麻上，使它孤独的忧郁更加引人注目。一切如此安静、如此简朴、如此轻盈，宛如记忆中的梦。上面就是南丘，它的青草又绿又甜蜜。再远处的南方是大海，在光亮的白色悬崖和陡峭的草皮下闪着黑光。东南方，成簇状的树木在山坡上向上排成一列。在西南方，有一个遥远的小镇，镇子上的石板屋顶光彩夺目；还有两条笔直的海堤，两艘汽轮从大海上驶过，留下海波。向北是南部丘陵地区最美丽的小山脉，它被一个小河谷隔开，河谷的边缘是白色采石场的深沟；在另一边，山脉隆起后又几乎下降到草原上，但是它再次升起，到达一座长满树木的小山丘，然后才慢慢地沉下去。在方圆几平方英里内，小山脉聚集了白垩山的所有美丽：它的最高峰是半圆形，上面长满无任何瑕疵的青草，它们太柔嫩而缺乏庄重感；最高峰被较小的半圆形山峰和凹凸交替的山峰所支撑。小山脉上的度假胜地处于神圣的阴影和光线下，它延长了高低起伏的土地的斜度直到使之成为平原。

　　一条无法确定终点的小路一直沿着最高的山脊延伸。南丘的四周被小溪流形状、四周长满金雀花的长峡谷侵略，狭窄的谷底长满了浅绿色的草。南丘的最高峰统治着大部分土地，甚至是天堂。那上面没有树，但是偶尔有环形荆棘丛架在上面形成拱顶，荆棘丛中的新叶被垂直向上的灰色枯草穿透。它们是雨燕经常出没的地方，是歌鸫、云雀及其他在此野草和天空的纯洁王国里诞生、存活下来的生物的家园。前方，南丘的最高峰浸入一条小河，然后又升起来，绵延的山脉被一条白路切断。

在这条河谷的末端是一个古老的红瓦大村庄，或者说是个小镇，这里是人类最佳的居住场所。一个小山丘俯视着这个小镇，山丘上有一座破旧的风车。小河边上有养育这个小镇的教堂。贴有"叶奥尔德"标签的房间最近刚刚用闪亮的企口板做了护墙。它的圣坛（一个小小的红色餐柜）上装饰着一行行、一层层的柠檬汁、樱桃酒、姜汁瓶，瓶子的颜色多种多样，在这些瓶子的中央是两根苏打水吸水管。门口和窗帘上悬挂着白色平纹细布帘子，壁炉上插着一把皱纹蓝色纸扇子，壁炉台上放着一打小花瓶。油布是新的，有香味，颜色亮丽。桌子上粉红色的碗里放着粉色天竺葵，一个悬挂着的鸟笼里住着一只金丝雀，墙上贴着一个女孩用玩具老鼠挑逗一只狗的图片。

十字路口处有一群石板瓦盖的白色农场建筑物和一栋用砖和燧石砌成的农舍；从一个山丘斜坡的顶部可以看见灰色的塔尖、农舍的两个橘红色的屋顶及围绕在农舍四周的一簇树木；山羊在吃草，它们的铃铛叮当作响，似乎在相互闲聊。通往海边的路与小河并排，不过位置比小河高，它下沉到长满黑刺李和香芹的河岸下面，直到到达一个到处都是燧石的小村庄——另外一个塔尖耸立在农场住宅的旧屋顶、谷仓和小屋的上方；一只夜莺在附近唱歌，一只田凫在大声叫喊，它的羽毛在泛着涟漪的蓝色小河上闪闪发光。穿过小河，一个浅浅的洞穴被大自然刻蚀在小山丘的一边。洞穴上面长满了金雀花——在灿烂阳光的照射下，它们在

马车夫

自我阴影上方的迷雾中形成苔藓状的卷云，两条分岔的绿色小路
从洞穴中穿过。小路旁边的山丘上现在长满了黄花九轮草，荆棘
散布其间；山丘被一个四分之一英里长的海湾劈开，海湾口处是
沼泽地，但是一半的海湾上长满了榆树和柳树；在地势较高的海
湾终点处坐落着一个农场房舍——一个环形拱顶建筑物，屋顶铺
着赭石色的砖，墙壁被染成灰色，还有一个顶部苫着茅草的谷仓；
一条笔直的小路通往靠着沼泽地边缘和榆树的一栋房子。灰色的
鸻或者独自在小溪流的潮湿边界处大声尖叫，或者三两成群地发
出呜咽声。

远处是一个相似的稍大一点的海湾，它与一条蜿蜒曲折的长
长小路接界，小路边立着一棵将它与一个宽阔的牧场隔开的榆

114

树。牧场的一个角落处还有一片榆树林，林子的上面就是一个小山丘的陡峭的斜坡。海湾的终点处是一个教堂，里面的钟声在孤寂中自唱自娱。树篱上到处都是强壮的小画眉，没有人去惊扰它们——还有比它们腹部带斑点的毛发、肩膀和后背上的棕色披肩更漂亮的衣服吗？

　　峡谷宽阔了许多，闪着蓝光的小河绕着一个狭窄的长满草的岬角向前流，直到汇入清澈寂静的大海。这儿有一片无花果树，它们与一群或者瓷砖砌成，或者茅草苫定，或者带尖角的赭石色、棕色、红色建筑物融为一体。一条小路穿过一条河流。大海附近的一条小径穿过芥花、紫苜蓿、扁豆、玉米、野草、燧石围起来的田野，最后到达一座教堂和燧石场，它们周围高耸着栗树、圣栎和榆树。低处又有一个峡谷和小河，一块没有任何小路可以通过的绿色沼泽地，它的边缘处有五个不断吞吐烟雾的聒噪烟囱，它们竖立在矿井里。一条小径爬上南丘，途经一个孤独的黑色仓顶的燧石谷仓，几棵无花果树与它作伴。这儿是一块玉米地，玉米鸦唱着孤独单调的歌儿，成群的红雀叽叽喳喳地叫着。在高处和四周是金雀花茂盛的峡谷，它们是乌鸫的家园；与低处广袤无垠的玉米地和高处的野草地里的歌声相比，乌鸫的歌声更狂野。紫罗兰和紫色的红门兰（它的花蕾是白色的）遮盖了草地。在另外一边，南丘下沉到簇拥在一起的树木里，那儿也有大片的玉米地包围着一个茅屋苫顶的燧石谷仓、一个粮仓、一个马车棚和无花果树下的一个农场。

日落后，灰色天空上的云朵在慢慢地移动，这是下雨的先兆。没有一丝风，路上尘土飞扬，但是树篱却是嫩绿色的，蟋蟀在路边的野香芹下低鸣，水蒲苇莺在山毛柳下唱歌。

不远处有一个小镇，它坐落在美丽的半圆形山峰的脚下。小镇上有一条陡峭的小径，桂竹香长在旧墙上，"1577"这个日期被谦虚地刻在一个门口。小镇上那条漫长而又古老的街道让自己严格地适应店主和绅士阶层的需要，它看起来很落后，它的年纪被刻意地遭到压抑，似乎这是一种罪恶或者独创性。小镇上弥散着一种精神，这种精神与星星吵架——因为它们无法像印刷字体那样保持一条直线。具有此种精神的人在刮胡子的时候看见他最喜欢的小猫被它众多的爱人所包围并且按照它种群的方式行动。小猫的行为让他心烦意乱，于是吃午饭时，他下了一道命令：这只小猫必须立即被淹死；不，明天再淹死它，明天是周一。这种精神说：

大自然从不呆板，没有人比圣子更清楚地意识到这一点。现在他们的那些看起来自然而然的著名假山已经被改造成沉闷的风景。他们让我看了关于乡村场所的各式照片。在那些地方，自然景观已经被他们的艺术趣味和大自然的心灵手巧所改造。因此，在假山和恰当植被的帮助下，一个单调的磨坊水车动力水流被转化成如画风景地，一条普通的小溪流被转化成一个可爱的林地风景区——羊齿植物、苔藓、地衣生长在假山上。一个无趣的湖岸通过同样的方式被改成波光粼粼的美丽湖畔。而美丽的假山也通过明智地使用扶手、喷泉、古色古香的赤陶雕塑，或者人造石（比真正的石头或大理石更持久，而且不是很贵，不受霜冻和一切天气的影响，一年之后几乎无法将它与古董石头区分开）来美化花园和地面。"日晷"是最近让人为之疯狂的特殊物品，没有它，任何一个古代、现代花园都将不完整。

小镇上充满牛、羊和麦芽酒的味道。一座假山和一个白色的果园正对着火车站。在雾蒙蒙的街道上，高大、粗壮的野草湿漉漉的，里面长满了围绕着古老的砖石建筑物的长寿花。从高处看，小镇与长满苔藓的绿叶平分太阳光，成为大自然的一部分。

在维尔德，斑鸠飞来了，橡树长出赤褐色的蓓蕾。路边陡峭的河岸上长满杂草、紫罗兰和迎春花，知更鸟漫步在树篱上、刺耳和杜鹃花丛中，灰莺在榛树林里闲聊。一条小溪流入一个几乎能够装下泰晤士河水的洞穴里，然后穿过一条小路，最终流入深渊处的一个长满灯芯草的水池里；它将农田变成金色，与金盏花一起闪着金光。不远处，一条多瘤橡树林立的街道通往一个雄伟壮观的公园里的一座灰色石头房子处，房子上有很多窗户。门对面的草地上坐着一位老年妇女，她的脚放在路边的灰尘里；摩托车扬起的灰尘散落在她的身上，将她黑色的衣服变成土褐色；她久久地坐在路边，毫无任何期待。

　　出了这条主路之后，那些偏僻的小路对骑自行车和摩托车的人没有任何吸引力，但是它们却几乎笔直地向前延伸。这儿没有有名的房子，没有旅馆和教堂，只有尚未被污染的旷野。远方的高架桥上驶过寂静的火车，火车的后面是空旷牧场上方的天空。圆叶风铃草、迎春花、银莲花，银莲花、迎春花、圆叶风铃草，它们星星点点地点缀着、遮盖着葱翠的河畔和篱笆上黑荆棘、榛子和枫树的根部。一条小溪流过橡树林，流过长满褐色野草、杜鹃花、金盏花的平地，它的边界处长着暗色的松树。青烟从路边寥寥升起，弥散到榛树的新叶之间。有两个流浪汉在那儿烘烤衣服。许多橡树倒在地上，它们脸色苍白，闪着白光，犹如躺在种植园里圆叶风铃草之间的猛犸白骨。

　　橡树的树冠和弯弯扭扭的木材被当作柴火。樵夫将火点燃，碎木屑从他的斧头下飞起来。当我步行穿过这片大地时，对于这些人来说，我是一个陌生人。一开始，我欣赏他们在橡树林里辛劳工作的刚毅和简单，但是当他们抬起他们的黑眼睛时，我却有一种奇怪的感觉：这种感觉就像我经过一个隐藏在树林里的白色房子，路上铺满了稻草，我偶尔听说一个奄奄一息的陌生人躺在那扇打开的窗户后面，而此时能听见画眉的歌声和朝家门走的孩子们喋喋不休的说话声。我既不了解小镇上的人，也不了解乡下人。乡下人熟悉他们的手艺和话语，生活在他的同类中；小镇人的好奇心为他赢得了问候。但是至少在五月，我是满意的：那个陡峭的小峡谷由梅德韦河的一条支流冲刷而成，它的两侧长满橡树；最近被清除的灌木丛里的花儿很高兴能见到阳光；布谷鸟一会儿停留在这棵树上，一会儿停留在那棵树上；大雨过后，四周一片寂静，斑鸠的声音让大地躺在太阳下——它闭着眼睛，伸个懒腰，打个呼噜。我们还不知道布谷鸟想通过歌声告诉我们、提醒我们什么，但是他已经飞走了。

下了一小时的大雨，空气像大地一样湿润；如同五月傍晚的雷声和闪电，一切令人愉悦。除了流淌的小溪、被雨点击中而不断摇摆的树枝和颤抖的树叶外，四周没有一点动静。但是画眉的歌声能穿透这一切，与他们的歌声一样欢快的是雷公的吼叫和回音（他在繁忙地追逐着天堂上的峭壁。你可以享受浑身湿漉漉的乐趣）你可以蹚过小溪流，穿过灌木丛，而不用担心被雨水打湿。

天黑以前，天空安静而又忧虑，一轮新月探出头，她将光辉照在玉米苗上，幽静的铃声从树林里响起。

第二天大清早，空气温暖，没有一丝风，但是非常湿润，以至于炎热中夹着一丝凉爽。酢浆草、变豆菜、车叶草的叶子，白屈菜灰绿色的叶子以及苍白的黄花再也没有比现在更漂亮的啦！突然传来鹪鹩尖厉、甜蜜而又轻快的歌声。那棵高大的栗子树正在开花，招来满树的蜜蜂。高耸的香芹也正在开花。山毛榉树枝被包裹在逐渐流失的晶莹剔透的水珠中。河床上数以万计的荨麻开始有了夏季的芬芳。空气平静而又甜蜜。在一个小池塘的上方，斑鸠在低语，乌鸫在唱歌，仿佛时光不再。

道路几乎干了，但是它们现在处于最佳状态——凉爽而又明亮。路边是山毛榉脱落的玫瑰色、金褐色的树皮，树叶从这些束缚中闯出了一条路，它们被夹痛了，变得皱巴巴的。如果阴天、晴天相互交替，而那些长长的道路和山毛榉又足够有魅力的话，在一条宽大马路拐角处山毛榉树下的这些红润膜片在一年的两三天里，有一种特殊、精致的可爱。它们提出了这样一种追求。它们将我们带到未来的虚无状态中或者过去的阴间里。它们将我们带回旧英格兰的一个甜蜜而又活力充沛的大牧场里——粗壮的橡树彼此相隔不太近，一个橡树林里有一栋高贵的房屋。一个诗人住在那儿，他让我们想起为数不多的其他诗人，在巨大的时间鸿沟里他们依然能够通过个人气势和勇气（我们知道这些属于他们，或者他们通过作品将其暗示给我们）让我们满意，这些人包括乔叟、西德尼、本·琼森、德雷顿、拜伦、威廉·莫里斯，还有一些依然活着。我认为如果他们的诗作被销毁了，我们更应该怀念他们的而不是更伟大人物的诗作。他们比最伟大的人物更能代表他们的时代。例如，无论我们待在一个多么遥远的书房和花园里，如何将时间和变化排除在外，乔叟的语言、观点和情绪让我们在阅读其作品时感觉他和所有骑马的人、说话的人及与他在一起的年轻人都是骨架子，否则我们就无法阅读他的作品；尽管卡图卢斯和弥尔顿不会给我们这种感觉。乔叟似乎在提醒我们曾经的样子。他似乎生活在一个黄金时代。他在维龙之前写作，后者开创了现代文学，并且大声呼喊：

去年的雪现在在哪儿呢？

前人已经知道世界和时间是多么的广阔无垠，但是当我们在这种知识的帮助下回头看时，我们看到这个人在他的作品中快乐地填充着时空里的一个与我们不同的小角落——这就是英格兰，他诗歌中的一个幸福岛屿。他用快乐将这块土地沐浴在黄金时代的日光里，他诗作中清新的五月将永不再来。他"在五月过着精力充沛的生活"，"他的思想显现在他充沛的精力中。"那些忧伤段落中包含的快乐并不少于欢快诗句中的快乐。例如，他将残忍、骄傲的特洛伊罗斯对爱情的臣服比作对一匹烈马的鞭打；他将岁月对年轻人的征服描写为貌似普通的"总是像石头一样安静地"慢慢蠕动；他对虚伪的詹森大叫：

看看你，詹森！现在你的号角已经吹响；

他或者为乌戈利诺的孩子们的命运而痛哭：

唉，命运！真是太残酷了
鞭打一个新娘，将她关进如此牢笼！

他甚至通过格丽塞尔达让人怜悯的哭声表达：

啊！柔顺的，啊！亲爱的，啊！我年幼的孩子们

在这些词语中有一种暗示：她的悲伤正在被消耗，尽管这悲伤会复发，在她临死之前悲伤将会被喜悦多次打断。

正如乔叟的笑声一定不会以一声叹息来结束，他的泪水中多次暗示着笑声。他的悲伤是一种敏锐的、让人惊讶的悲伤，它源于乔叟被迫观察到的可爱人类遭受的苦难。他总是很快乐，但是这种快乐有两种情绪。悲伤不会改变他，正如阴影不会改变一条欢快的小溪流。在这两种情绪中，他似乎在讲述这样的一天：那时候的人类不比云雀、夜莺强多少，而且有时候他们像五月拂晓时刻灰色露珠上的云雀一样喜悦。因此，如果我们只感谢乔叟诗歌中保留的喜悦（如同稻草，虽然丰收的季节早已过去，它依然紧紧地粘在狭窄小路两旁的荆棘上）我们永远无法恰当表达我们的感激。

我感觉乔叟和他所描写的人物相当，正如荷马与阿喀琉斯、奥德修斯相当，拜伦是最高贵的总督的同辈，与他所描写的没落帝国的君主相当：

　　　帝国充满自负的孩子！
　　　所有供你玩弄的人都被绑架了吗？

　　拜伦是为数不多的几个生活值得书写的诗人之一。他的行为极具代表性；从他在哈罗一座墓碑上的沉思到他在麦索隆吉柱脚上的死亡都具有象征性。他的生活几乎能解释他诗歌中的一切。他的生活和诗歌共同组成了无可比拟的一个整体。与他们的诗歌相比，大多数诗人的生活如同立在一尊虽然雕刻完毕却未揭去面纱的雕像旁边的一块未经斧凿的大理石，如果它不像皮格马利翁的大理石（当伽拉忒亚对着它呼吸和叹气时）那样被遗忘。没有他的生活，拜伦的诗歌是不完整的；但是有了他的生活，他的诗歌像米开朗琪罗和罗丹的雕塑——它似乎从材料中诞生。他首先是一个人，然后才是一个诗人。其他的诗人也许曾经是人，但是他们现在不是。我们读完他们的诗歌之后再阅读他们的生活，然后忘掉他们。他们通过他们的诗歌而幸存下来，是死寂图书馆和恋人心中的幽灵，或欢快，或可悲，或荣耀，或暗淡。除了喜欢、朗读他们诗歌的人外，他们已经死亡。当斯文伯恩先生在世并且引人注目时，我对他一点也不感兴趣。当我想到他时，我想到的是罗莎蒙得对埃莉诺说话，或者特里斯特拉姆对伊索尔特说话；他将自己的生命献祭给这些人物了。但是对于拜伦，一切都不同。如果关于他的所有记录都被销毁的话，他多半会被忘记。我认为他的生活、画像和反响依然在欧洲回荡，由此我们相信他是个伟人。没有这些，他充其量仅仅是一个有趣的修辞家，或者比这稍微好一点。有些诗歌比他的《马泽帕》更好，但是诗人与狂野的恋人以及讲故事时睡觉的伟大国王是相当的。

雪莱也是一个永存者。人们也许会忘记雪莱的诗歌，但是他们无法忽视雪莱的存在。只要有爱和狂喜的地方，就会有雪莱。他代表着精神饱满，无畏的智力和想象力，赤手空拳的反抗，无限的努力和希望。他那被记忆留住的容颜胜过国会议员的权力，他那赞美诗里的一个诗节比一个富人的黄金更有营养。

站在五月的橡树下，我希望看到这些人一起走路，看到他们的手势和勇敢的方式。是诗人为我创造了他们。但是我只能看到一个诗人，因为我已经看到他活着，在讲话。另外一些诗人将他们的树枝伸向遥远的星空，将他们的树根植入岩石和水流深处。但是显然，雪莱和乔叟、琼森、拜伦的诗歌更具普通人性。他们体格发达、待人友好，这并非完全与他们的诗歌相关。当我们阅读莫里斯以下诗句：

日子之间相互谋杀，季节也过去了，

夏天再次来到我面前；我躺在这儿的草地上，

如同往昔；我很高兴，如同曾经不分对错的那个我。


或者阅读《花园里的雷声》的结尾：


然后我们背对着花儿，它们变得冰冷：

树林里，风儿西行；

直到她的长裙飘过门槛，

在那栋漆黑的屋子里，我曾经被爱恋。


我们无须像对待其他诗人那样做作。

除了惠特曼之外，莫里斯对这个世界的博爱及对大自然的深厚感情无人能比。除了《草叶集》这部最伟大、无法被超越的诗歌集外，《三月风儿的消息》所表达的世俗感情是如此崇高而又如此脆弱，没有其他英语文学能望其项背。对于他来说，诗歌不像种姓那样具有排他性——这几乎是当代的趋势。他不是半神半鸟，而是与生活和辛劳，与现实而又棘手的每一天，与脑力、体力劳动密切接触的一个人；总之，他是一个具有多面性的公民。当说话时，他似乎对于词不达意这一点相当愤怒；他本该用剑，可能会与后来诗人一起哀悼：

圣灵站在那儿，看着丑恶，

地狱恬不知耻，

朝他的敌人咆哮；

发现圣灵没有挥舞强大的光线，

也没有用让人目眩的剑来攻击

他们的鲁莽，强迫他们逃跑；

尽管他时刻准备着，

同样代表着正义的剑

握在他的手里，戴着头盔

像他从前发动战争时一样；

但是现在他无法投入激战。

人类不再感到义愤填膺，

圣灵没有短弯刀

神圣的剑啊，你再也不来了吗？

不再来到圣灵的手中？

他可能是上帝的船长

再次，请不要在我们的大地上收割

我们邪恶人的庄稼……

啊，为了圣灵双手中的

愤怒！啊，正义之剑，

您来吧，让我们的手中无杂质，

啊，火焰，啊，愤怒的上帝！

(引自拉赛尔斯·阿贝克隆比的《诗歌与小品》)

　　回忆橡树下长长的草坪上幽灵们的谈话和笑声是让人痛苦的；尽管他们的幽灵胜过其他人的骨头、血液，但是作古者永远不会举手进攻或者铺设一块砖。在身后的墓园里，我看见一个叫作罗伯特·佩奇的人的墓碑。他于1792年生于苏塞克斯郡，而不是斯培西亚海湾，死于1822年。他吓唬乌鸦，他犁地，他参加滑铁卢战役并且在那儿失去一只胳膊，他对乔治四世感到满意，他最后锄玉米直至死亡。我希望我能够书写这个与雪莱同时代的人的生活。

　　那个女孩可能是他的重孙女。她头发乌黑，脸色红润，嘴唇饱满，雪白的牙齿很大，乌黑的眼睛里没有任何神情。清新的风儿吹着。她穿着白色的印花裙子，弯下腰，将干净的亚麻衣服从篮子里拿出，然后站得笔直，像榛树棒子。她踮起脚，头后仰，朝一边微微倾斜，用衣夹把衣服夹在晾衣绳上。与此同时，她向一个路人赞扬好天气。她十七岁，是个农民。

　　现在，随着夜晚的来临，风儿吹走了所有的噪音。小路边的榛树下空气清澈而又漆黑，似乎在做梦。一条笔直的道路一直延伸到低垂在西边紫色天幕上的一颗明亮的行星上。我听不到自己的脚步声，周围被寂静所统治。我和周围的树木都处于静谧中。路变得好走多了，似乎为了使某个小精灵能够从容不迫、兴高采烈地从此处经过。树叶会朝它欢呼，蓝色的天空会弯腰为它祝福，那颗行星会为它照亮道路。突然，有一个人叫玛丽的名字。我看不见她是谁。玛丽！玛丽的名字短时间内被大声重复了好几遍，但是语气总是很温柔；然后呼叫者被玛丽这个名字、被她自己的声音所吸引。她的声音逐渐消失，如同掉进一口井里，变得越来越弱；它虽然最终停止完全消失，但是依然留在听者的脑海中。我想起由"m"这个音符组成的所有音乐。我想它的魅力在于它是"母亲"（mother）这个单词的第一个字母；或者因为心灵的需要，它才有了这样的地位。既然母羊第一次从她的羊羔那里，母牛第一次从她的小牛犊那里听到这个声音，正如女人从孩子那里听到一样，这个声音对动物、对我们人类都很重要。它是"音乐"(music)、"吟游诗人"（minstrel）、"旋律"（melody）、"和谐"（harmony）、"测量"（measure）、"格律"（metre）、"节奏"（rhythm）、"牧歌"（madrigal）等的主调。甚至由于它的出现，"忧郁"（melancholy）、"呻吟"（moan）、"哀悼"（mourn）这些饱含悲伤的词汇也让人喜欢。秋天，它在所有芳醇的音调中，在风儿、昆虫和乐器弹奏的音乐中低语。它让"我"（me）、"我的"（mine）如同"母亲"（mother）一样意义深刻。甚至此时温柔的风也无法弹奏出如此优美的旋律。它在风中飘荡，然后下沉、下沉，直到显露出它无穷的深度——玛丽！

　　路的两边都有公园，被树篱或者高大的砖墙包围，公共道路像车行道一样端庄得体。常春藤被金属网所保护，它们装饰着高墙，绵延伸展了大约一英里，像歌德斯托庄园那里的常春藤一样宏伟壮观。鸽子在橡树下低吟，榛子和白桦树站在一大片风铃草上面，轻轻摇摆着它们的新叶。燕子飞得很低，它们飞过路边的每一簇矮树丛，朝山间的每一片树林望一眼，然后又飞到白色马路的上空，在那儿它们突然转身，向我们展示它们燕尾上的白色羽毛。时不时地有一条通道显示里面的公园。地面虽然不断起伏，却很光滑。傍晚时分，到处是一片柔和的绿色。青铜色的橡树林与起伏不平的地面相邻，偶尔一棵橡树孤零零的立在草地上，向我们展示它的镇定和复杂，树上的新叶增加了它的优美姿势。牛儿们在如画的草坪上吃草。一个穿着白色裙子的妇女懒洋洋地朝杜鹃花和秃鼻乌鸦经常出没的榆树林走去。

　　这儿似乎有它自己柔和而又恬静的太阳，以至于不知道有沼泽地、陡峭的海滨和城市。只有一千年以来不间断的稳定统治，影响深远的法律，军队和警察，修路，血腥的暴政才有可能使大地和天空和谐相处。但是在这条尘土飞扬的道路上，一切都离我很遥远，正如傍晚的绿色天空；住在橡树后面那座大庄园里的人是谜一般的人物，这增加了我与它们的距离感；而天空对于我永远神秘，我对此并不感到难过。此刻，是几个世纪的光阴而非高

墙和猎场看守人在守护着大庄园、草坪和树木。几个世纪的时光编织了一种氛围。我们低下头，对时光的辛苦劳作表示尊敬：它让草地光滑，让石头和居民的行为举止变得柔和；但是一种不可避免的矛盾心情随之在脑海中产生：这种尊敬仅仅是对外表的尊敬。一千年的时光是我们为了让公园、庄园和绅士变得成熟而付出的沉重代价，尤其是当我们想到这位绅士可能是一个善意的寄生虫，靠剥削那些一天二十四小时都在为生计而担忧的人为生的时候。

现在，是五月暮光中的庄园和恬静、遥远而又陌生的大地的外表使我们在脑海中产生崇敬之情。我们不是对封建主义或者古老的高贵出身、绅士风度，而是对我们周围的大自然和内心的梦想顶礼膜拜。这当然并非出于单纯的妒忌，博学深思的原因也非出于此——当看到蓝达夫里阶附近的一条橡树林立的街道尽头的那座美好庄园时，他开始深思：

> ……一个普通但是生活宽裕的绅士有一把手扶椅子。椅子朝南面向溪谷。"要是能在那座庄园里终老一生，我将多么满足。"我对自己说，"要是一年有几千英镑的收入作为支撑，我将多么高兴地在它的图书室里签署许可证，我将在梦幻般的舒适中翻译刘易斯·格林·柯提的赞美诗，而那只盛满艾尔啤酒的大酒杯放在我的旁边。我想知道庄园主是否喜欢那个老吟游诗人，是否储藏了上好的艾尔啤酒。我如果是爱尔兰人而非诺福克人的话，我会进去问问他。"

他如果是威尔士人，他也不会去问，因为我至少知道在其他人的庄园里我不会比现在富有，我也缺乏想象自己可以用他的收入的自信。不久，我就会羡慕一个流浪汉，因为他没有任何财产。我甚至会羡慕一个挖土工，因为当他推着手推车走在我前面时，他像一个英雄，他那宽松的夹克很适合他，正如鬃毛很适合一头狮子一样。羡慕一个人是误解他或者自己。

这也并非纯粹的钦佩。这就是我对于被描述为正确的、有个性的、有不可避免的形式的外部事物的态度。我欣赏由于偶然机缘而聚集在一起的事物，例如一群出海的渔船——一开始只有

一艘渔船，很久之后，两艘渔船碰面了，第四艘跟在后面，然后
成队成群的渔船在不同的时间间隔内聚在一起；或者一片牧场上
的四五棵橡树；或者掉在深秋白霜上的果子；或者日落后停留在
东北上空的几朵乌云；或者如同波吕克塞娜（她是希腊青年之一，
将自己的脖子献祭给尼奥普托列墨斯，然后凄美地死去）这样的
悲剧人物。

　　不，在西班牙，这些庄园被称作城堡。它们是奇妙的建筑物。
我们用我们的精神建造了它们，让我们的灵魂在其走廊上漫步，
让我们的灵魂透过窗扉望着外面的大海、高山或者云朵。因为只
有对于我们身上不朽的、四处游荡的、无法抗拒的灵魂来说，这
些庄园才是可以接近的，才是美丽的。它们不需要宏伟、昂贵、
古老。即使是最寒酸的庄园也可以给我们提供同样的服务。例如，
五月或六月的一个晴朗寂静的早晨，我在一个小镇上或一个郊
区，街道上还没有车辆行人；透过敞开的窗户，我看到一个挂着
白色窗帘的影影绰绰的凉爽房间；房间里的一张桌子上铺着白色
的桌布，上面放着闪闪发光的金属器皿和玻璃杯，还没有人下楼
来打开那些信件；此时，我有同样的渴望。这一切似乎都出自精
神之手。一切都是美丽的、从容不迫的、神圣的，并带着一丝忧
郁的色彩——它们给人以无穷的快乐。这一切也让人感到舒适，
但是到底什么让我们有这种感觉？也许是我们身上的一些世俗
的、不完全为我们所知的、仅仅被猜测到的，或者渴望得到的事

南

国

物；或者是更广阔、更少被污染的美好事物；或者是更优雅的事物。或者并非是一座庄园，而是距离山顶五英里处的蜿蜒向上的一条白色小路——它在一片树林和一块草皮之间绕了两圈。正午时刻，天空蔚蓝，山顶上的青草光滑、温暖而又明亮；在水平光束的照耀下，每一根草梗都被照亮，小山丘变成闪闪发光的虚幻存在。在正午或者傍晚时刻，我想飞翔，我渴望踏上那片神圣的土地。一切似乎都在飞逝，然而灵魂却渴望永恒，这真是个奇妙的世界。

因此，看到这些庄园的时候，这些想法与其他想法（它们在暮光中产生）随着无风的夜晚的到来而逐渐消失；此时，天空堆积着白色的云朵，漆黑的山谷之间布满相互交织的星星。因为是星期六，夜晚的白色乡村小路上另有一番乐趣——孩子们从乡镇上回到家，与他们的父亲、母亲愉快地大声谈笑。父母穿着黑色的衣服，沉默无语，心事重重的样子；孩子们戴着白色的帽子，或者穿着围裙，在父母旁边快乐地转圈。孩子们的声音传得很远；当雾蒙蒙的夜晚扫荡着白色峡湾里的土地，将它们遮盖在其中时，依然可以听到他们的声音；当夜晚遮盖了小山丘、云朵、星星、树木及其他一切，除了头顶上的树枝和匍匐在树篱上的西芹花外，他们的声音才消失。没有一丝风。猫头鹰也静悄悄的。空气中弥漫着冬青、绣线菊、荨麻的气味。一条小溪流过重重叶子。

# 第 *8* 章
## 六 月

### 汉普郡

日子一天天过去，屋里屋外，伴随着它的音乐，春天不断向前征服世界。第一只金龟子飞到油灯旁，他发出的隆隆声让耳朵由于一丝恐惧而颤抖。他开始朝窗帘上爬，虽然有六条腿，却爬得很慢；他有时候张开翅膀以支持自己，否则的话，它就摔倒在地上，痛苦地呻吟；然后他又开始向上爬；最终，他像一只球一样在屋子里踉跄前行，要么撞到白色的天花板上，要么撞到白纸、油灯上；当再次摔倒时，他就休息。当他痛苦地向上爬时，他很像人类，如同对于天使来说，人类长得像天使；但是再也没有比他张开自己的翅膀时(像被风吹得鼓胀起来的魔术披风)更可爱、更让人吃惊。

有一天，远处的树林在湿热的空气中首先长出天鹅绒般的苔藓，眼前开满花的金雀花丛像云朵一样定居在大地上，它们没有固态，只有颜色、温暖和快乐。

栗子树开花了。那个破旧马车棚的瓦片上有绿色和玫瑰色的硕大石莲花，其间夹杂生长着蒲公英和杂草，聚集了一个世纪的黑色霉菌匍匐在屋顶上。

我们还没有确定山楂花是否已经到达生命的顶点，花朵却已经开始凋谢。每一天，它那温暖、芳香、雪白的花朵都遮盖着大地。但是，我们依然在等待，期待着它第二天更漂亮。第二天它的确如此。在接下来的一天我们依然抱着这种想法，我们像初恋时那样粗心大意。后来，有一天，它躺在草地上，只剩下一个空壳，已经香消玉殒了。又一年过去了。宽阔的草地上长满金色的金凤花，在午后灼热的光照下，它们呈银白色。没有一丝风，地平线似乎在燃烧，蓝色的天空和白色的云朵几乎被灼热包裹着。红牛躺在榆树下，没有一丝涟漪的平静河水从阴郁的银色柳树下流过。

傍晚的烟雾从山坡上消褪，阳光照射在一片核桃树的青铜色的树叶上，也照射在丘陵地的草地上，蓝天和白云再次露脸。然后，烟雾再次返回，将大地遮盖住，只剩下在露珠下闪闪发光的白蜡树、常青藤和冬青。两只布谷鸟飞到空旷的山谷里，在那儿不停地哭泣。

六月

白蜡树的树翅果聚成一束，挂在暗色的树叶下面。栗子树的花儿开始凋谢了。栎五倍子个头又大，颜色又红润。风吹得很猛，雷电隐藏在南边粉色山脉后的某个地方，要么就隐藏在头顶黑色的云层后面。大片的蓝色陡坡林地几乎包裹了绿色的山毛榉；斜坡上长满杜松的峡谷和周围的山毛榉隐约可见。可以听到欧夜莺的歌声，似乎那儿没有风。雨没有下下来。树林里狂风大作，声音像瀑布，但是却不会将多榔菊枯萎花朵上的橙尖粉蝶从睡梦中惊醒。

现在，沙地上的松树开花了，树底下是黑色的蕨类灌木丛和结着蓝绿色果实的欧洲越橘。橡树和白桦树下的毛地黄上面开满了小铃铛。金雀花开花了，芳香四溢。那位白衣女士的篷子菜让大地变得芳香。丰富多彩而又清新的大自然将每一条小路都打扮成一位新娘。突然，沙地深处的草地开始闪光，翠鸟用它天蓝、翠绿和玫瑰红的羽毛装点着天空，在一块修剪整齐的草坪边缘的山杨树之间上蹦下跳；山杨后面是一个白色的磨坊和镶嵌着迷人黑色窗子的磨坊主的房子，房屋里静悄悄的。

六月将她的许多树叶染成青铜色和红色。枫叶、荆棘、野蔷薇叶子是玫瑰红色，榛树叶是玫瑰褐色，老鹳草和香芹叶的颜色是玫瑰红，白蜡树和冬青的叶子是暗绿色。在淡黄色的天空下是忧郁的紫叶欧洲山毛榉，它们看起来很神圣，它们头顶的雷电在沉思。现在，显示雷电迹象的天空变成了蓝色，白云在扩散，直

翠鸟用它天蓝、翠绿和玫瑰红的羽毛装点着天空。

到整个天空变成白色、灰白色；白云继续向北移动。没有风，但是从远处的树林里传来飓风的轰隆声；不久，轰隆声来到不远处的树林里，声音也变大；不到一分钟，大雨已经穿越了半英里的树林；远处的轰鸣声被附近房顶上、窗玻璃上和树叶上哗啦啦的雨声及舞动的树叶、摇摆的树枝、洪水中颤抖的树木发出的声音所吞没。垂直的雨滴敲打在坚硬的路面上，然后又从路面反弹向上跳跃。巨大的雨滴跳入布满灰尘、一动不动的荨麻丛中。雷电终于将其沉重的负担释放在天空中，但是无数树叶、草的声音淹没了隆隆的雷声、撕裂的咆哮声和山丘上的回声。当雷电过去，乌鸫的歌声、傍晚平静的花园显得更加甜蜜；此时一位歌手给寂静的四周带来另一首赞歌。一只蛹蛾在草地上忠诚地舞蹈，发出微弱的声音；它像长在摇晃的花茎上的一朵花，又像在树篱上摇

六

月

摆的一片荨麻叶子，而其他叶子似乎都无法动弹；又像被广阔无垠的蓝色天空中的白色碎波所吞没的一轮满月。地上长了许多人们熟知的高大的植物。欧夜鹰在地面盘旋，然后又迅速转身。午夜时分，四周终于寂静无声，只有一片白雾在荒凉的土地上轻轻地移动。白雾逐渐消退，天空显现，上面撒满了白色的星星，宛如一棵巨大的茉莉花上的白色花朵。白雾再次降临，黎明在其白色的臂膀里诞生。这一刻，除了向西流动的潮水和路边的红玫瑰花枝（它被自身的重量和美丽压弯了腰，将一条小树枝浸入草丛中的露水里）外，大地上什么也看不见。

那是一个周日。既没有人也没有马车穿过这块广阔的乡村耕地（一片片绿色、棕色、黄色、灰色的庄稼随风起伏）朝绿色的南丘及其高耸的深色树林走去。似乎为了某个隐身参观者，绿叶、黄绿色的花蕾与它们倚靠着的长满黄色地衣的谷仓协调一致；青草和高贵的树木，路边的一片山杨树、一行七叶树，路两边的无毛榆，小旅馆前那棵纤弱的悬铃木，十字路口上方的一片悬铃木，农家四方院上宽阔的茅草屋顶和瓦片，刚刚被涂成蓝色和白色的白昼，树篱上的浓绿色，颜色很纯粹的白色、紫色的花朵，这一切似乎都是为了取悦这双既不知时间也不知何物"将死亡和痛苦带到这个世界"的眼睛。稚嫩的小鸟儿们对这种荒凉幽静的环境感到很高兴：它们将茂盛的树篱、路边的野草和小路据为己有；它们拍打着翅膀，跌跌撞撞地向前走；它们在水池里和尚未被路

南

国

人、马车践踏过的灰尘中嬉戏。

在这片纯洁的土地上，这样的一个夏日无疑让人想起黄金时代。正如人类追忆黄金时代，因此，个人也重复种族的历史，追忆过去，从他的过去找到一个黄金时代。历史学家和考古学家的确使我们这个时代的人很难为了一个黄金时代而回头看。我们看到一个眉骨突出的颅骨，然后被告知，它的主人虽然用燧石工具战胜了毛象，却过着和现代塔斯马尼亚人一样的生活；他的时代不是黄金时代。然后我们开始追忆英雄时代，追忆荷马、菲迪亚斯的希腊，追忆库丘林的爱尔兰，追忆亚瑟的威尔士，追忆建造了很多大教堂，产生了乔叟、菲利普·西德尼、艾扎克·沃尔顿的英格兰——这是一个夸大诗歌和其他艺术的时代。

同样地，现在几乎没有人能够像托马斯·特拉赫恩那样追忆他们的童年，并且说：

> 最初，一切都很新鲜、奇怪，说不出的稀罕、漂亮而又讨人喜欢。我是一个小小的陌生人，我的诞生受到了热烈欢迎，我被无尽的喜悦所包围。我的知识是神赐的。凭着直觉我知道，自从背叛神灵以来，我是按照最高的理性来积累那些事物。我的无知正是我的优势所在。我似乎是那个创造纯真遗产的人。一切都一尘不染，纯洁而又辉煌；是的，一切令人开心的珍贵事物最终都属于我。我不知道罪孽、抱怨和

法律的存在，我没有梦想过贫穷、竞争和缺陷。我对于所有的眼泪和争吵都是盲视的。万物都静止不动、自由自在，并且永垂不朽。我不知道疾病、死亡、分歧和勒索——为了钱财或面包……一切时间都是永恒的，都是一个永恒的安息日。一个婴儿应该是整个世界的继承者，并且领悟那些渊博的书本从未揭示过的神秘事物，这不是很奇怪吗？

——托马斯·特拉赫恩

不管有意还是无意，我们都会逃避生活中的不如意之事，正如希腊人或中世纪的人那样。有些人不需要这样做，因为单纯的生活环境经过认真、强有力的改造后会满足他们的最大需求，或者最大限度地发挥他们的才华，或者让他们自由。雄心、自省、后悔尚未开始。虽然这个世界的广阔、壮观和阴暗还未被理解，但是当只看到其效果而非过程时，我们无比高兴。当我们经历了几年的迷雾之后再见到此情此景时，尤其觉得这个世界壮丽无比，如同远方被金色阳光所美化的南丘的山脊，以至于身处山谷中的我们以为自己曾经走过的地方是天堂。当遥望大地的这种美丽时，它恬静而又难以企及，这总是让我们回忆起同样难以企及的幸福童年。为什么我们对于无法企及的东西总是很伤感？我们坐在火车上，一个男人和一个小孩的身影从我们面前一闪而过。他们在一个长满芦苇的池塘边散步，小孩弯下腰去采摘一朵花，听不清他在说什么。当想到我们从未品味过这种远离尘嚣的芳香时，我们为什么会颤抖？

也许最幸福的童年总是那些早已完全结束、未留任何记忆的童年；那些被记住的童年总是充满了喜悦和伤痛；因此，我们希望自己能够有异想天开的幻想。我得承认，我几乎记不得童年的喜悦，但是仅仅这种记忆就让人沉浸在无限的喜悦中。当回忆过去时，我看见一些无所事事、无家可归的男人靠在一座桥上，望着一台正在工作的巨型起重机，桥下面的一艘轮船上有一些奇怪的工人跑来跑去，他们正在填满起重机。我想起绿色的田野，喜欢在一两块田地里走动；虽然没有多少幸福的痕迹留在记忆中，但是那种永不腐蚀的安宁却引起了对无限幸福的幻想。我能回忆很多场景：一个教堂、教堂墓地，一群黑猪从里面朝我这边跑过来；小路狭窄而又多石头，一个花园里种着老人蒿和高大、苦味的红色大丽菊，空气中弥漫着金黄大苹果的芳香；还有孩子们——我记不得他们是否高兴，但是当想起他们的时候，我就想象他们很高兴。对于后来有更多自我意识的岁月的记忆也是这样。当回忆过去时，我不允许（也没有兴趣）让那些与快乐交织在一起、破坏快乐的时刻再次出现。这也许是因为只有那个满怀欲望、与快乐和谐相处的内在真实自我才能完成这些旅程，而这些旅程一旦开始，这个自我就蜕去曾经折磨过我们的硬壳。

因此，许多记忆场景都是一尘不染、没有任何污渍的。那是一个温暖的五月清晨，微风拂面。头天晚上刚刚下了雨。山毛榉树林里，山毛榉正在卸下沉重的担子——露珠从一片树叶滴到另一片树叶，又滴到低处山靛的淡黄色叶子上。在树林边缘，女贞的树枝被豆大的雨滴压弯了腰。白色的繁缕上露珠点点，如星星般闪烁。河畔边毛茸茸的野草也被压弯了腰。当我从旁边经过时，灰白色的驴食草也在闪闪发光。太阳已经很热，天空已经很蓝，微薄的白云呈旋涡状。在果园的树木上和湿漉漉的茂盛树篱上，一只园莺唱着低沉、急促而又清脆的调子，仿佛一条迅速流过水草的小溪流发出的声音。它抬着头，它的喉咙在跳动，它不安分地从一个枝条飞到另一个枝条上，但是总是在新的枝条上重新开始歌唱；它长得像树叶，所以不易被发现。有时候在园莺的啁啾声中可以听到黑顶莺的狂野短歌，这歌声是对温暖、湿润的五月清晨的最好表达，此时山楂花和第一群玫瑰已经盛开。在这样的清晨，小精灵愉悦地沐浴在露水中，舒适地躺在芳香里；五月刚过，它就成为我记忆中最优雅、最幸福的时刻，我也沉醉其中。

　　大自然用她的天赋造就了如此多的伊甸园和黄金时代，这真令人感到好奇。她似乎默默无声地将每一代人的怀旧梦想记录下来，然后出其不意地为我们重现。七月的一个大清早就是一个例子。母牛们争先恐后地从挤奶棚里出来，它们的呼吸淹没了林立着榛子和山楂树的白色小路上尘土的味道。因为它们忍不住要去啃咬路边的庄稼，驱赶它们去牧场的小男孩一遍遍地叫着它们的名字。小男孩的声音听起来单调而又果断："吁，切丽！现在，多莉！吁，凡茜！思卓伯里！……布兰奇！布鲁瑟姆！……考司丽普！……罗莎！斯玛特！……过来，汉斯姆！……吁，斯诺卓普！……莉莉！……达可！……罗尼！过来，安妮！"这儿的路边立着白色的山杨，那儿的紫杉比松树更芳香；这儿有荨麻和白芷的浓郁味道，或者路边的风信子、毛地黄与欧洲蕨、零星的荆豆杂居在一起。牛儿们转向再生的驴食草，狭长的山谷里响起它们哞哞的回声。牛群后面跟着一辆吉普赛二轮车，一个头发乌黑、笔直，眼睛明亮的小男孩倚靠在车门口，看着路过的男男女女。二轮车的牌子上写着："内奥米·舍伍德，伯莱，汉普郡。"这一切对于一个无历史感的流浪汉来说就是一个伊甸园——它依然在我们心中，让我们希望它不是最后一个。

　　有些情景，不管重复与否，逐渐有了丰富的象征意义；它们不断在节日期间重现，非常隆重，但是我不知道它们的意义。例如，每当看到从路边的乱石堆里长出的花朵和老鹳草的红色叶子时，我就感到很满足，这种满足无法被关于植物与粗糙燧石的强烈对比的记忆所解释。当我看到湿漉漉的丁香花从陌生花园的高墙上伸出来时，当我透过迷雾朦朦的寂静隆冬的暮光看到长满山毛榉的内陆悬崖向西延伸进一个无底山谷时，都会产生这种满足感。内在于我的某物属于这些事物，但是我无法想象如果我对它命名的话，这会为有相同经历的人（也许包括很多人）有任何意义。一个伟大的作家用他惯有的方式利用日常生活中的词语，以至于它们变成他的个人密码，有其独特的意义，整个世界都得学习。但是词语不再是象征物，当我们说"小山丘"或者"山毛榉"时，它们无法唤起关于一座小山丘、一棵山毛榉的意象，因为我们已经长久习惯于用词语来代替美好的、强大的、高贵的事物，正如一个记账员用数字的时候并不会看到黄金和力量一样。因此，我只能尝试着做如下建议：乱石堆里的植物、湿漉漉的丁香、雾蒙蒙的悬崖的意义只有与书本中的一些情景相比才能被解释清楚，从这些情景中我们意识到一种普遍的、超个人的力量。堂吉诃德的所有行为都有这种重要性；康拉德先生的小说《青春》的结尾和哈德逊先生的《绿厦》（一位老人在一个夏日坐在一棵孤独的树下面讲"曾经的那座房子"的故事）的开头也如此。马洛礼的《亚瑟王之死》中有很多类似情景。从巴顿山战役到写作《亚瑟王之死》的这十个世纪以来，许多人讲述着书里的这些故事，这些人包括从康尼马拉到卡拉布里亚的形形色色的人。他们中的许多人之所以能够生存是因为他们将自我那激情澎湃的心灵献给这些幽灵般的流浪传说。艺术家们在这些传说上大做文章。吟游诗人吟唱它们，他们的竖琴与词语纠缠在一起传给今天的我们。《亚瑟王之死》中的撒拉森人（他们是赫克托尔、亚历山大、约书亚和马加比的后代）和塔列辛人（他们的"发源地是一个叫

南
国

作夏日星星的地区"，与诺亚、亚历山大和基督有血缘关系）向
我们暗示了血统的混杂性。这个故事充满人性，里面的许多情景
虽然只服务于眼前目的，却注定由于其优美而以多种方式打动无
数人。还有很多像这样的例子:《罗纳布威之梦》中下象棋的情
景;特里斯特拉姆疯狂地在树林里跑了许多天，但是却被用他的
竖琴弹奏音乐的一个少女所吸引;兰斯洛特与黑人骑士一起反抗
白人骑士;当他的骑士即将分头寻找圣杯时，亚瑟王的讲话;兰
斯洛特的冒险结束于黑暗城堡，此时"月光皎洁"，他穿着盔甲，
拿着所有的武器，朝门口的狮子走去，他强行打开门，然后看见
那个"圣杯，它被红色的六服丝锦缎所包裹，周围有很多天使";
亚瑟王和格韦纳维亚望着小海船上伊莱恩的尸体;亚瑟王与兰斯
洛特的决斗场景以以下词语开始:"收获季节的一天，兰斯洛特
爵士望过城墙，高声对亚瑟王和高文爵士说话……"

　　没有英国作家对童年时期的精神光芒的表达比特拉赫恩更
好，华兹华斯从他的作品中读到他对永恒的模仿。他讲述"我出
生时的神圣光芒"和他的"纯而又纯的担忧"，建议他的朋友为
这些天赋而祈祷:"它们将使我像天使，使我神圣。"正是通过"神
圣的知识"他才看到和平的伊甸园里的一切:


　　　玉米光彩夺目，永远是淡黄色;它既无须收割，也无须
　　播种。我想它会永远、永远存在。街道上的灰尘和石头珍贵

如黄金；大门是世界的尽头。我最初从一扇门里看到那些绿树，它们让我欣喜若狂，陶醉其中；它们甜蜜、与众不同的美丽让我的心跳加速——它几乎由于狂喜而变得疯狂；它们是如此奇怪而又美好的事物。人类！啊，老人们看起来是多么的脆弱而又值得敬爱！伟大的小天使！年轻的小伙子们像神采奕奕的天使！少女有着天使般的生命和美丽！小男孩和小女孩在街道上跌跌撞撞地行走、玩耍，它们是移动的宝石。我不知道他们是否出生或者死亡，但是一切都将永存，因为他们在其位。永恒体现在白昼的光辉中。一切表象的后面都存在着永恒，它与我的期待吻合，激发了我的希望……

但是这道光辉暗淡了。他"陷入巨大的麻烦中"，被这个世界、被人类的诱惑和世俗之事、被"观点和传统"所腐蚀，而不是被"内在的腐败或者大自然剥夺"。

他告诉我们他曾经走进一间高贵的餐厅，一个人待在那儿，"看见黄金、奢华和雕像"，但是他对这间屋子感到厌烦，因为它是死的，一动也不动。过了一会儿，他看到里面"充满了先生、女士、音乐和舞蹈"；现在，快乐代替了乏味。很久之后，他意识到："当被理解的时候，男人和女人是幸福的关键。"又有一次，"当他独自一人在一个阴郁、忧伤的夜晚来到野外，万籁俱寂"时，他体会到同样的疲倦，不，甚至恐惧。"我是一个柔弱的小孩，已然忘了这个世界上还有人活着。"然而，他有了希望和期待，这不仅让他感到很欣慰，而且教导他："他与整个世界息息相关。"他"与整个世界息息相关"，这是让他从生活中感到安慰和快乐的巨大源泉，他在书中将这种快乐倾诉给我们。他不仅意识到自己，而且意识到河流、玉米、植物、沙粒都与整个世界相关。他说，上帝"知道每一事物的无限优点"。在这一点上，他早于布莱克的《天真的预言》。他似乎看到所有生物的组合样式。他宁愿人类为了关于事物的这种神圣知识和他们在宇宙中的位置而奋斗。

他开始相信："上帝参与所有其他生物的创造，亦即全能的上帝全权掌控它们的诞生；当我还是孩童时，每一生物的确如其所是，并非如人们一般所理解的那样。"

但是，他感觉人类的心灵比它所理解的事物优越："灵魂由于其无限的智力而比整个世界更伟大、更完美。"甚至理查德·杰弗里斯祷告说他的心灵"可能超越宇宙生命"。灵魂比整个世界都伟大，因为它是精神性的，而精神自然是无限的。因此，特拉赫恩被导向这样一个大错误：太阳只是"一个可怜的小东西"。或者这只是一种修辞手法，他借此来让大众相信人的灵魂高于所有可见的事物。同样地，他认为"天堂和尘世这个小村舍是太微不足道的礼物，虽然很美丽"。他又说："我们通过灵魂来理解和感知无限；我们如此自然地感知无限，以至于它是灵魂的精华和存在。"他再次天真而又严肃地说："人类是有高贵原则和苛刻希望的生物，以至于只要在神灵身上发现缺陷，他就会极度不开心。"

他只能将人类当作崇高的存在，因为他本人从来不缺乏想象力——想象力是人类最伟大的能力，诗人以它为生，以它为本。他说："上帝使你能够按照自己的方式创造世界，这比他自己创造的更珍贵；将来自于他的世界献祭给他，这令人高兴；但是让世界返回到他那里，这更让人高兴。"

按照自己的方式创造世界的这种能力是想象力，它也是生物存活和神圣的证据。他说："未知事物对灵魂有一种隐秘的影响力。"而且"我们热爱未知事物"。精神可以充溢整个世界，星星是你的珠宝："只有当大海流淌在你的血管里，当天堂将你包裹，当星星为你加冕，当你感觉自我是整个世界的唯一继承者的时候，你才能恰当地享受这个世界。"我们的遗产不仅仅是这个世界，"因为人类活在这个世界里，他们像你一样是这个世界的唯一继承者"。这种观点属于社会神秘主义。他在另一处又说："世界的确为你服务，不仅仅作为你的喜悦的空间和容器，而且作为加诸于整个人类身上的巨大义务：这个义务（爱你如己）被赋予每个人，无论他年龄大小。这个世界也同样放大了你的同伴。"他说，上帝真正具有一颗"公共的心灵"。他在另一处说："没有一个人理解上帝或者他自身，但是他必须尊敬你，他不仅把你当作大天使、小天使，而且把你当作被耶稣的血救赎过的人，当作被

南

国

所有大天使、小天使、人类热爱的人，当作世界的继承者；他把你看得比宇宙更伟大，正如当一个人拥有一座房子时比房子更大一样。啊！要是人类意识到这一点，并且由此相互尊敬，人类将要过着多么神圣而又喜乐的生活！他们将会相互取悦、相互珍惜！每个人都将走向一个多么完美的领域！他们的财产将会多么崇高而又辉煌！世界将会充满和平和安宁，是的，还有喜悦、尊敬、秩序和美丽。"

正如在其他段落中，在这里他似乎在朝着惠特曼的观点迈进。有人责备惠特曼让"神圣"这一词语失去价值，因为他将其滥用到所有事物身上；而这样无异于放弃让人类和动物神圣的规则——这已经而且必将引起最伟大的革命。

普遍神圣这一观点来自于他的爱的学说。通过爱，我们可以与被他称作上帝的神圣力量一体。他说："爱是我们享受世界的真正方式：我们对他人的爱，他人对我们的爱。"他甚至为我们对财富的喜爱开脱，既然"我们喜欢富有……我们由此能够更快乐。"正如理查德·杰弗里斯说菲利斯首先心中有爱，然后才去爱一个男人，特拉赫恩说："一个人有时候对另一个人的强烈溺爱仅仅是那种爱发出的一点火花，这种爱潜伏在他的本性中……当我们喜爱某人的完美和美丽之时，我们不是爱他太多，而是爱别人太少。"只有通过这种爱，一切生命形式的联合才会被真正地理解。当人类"充满生命、勇气、活力和对一切事物的爱"，并

六月

且"关心他物，对他物感到满意"时，他就像上帝。因此，他关于世界相互依靠的观点与他的爱的学说是不可分割的；爱启发了世界；只有通过爱世界才会真实存在，才会持久。"与万物同在的人永远不会感到孤独。"然而，他无法总是想起宇宙——他认为太阳绕着地球转。正如他认为人类优越于其他生命形式，因此，他也许对"这个天堂和尘世的房舍"、对棕色的土地和蓝色的天空有一种父母对子女的爱。他在最好的沉思录之一中说：

当我来到乡村，坐在沉默的树木、草地、山丘之间时，我所有的时间都由我自由支配。我下决心将所有的时间都花费在追寻幸福、满足我心中的强烈愿望上（还在孩童时大自然就在我心中点燃此愿望）无论代价有多大。我对此如此坚定，以至于为了能够自我支配所有的时间，我宁愿选择一年靠十英镑为生，穿用动物皮毛做的衣服，吃面包，喝水，也不愿意在一个大庄园里过着一年花费几千英镑的生活，而我的时间也将被照看庄园和劳动所吞噬。上帝非常高兴地承兑了我的那个愿望，于是从那时起，我拥有所需要的一切，而无须任何忧虑，我对于幸福的研究让我更加成功。因此，凭着上帝的赐福，我过着自由自在的、君王般的生活，似乎世界再次变成伊甸园，直到今天都是这样。

特拉赫恩在很多方面都卓有成就，但是他将人与自然联合在神圣的童年之光中这一点尤为卓越。的确，他首先提及玉米（那"光彩夺目、永远是淡黄色"的玉米）接着谈到灰尘、石头、小镇的门，然后是老人、年轻人和孩子们。但是只有从"一些镀金的云彩和花朵"上，沃恩才看到"永恒一些的阴影"；他渴望重返他的童年时光，重返一座灵魂之城，一座处于棕榈树的阴影中的城市。虽然华兹华斯在孩童时说"每一个共同精神"都被包围在神圣之光中，但是他仅仅提及"牧场、小树林和小溪流"；是一棵树、一块田地、一朵花让他想起自己的损失；他迫不及待地想确信对泉水、牧场、小山丘和小树林的持久的爱。也许很多人诸如此类的记忆是关于自然而非人类。甚至是兰姆最深刻的记忆也是有关童年：他独自一人在布雷克丝摩尔那座大房子和花园里。对于有些人来说，大自然之所以重要是因为她的孤独寓意最深。相比较而言，孩子和大人的在场比较常见，精神通过永久地或者暂时地成为社会的一部分而做出一些牺牲。假设一个孩子很开心，在荒凉的大自然中很舒适自在，那么他独自一人时更容易与自然有后来被认为的精神交流。最重要的是，我们关于自然的记忆很少被表面的琐屑、厌恶、反感、误解所玷污，它们被用来表达关于阴暗、陈腐的人类社会的记忆。当想起我们自身和其他孩子的时候，我们也许会想起那些让理想化不可能的事情。当想起我们自己很久前在一大片树林里或者开满鲜花的田野里，很难不夸大孩子与无限强大的太阳、风之间所产生的无论何种精神交流。那时候我们并不是将一棵树当作一个坚硬的黑色圆柱子，其生长的目的不是为了制造家具、门和许多其他事物；我们看到和自我完全不同的事物，它巨大、平和，说着不同的语言，不会移动位置，但是充满了生命力、运动以及树叶发出的声音，它的上面有光线、鸟儿和昆虫；它给予我们的巨大喜悦是无以言表的。在后来岁月中所经历的幻灭、知识、愚行和思想的帮助下，我们沉思的心灵很容易赞扬这种喜悦。不久前，我听说我曾经似乎相当熟悉的一个人死了。我曾经与他一起漫步、谈话、沉默，要不是他去了很远的地方、后来去世的话，我应该接着与他做那些事情。当听说他死亡的时候，我不停地回忆他，回忆他身处我所熟悉的环境下，例如他在旧房间里，在一条小河边，我回忆他在榆树下的面孔和身影。和从前一样，我看到他穿着过去经常穿的衣服，或者微笑，或者哈哈大笑，或者奸笑。但是不管他在哪儿，不管他有什么样的表情，他的脸上总是有某种可怕的东西（阴影的影子）它让我觉得要是那时候我看到了它（我觉得自己应该看到它），我就应该知道他会壮志未酬，在异乡英年早逝。

大脑也会以相同的方式冥思儿时的时光。后来之事会让孩子的坦率表情变得深沉，正如一个传说会抹黑一条明快的小溪流一样。

我曾经看到一个七八岁的小女孩在古老花园里的一条杂草丛

生的羊肠小路上漫步。她的一边是长长的坡地，另一边是高大的树篱，除了淡蓝色的天空外，它遮挡了一切；白云倚靠在雾霭中，如同平静湖面上的睡莲。小女孩转身上了一条长满青草的狭窄而又平坦的小路，朝有尖角的房子和周围的山毛榉走去。夕阳照射着她，照在她棕色的头发和蓝色的短上衣上，也照射在路两边的花儿上——卑微的筷子芥开满白色的小花，还有三色堇、白水仙、黄色的长寿花、黄水仙、高大的黄色多榔菊，颜色较暗的桂竹香正在怒放，露珠闪闪的翠雀和耧斗花叶子之间有一簇簇的异果菊。当她向前走时，阳光由于炎热天空中一簇簇的白色樱花（蜜蜂在花丛间嗡嗡地叫）而变得暗淡了。她前面、两旁的樱花树似乎相遇了，黑色的树干形成一条走廊，路面是绿色、白色和金黄色，廊顶是乳白色的樱花，樱花下面隐藏着黑顶莺——它们发出清脆、狂野的颤音。在远处看不见花儿，青草被刚刚长出新叶的山毛榉所遮蔽。最后是更多的树木、树荫，布谷鸟在那儿哭泣。对于小女孩来说，这条小径永无终止。

六月

　　她慢慢地向前走，一开始摘一两朵白水仙，或者弯腰去闻一朵花儿的香味，她的头发滑落到地上。不久之后，她满足于仅仅伸出手掠过花儿的顶端，或者踮起脚趾头，强使她的脑袋插入樱花最低处的树枝之间。然后，她什么也不做，仅仅严肃地走向阴影，走向永恒，她模糊地预知到自己的生命。她期盼未来，正如有一天她会跨越数十年来追忆过去一样。她看到自己总是在树干、树枝、喜悦、快乐、疼痛、痛苦的相互交织中向前走；这一切应该有终结，但是她不知如何做到这一点。此时天气阴沉，让人感到昏昏欲睡，到处都是布谷鸟的音符。她停下来，不敢朝山毛榉树下的那个奇怪未来走去。她望着蒙蒙迷雾，看见一个女孩、一个年轻女人、一对恋人的幻影在那里徘徊……她最终将变成她们。在最后一棵樱花树下，某物从她的身体里出来，进入阴影里。当她站着不动的时候，这些幻影吮吸着她的血液。但是现在，在山毛榉形成的长长走廊下，阴沉的天气开始放晴，最后变成亮闪闪的蓝色，朝她走近。"啊啊"，附近的一只孔雀在大声叫唤。"啊啊……啊啊"，他一边叫着一边从她的身边经过。她回过头对他"啊啊"大叫，这吓着了山毛榉树上的布谷鸟，她飞回房子附近的花丛中。

在学校里，我们的大自然教育会有什么结果？它的目的为何？缘起于何？毫无疑问，这部分源于我们对于传播知识的渴望。那就让诗人去笑吧：

> 当科学有进一步发现的时候，
> 我们将会比从前更快乐。

但是我们在这条路上走得太快了。如果我们足够幸运的话，我们会完成列举关于天堂和尘世所有事物的清单；此时，戴着最后一副眼镜的最后一个男人、女人得出如下结论：毕竟，这是一个非常美好的世界，在此生活是有可能的。然而，这个结论自身不足以成为推动我们朝向它的诱因；这种看法更无法让我们向前迈步。

我认为有三件事情尤其劝说我们支付旅费，朝某处攀登。这三件事情并非如此泾渭分明，尽管分别考虑它们会更方便。首先，文学和哲学运动，它被不完美地描述为十八、十九世纪浪漫主义的复兴和回归大自然。诗人和哲学家需要私人收入，文学和哲学是一种力量，一个世纪以来，它们沿着一个方向前进，直至法国大革命时期。这种文学展示了人在无限宇宙中的真实位置，尤其展示了他在大海、天空、高山、河流、树林及其他动物组成的物理环境中的位置。其次，让人惊奇的也许是过度发展的无数城市，这一过程的最直接、唯一的好处是乡村的纯净空气和阳光得到了喘息的机会，它们成为城市大众追逐的对象，尽管后者只能在短时间内享受它们。再次，科学及系统观察的胜利。无疑，科学在工业主义力量的帮助下取得巨大胜利，它也反过来帮助后者。它曾经被认为是让诗歌、爱情小说和宗教遭到了致命的破坏，因为它扰乱了一些诗人和批评家的心智。

考虑到这三件事情，自然研究不可避免。文学将我们送到大自然的怀抱里去体验快乐——感官的快乐，情绪的快乐，思考的快乐，灵魂的快乐，如果能够完整地体验这几种快乐的形式，那

六月

么这种快乐就是宗教性的。科学将我们送到大自然的怀抱里去获得知识。工业主义和大城市将我们送到大自然的怀抱里去获得健康，以便我们能够更加高效地生产，或者如果我们认真思考并且有能力，我们能完全摆脱大自然。但是将快乐、知识和健康这三者割裂是很可笑的，除非我们为了方便之故而割裂它们——它们派遣我们出去追寻它们。好的自然教育不会忽视这三者中的任何一方。基于健康、通过知识获得快乐似乎是我们所追寻的目标。

在谈到快乐与学校的关系时，我们无须犹豫不决。我们可能会像托马斯·特拉赫恩在两百五十年前那样抱怨：

> 没有一个教师精通快乐，尽管他是其他科学知识的能手。我们应该为了快乐而学习这些事物。我们通过学习来获得知识，但是不知道我们学习的最终目的为何。由于缺乏一定的目标，我们在学习方式上犯了错误。

如果没有教授快乐的教授，我们会走向毁灭。也许大自然会帮助我们。她的存在肯定会弥补快乐，它通过将人们从现代城市及其无限的便利性和奴役性所导致的隔绝生活中解放出来来增加自己的学生数量。托尔斯泰说过，在户外"学生和老师之间形成新的关系：这种关系更自由、更简单、更鼓励人与人之间的信任"。无疑，他在冬日晚上与学生一起散步、聊天、讲故事（见列夫·托尔斯泰的《亚斯纳亚波利亚纳的学校》），这让那些年轻人和老师激动、快乐，让他们印象深刻，这一切很难被后世所超越。自然的高贵而又未被污染的形式如何能够培养美感呢？然后，阅读伟大的诗歌可能会与学习自然有关，因为没有伟大的诗歌能够与自然割裂；而现代诗人都将他们的笔触伸向阳光、风和大海，这对于与他们爱好一致的人尤为有吸引力。伟大的宗教类丛书被与自然有更为密切交流的人传递给我们，但是它们无法为待在室内的孩子和大人所理解。最深沉、最让人记忆深刻的情感，不管是否与这种或者那种宗教相关，不管是否被当作"对永恒的暗示"，通常都是来自于孩童时期与大自然的接触。

尽管医生和病人的数量一致，对于健康，我们无须多说，除了科学给我们留下的这样一则知识（我没有说信息）亦即在清新的空气和阳光中进行的脑力、体力运动对于身、心都有好处，尤其是当我们很快乐的时候。

知识通过智力训练，通过扩大享受的范围，通过向我们显示动物植物的生命形式，通过显示我们的生命如何与它们相关，事实上，通过显示我们的位置、责任以及对地球上其他居住者的义务来帮助我们获得快乐。当知识在户外（在那儿，那些生物，不管运动与否，都有其生命和美丽）时，这种知识就是真实的。在那儿，感官被邀请去进行最微妙、最令人喜悦的训练，在它们面前的是一块广袤无垠的新鲜土地，而不是陈腐书本中的土地；它

六月

与每一只眼睛、每一个大脑都有新鲜而又重要的交流，它向所有有志于发现事物的形式和习惯的人开放。我们应该小心保护孩子，不让他接触现代文学中最啰嗦的那部分，因为它们仅仅用无数不恰当的词语对鸟儿、花儿进行重复而又陈腐的描述，中间还夹杂着琐屑的幻想和虚假的捏造。让我们不要把书房、油灯和油墨带到户外，因为我们常常将野生生命（我们杀死它，然后把它放到酒精里）带到室内。让我们小心选择知识地，并且对我们的老师充满热情。热情本身不足以成为热情。在一定阶段，一定要有解剖、分类、纯粹的脑力劳动；老师受到的训练必须与数学家相当，而且他必须有活力，这一点我从未听说对于数学家是必须的。但是并非一切都需要解剖；对于有些事物，解剖是不可能的；对于颜色、曲线、香水、声音及许多其他事物的学习，解剖可以作为补充。但是自然学习的目的不是为了产出博物学家，正如教授音乐不是为了培养音乐家一样。如果除了博物学家外，你什么也没有产出，你就失败了，你几乎一无所获。学习的目的是为了拓展儿童和成人的文化，系统地学习马克·帕蒂森用干瘪瘪的方式告诉我们的他的学习方式，亦即通过散步和户外运动，然后在十七岁时通过收集和阅读诸如《塞耳彭自然史》这样的书，最后通过从自然历史向"更抽象的诗歌感情……一种有意识、公开的诗歌感情和对诗歌的专心阅读"的漫长过渡。地质学要到十年后才出现，它是为了"完成思想的周期，给它以知识根基；当眼睛徘徊

南

国

158

在果实累累而又令人满意的起伏不平的地表时，它的证词需要这种根基。数年后，当阅读华兹华斯的《序曲》时，我意识到，似乎我自己的历史被讲述；诗歌讲述了乡村小男孩从对山丘、沼泽地的喜爱变成诗歌感受性（对来自四面八方的美好事物的充满想象力的呈现）的过程"。显然，植物学及其他学科将与学校及家的周边地区相关，因为它涉及到每一个教区和地区，正如杰弗里斯和梭罗各自所说：它是一个微型宇宙。通过这种方式，自然历史可能很容易与山丘、丘陵、小溪，房屋的位置、磨坊、村庄及其存在之理由，食物供应等相关联，这些最终会导向，不，牵涉到地质学和历史学中最真实的知识。风景中保留着过去的最显著的痕迹，对它的明智考察会激发起我们与过去、将来一体的这种崇高感情，正如自然历史应该可以帮助小孩意识到自我与所有生命形式的同一性一样。从最微小的价值来说，如果一代人坚持要住在乡村，或者在那儿住许多周而不感到厌烦，或者被迫将自我禁锢在城市里那些引进的娱乐中，他们需要这种知识体系。

六
月

南
国

# 第 9 章

# 历史与教区

有一天，英格兰的历史将从一个教区、一个小镇或者一所豪宅的角度来书写。直到有这种历史，我们所积累的信息才会有其合理性。该历史将以地质照片开始，关于更大、更清楚的与建筑物相关的事物，而不是众多无关紧要的名字。这种历史一定是充满想象力的：有时候它可能依赖于多特里先生的《不列颠的黎明》这本书。土壤、林地和水流的特殊结合决定了古道的方向、位置和重要性，它也决定人类居住地的位置和大小。最早的一些痕迹（古老的燧石、金属工具、坟墓、农业符号、营地、住宅）需要被描述清楚，解释清楚。民间故事、传说、地名必须被明智地、勇敢地、人性化地利用；这样，不具备小说家的宽大的同情心和想象力的历史学家就没有机会成功。历史学家将有无数机会给历史上如下事物以生命：一片古老的树林与一块耕地形成的边界，土地的形状及其边界处的溪流、树篱、杂树林、池塘、院墙、道路，相互交织在一起的道路和脚印——它们暗示了伟大而又永恒的思想、稍微逊色的思想及人类的梦想。正如有重大历史意义的世纪被记录一样，重大的事件（战役、法律、道路、侵略）与教区之间的相互影响也必须被展示。许多依稀可见当地特色的建筑物将会代表城堡里的石头、教堂、庄园、农场、谷仓和桥梁而发出声音。鸟儿和野兽也不能被遗忘。当地家庭的简单而又文雅的名字里其实包含着很多历史，教区登记簿上的三言两语，墓碑，土地、房子和树林的名字也是如此。只要能够显示人的本性，一千个错误比一千个如同蜗牛的破壳那样的真理要好得多。要是这些地名（关于杂树林、田地、小径、道路的好听的、奇怪的、浪漫的、活泼的名字）的诗歌最终能够被翻译就好了！巴西特家族、鲍顿家族、沃斯家族、塔兰特家族、温特伯恩斯家族、德夫里尔家族、曼尼福特家族、萨顿家族，这些名字真有韵味！伍德曼斯特恩、霍林伯恩、沃尔斯坦伯里、布罗肯赫斯特、科本、利迪亚德·特里戈、利迪亚德·米利森特、克莱文斯、埃姆斯伯里、安伯利（我曾经尝试着杜撰一个美丽的名字，最终这个名字是安伯利，但是时间已经先发制人了！），南国的这些名字真好！彭斯克思特、弗兰西姆、菲勒、纳特利、艾波萧、汉布尔登、克兰布鲁克、福丁布里奇、梅尔克舍姆、兰伯恩、德雷科特、布斯科特、凯尔姆斯科特、亚顿、耶尔丁、唐、考登、伊平、考福德、艾西、莉斯……这些名字真亲切！然后又有关于道路的历史。每个到汉普郡旅游的人都记得那条倾斜的路：它的曲线像鸟儿，从黏土、燧石高地上向下延伸，穿过白垩地，然后到达沙地和小河；在一个山谷的顶端，它绕着峡谷延伸，整个下行过程中它穿过一片山毛榉树林，从上面和下面都无法看见它，只有一两次从一条箭状裂隙望向一个蓝色的溪谷时可以看见这条路。钱克顿伯里城堡状的海角在这条路东南方向二十英里处。这条路在一个非常陡峭的山丘的一边变成岩脊，它下面的树林快速俯冲进一个陡峭的山洞，里面有数不清的闪闪发光的树叶，它们一边颤抖一边窃窃私语，而没有任何人类的身影和声音。据说这条路是半个世纪前修筑的，以代替草率修筑的笔直马车驿道——它在这条路的底部与其相交。一条已经被废弃的羊肠小道在半腰与这条路相交，这表明这条路的下半部分是由一条老路扩展而来的，但是它的上半部分大多是新修葺的。当然，现在这条路宽阔而又崭新，优雅地环绕着陡峭的峡谷。为了修筑它，一个家庭付出很多。这家拥有峡谷入口处的庄园。山上长满了山毛榉，这片山毛榉树林如天空一样广阔，筑路工人修筑了一条穿过这片树林的路，它看起来庄严而又令人愉悦。但是在山顶处，这片树林偏离了几英码而进入那个庄园。主人不愿意让步，于是开始了一场诉讼。当这条路按照合同向公众开放的那一天到来之时，这场诉讼还没有结束。合同在这一天结束后被撕毁了。投机行为失败了，过路费永远不会装进庄园主的口袋里。他破产了，留下了小溪边的白色长房子、一连串的池塘、农场和农舍、高大的院墙、数不清的山毛榉（它们是百来只猫头鹰的家）乡间小路上方的西班牙栗树、壮观成群的七叶树和悬铃树、巨大的无毛榆、苹果树和所有的槲寄生、胡桃树，还有东边、北边、西边被他的高大树林镶边的长长海湾。

在很多地方，当人们看着它们的时候，他们会有意识地被其历史感所影响。这可能是一个战场，大地展示了其旧伤口上的伤痕；或者是一座城堡、一座耸立在橡树林里的极其有名望的教堂；或者是讲述一个死去的诗人、士兵的一座庄园、一栋村舍、一座坟墓、一条林间小路。然后，按照我们阅读的深度、广度及我们想象力的清晰度，我们可以想象一支骚乱或者安静的军队，或者一群孤男寡女在那些小树林里或者草地上。这可能是一个衰败的海滨：春潮啃噬着黄色的悬崖；风一边锉着它，一边发出嘶嘶声；各个时代的遗物（头盖骨、武器、硬币、雕刻过的石头）四散在未被践踏过的干净沙滩上，一个博学的、想象力丰富的、富于幻想的、而又完全无历史感的普通人利用这些遗物来训练他的精神，并且对它们做出回应，虽然只是短暂的瞬间。在有些地方，历史像地震一样发挥作用；在另外一些地方，历史像一只蚂蚁或者鼹鼠；历史在每个地方都永久地发挥着作用；因此，如果我们知道、关注草地上的每一块隆起，树篱、小径、道路上的每一条曲折的线条，那么它们都是刻印的文字，它们虽然简短如谚语，却是用很多语言文字写成。但是我们大多数人仅仅懂得历史上的几种语言，懂得每种语言的几个词。战争和议会仅仅是大脑中模糊而又无声无形的事件，数代人的辛劳和激情使林中空地的光线更丰富，阴影更严肃。

有时候整整一个世纪、一个时代都没有给我们留下对眼睛有吸引力的栩栩如生的记忆，除了一些图片外——例如威尔士的杰拉尔德留给我们的威尔士里斯之子基内瑞克王子的图片。他高大、英俊，脸色白皙，头发卷曲；他披着薄披风，里面穿着一件衬衣，光着脚丫子和双腿，不顾周围的蓟和欧石楠。是大自然而不是艺术赋予他美丽和翩翩举止。在威尔士以外，这个人的身影在十二世纪以后跟随着我们很久，并且帮助我们让任何古老的荒野景象变得生机勃勃。如果我们在古道上陷入沉思中，周围有古冢和帐篷，我们能看到人的话，我们看到的是像他这样的人：他金色的头发可能变成黑色，穿着动物的毛皮，他的高贵更具动物性；我们感觉到而不是看到无数这样的人，他们跟随着牛群走到小溪边、池塘边，他们赤脚走在坚硬的土地上，让土地变得疲惫不堪。当走在这样一条路上（路的两边是陡峭的白垩堆和凸出的山毛榉树根，山毛榉树叶在头顶上方；这条路由于长期行走而下陷了二十英寸，如今除了狐狸和兔子外，少有人行走）我们也许模糊地意识到：我们曾经攀登过这样的路，我们走在现代和那个我们试图恢复而又徒劳无益的模糊时代之间，宛如在梦中。

虽然我们并不精通历史，但是对于过去也并非置若罔闻。今天我们眼睛所见、耳朵所听、大脑所思和所梦想的本身就是古代的一种工具，它们值得我们理解。我们并非仅仅是二十世纪的伦敦人、肯特人、威尔士人，我们也属于华兹华斯、伊丽莎白、理查德·普朗塔热内、哈罗德以及早期吟游诗人的时代。

正如塔利辛，我们打着横幅走在亚历山大的前面，我们与上帝一起待在驴槽里，我们去了印度，我们看到了"特洛亚的遗迹"，我们与诺亚住在方舟里，我们的发源地是"夏日星星地区"。地球的面孔提醒着我们天性中的诸多方面，甚至当大地上可见的标记不比伊甸园多的时候，我们依然用自己的方式意识到时间的流逝，这些方式让历史学家、动物学家和哲学家感到奇怪，并且难以解释。正是这种多面本性以难以描述的深度和广度来回应许多风景的魅力。

我们来到一个长满野草的巨大峡谷里，谷底平坦、光滑如赛马场。峡谷穿过玉米地，延伸到南丘的心脏地带，像一条水很深的河流的河床。在它的入口处，山毛榉覆盖两边；但是现在这儿没有山毛榉，取而代之的是刺柏，它们长在陡峭的斜坡上；一条条小路沿着斜坡向山顶延伸，在早期社会，它们是兔子、兽群、鸟群的通道，也是男人、女人、小孩（尽管他们孩子的孩子的后代已经忘掉他们，却没有忘掉他们的哲学）的通道。斜坡上的杂草中丛生着矮小的甜牧草、有玫瑰色花茎的地榆、橘红色的三叶形牛角花、紫色的百里香、白色的亚麻、纤弱的金黄色蒲公英、紫苏、马郁兰、莲座形的红色的蓟，它们活泼、热情而又芬芳，或者闪闪发光，或者被慢慢升腾的烟雾所融化。蚱蜢演奏着悦耳的音乐，蓝色的蝴蝶翩翩起舞，整个大地看起来像皮毛厚实而又和蔼可亲的动物。最终，蜿蜒的峡谷将平原锁在外面，它像一座绿色的大厅，灼热的蓝天是它的屋顶。它的墙壁更陡峭，兔子的洞穴在草地上留下了一条条的白斑——像海鸟在岩石上留下的痕迹。这些墙壁的曲线像头顶上褐雨燕飞翔的曲线。这儿没有人类的路线，没有房屋，也没有坟墓、牧群和耕作。这儿是世界的终点。兔子上蹿下跳，似乎在孤寂的梦中。

但是大脑并不感到不满足和饥饿。这儿有如同海洋般广阔无边的孤寂，一个人也许可以在这儿获得一种快乐：

> 永远漂泊着，没有明确的轨迹
> 认为他自己是唯一活着的存在。

我们所到达的并非终点，而是开始。它的元素如下：纯洁的大地、风和阳光，快乐和美由此产生；这些元素既原始又古老，却永葆青春。它们的存在不是将我们带回中世纪，也不是将我们带回多特里先生笔下英勇的王子、公主所生活的不列颠（查尔斯·多特里的《不列颠的黎明》），也不是回到散发着恶臭的沼泽地和树林、有猛犸和野蛮人类存在的某个无名考古学家的世界，而是回到一个时空之外的地方——在这里，生命、思想和身体健康与阳光、大地相协调；这儿像草丛中的花儿一样芳香，像蚱蜢一样欢快，像野兔一样敏捷，并且很神圣；从这一切当中产生了一个关于人的想象：他将体现这种思想。由于不满足于过去，人类的不幸将他放置在更远古的黄金时代，这样做的充分理由是：在每个时代，他都是一个梦想，我们对于黎明、黑夜的梦想虽然总是以失望告终，但是我们对于即将到来的一天并不感到害怕。因此，没有一个著名的山谷、山坡比这个峡谷更具人性，它是无数伊甸园之一。在这里，我们不是与士兵、农夫、泥瓦匠这些改变地表的人打交道，而是与预言家、诗人这些曾经在此生活以追溯大自然和早期人类的健康和活力的人打交道。这儿有最了不起的古迹，有和平、纯洁和简单，而这一切的中心是大地母亲：一位年轻的母亲，她的面孔像尚未在冥界失去帕尔赛福涅的刻瑞斯。事实上，这个孤零零的大厅如此神圣以至于当翻过它、回望那里的兔穴和山脊上的罗马帐篷时，你会感到无比伤心。

# 康沃尔

在康沃尔，大地的皱纹和轮廓被保留了下来，随处可见古迹的痕迹。那些废墟的效果让人感到惊奇：天蓝色的飞蓬、柽柳、灯芯草等，一切都隐藏在沙子中不为人所见，尽管当夜晚狂风大声嚎哭时，也不是听不到它们的声音。有些并非那么古老的废墟几乎有一种魔力。有一座废墟立在一条大河旁边，一座半圆形的青山将它与一个小镇和外界隔离；没有路抵达这座废墟，只有一条蜿蜒曲折的小径。那座山脚下的黄色沙堆之间是一座孤寂的黑色教堂，它的头顶是蔚蓝的天空。这座教堂并不古老，不超过五个世纪，由最简单的砖石砌成：那呆板、矮小的塔尖由厚石板砌成，并且向一边稍倾斜，看起来古老而又质朴；塔尖底部的窗户是在厚石板上打的几个洞，也非常小。在教堂的庭院里有一个粗糙的灰色石头十字架，被一个柱子支撑着。十字架的周围是柽柳，它们默默无声地挥动着臂膀。十字架朝南俯望着沙岗后面的蓝色港湾，港湾的西边被巨大的灰色悬崖所保护，白色的烟柱攀升上悬崖。

有一段时间，离教堂最近的沙岗被三叶形的牛角花、百里香、小米草和矮草包裹了起来，它们静静地待在那儿休息——教堂曾经被它们埋葬。在半圆形的青山和教堂之间流淌着一条小溪流，里面隐藏着菖蒲、菖蒲的黄色花朵，紫色的玄参和兰花，还有青草。

一只鸬鹚从低空中飞过。那只沙鸟似乎属于古代，属于有獾和海狸及古人爬上这个海滨悬崖的时代。一个四月的一天，当布谷鸟啼叫第一声的时候，古人们看见一只棕色的小船从大海那边驶来，后面跟着三只海狮。从小船上走下来一个来自爱尔兰的基督徒，他有着黑色的头发，蓝色的眼睛，红色的嘴唇。他跟他们说话，嗓音低沉而又甜美。他告诉他们，一种力量统治着蓝色的海水和流沙，他能够将那座半圆形的青山迁移到栖息着白鸥的岩石边；他比陆岬更高大、威严，却像茴香一样甜美、温柔；他的声音像大西洋上的风暴一样低沉，却也像山脚下菖蒲丛里的苇莺一样纤弱；他的宫殿比云雀翱翔的蓝空更巍峨；他比五月的牧场更温柔、富有，更永久；他的随从比月光下鲱鱼的数量更多、更聪明。如果他们相信他的话的话，盛牛奶的木桶会更满，草会更深，玉米穗会更沉；海湾里的沙丁鱼应该用水煮；他们应该像懒洋洋地躺在海滨的陡崖上的白色鸟儿一样有翅膀。这期间，那三只海狮一直躺在浅滩上观望，它们的头和后背露在外面。也许人们相信了他的话；也许他们将他扔到悬崖里，看看他是否像海鸥一样飞翔；但是这座教堂是用他的名字命名。

沿海岸线（尤其当悬崖很高，周围没有房屋时）在险崖的边缘有灰色的小海鸥，它们还不能飞，头朝大海迅速摇摆，并试图像它们的父母（它们在四周盘旋飞翔，用或真或假的嗓音不停地哭着）那样叫唤。有很多圆形山冈，它们眺望着大海。在沙岗中间也有一些山冈，它们上面光秃秃的，有像被风吹起的皱纹一样的隆起，这使得山冈像羽毛褥垫；山冈边缘的金黄色映衬着蓝色的天空，或者被吹着冷漠口哨的褐色滨草所覆盖；附近的蓝色大海似乎被耙弄皱了，上面飘浮着白色泡沫，它在平静地睡觉，周围有褐色的岛屿；驴子在棕色的草坪上吃草，云雀一会儿飞翔，一会儿降落，杓鹬从旁边经过；一只布谷鸟在荒废的矿井附近唱歌。但是上面长满野草和欧石楠的山冈最好看。孤零零的草皮上到处都是丁香花、飞蓬花、红色的矢车菊和荆豆丛。夏日里棕灰绿色的干燥野草将无数花儿显示出来：百里香，黄色、白色的景天，花朵像珍珠的小米草，金色的绒毛花，还有有着最纯粹、最质朴芳香的白色、灰色的红草花。时不时地，陡峭的小径穿过长满海石竹的险崖而下降到海边；有些小径看似通往海边，实际上突然终止在峭壁处。那些山冈或者孤独地耸立着，或者三两成群，上面长满了蓟和荆豆；它们俯瞰着悬崖和大海。从山冈上望去，那些向大海突出、沉入其中的陆岬似乎几英里后再次露出海面，成为一个岛屿；因此，它们很像俯卧着的野兽——后背在水面以下，而头部和腰腿部抬起来。悬崖经常被陡峭的小海湾劈开，有时候紫色的岩石上有沙子和浅水，悬崖就变成溪流的河口；有时候悬崖突然终止，因此小溪流突然俯冲入有阴暗的巨大砾石的黑色大海。在这样的一条小溪流附近会有一个灰色的农场，周围是灰色的附属房屋，拱顶上有一个木头雕刻的雕像，或者有一个被镶嵌在谷仓墙壁上、曾经是船首装饰的美人鱼木雕——美人鱼有金色的长头发，滚圆的胸部。或者小溪的两侧有一个村庄。潺潺的溪水流过鹅卵石，一直流到留着胡须的渔夫的脚下，他的小船闪闪发光。或者根本就没有小溪流，刺藤和荆豆低垂到翡翠绿、紫色的湖面上。从海边到悬崖顶部的道路由于走私者、渔夫、矿工不断地爬上爬下而破旧不堪。内陆有一座带尖塔的教堂，它孤独地耸立着，在温柔的夜晚呈玫瑰色——稀疏的树木轮廓、光秃秃的长树枝和暗色的叶子都失去了光泽，远处是被迷雾笼罩的花岗岩的岩脊。

对于多岩石的陆地和飘浮着白色泡沫的宝蓝色的大海来说，山冈是主人。它们挣脱岩石，离大海更近——因为大海吞没了一些山冈，切断了一些通往悬崖的路。山冈站在没有被围起来的废墟中，对于人类，尤其是旅行者没有任何使用价值；因此，它们像灯塔一样崇高，准备向我们显示：坟墓也会死亡。朱顶雀、野翁鸟、鹨似乎在照看它们：这些鸟儿声音悦耳、动作优美，在周围欢快地飞来飞去，但是周围严肃的氛围使它们像幽灵，让人感觉有点可怕。大多数山冈向我们暗示了一种精神，并且紧紧抓住这种精神不放：在这儿的大海边，曾经生活着一个勇敢、高傲的人，例如贝奥武夫——他在最后一场胜战中负了伤，临终前说："让武士们在海角上砌一个土冢，上面点上火。它将高高地耸立，成为一个纪念碑，我的人民会由此而记得我。当航海家驾驶着高大的船只驶过迷雾蒙蒙的大海时会说：'贝奥武夫的土冢。'"

正如在威尔士，在康沃尔，这些纪念碑最为引人注目。有时候古老的南丘上到处都是坟冢和帐篷、村庄的遗迹，这真让人难以置信；在漫长的历史中，它们似乎变得光滑、柔软、和善，表达着大地对于夏日傍晚的祝福。但是花岗岩、厚石板和砂岩显得触目惊心，不管天气如何，它们总是展示了寒冷、阴森、坚硬而又多风的南丘。没有什么可以让天边处特伦瑞恩、布朗·威利、凯·卡尔弗的轮廓变得更柔和。灌木丛和荆豆之间的小块耕地被石头围起来，这仅仅让这些地显得更加荒凉。被遗弃的矿井绝望地大声哭泣，它们似乎与周围的废物发生冲突而最终走向灭亡；几年之后，耸立在腐朽的木器中的烟囱，正在倒塌的砖石建筑，长满铁锈的一动不动的发动机（它变成了兔子的寓所，周围长满篷子菜、蓟和天仙子）将与周围贫瘠的土地步调一致。地里的欧石楠和荆豆丛中是杂乱无章地躺着的粗糙的银灰色的石头。许多山冈上也长满了蕨、刺藤和毛地黄。羊胡子草的纯白色花朵在微风中频频点头。古路被更多的荆豆、凤尾草、刺藤和毛地黄所覆盖，古道两边的地里除了灰色的石头外什么庄稼也没有长。偶尔有一块玉米地或者没有长草的牧场，一块高耸其间的灰色石头述说着过去。在很多地方，人们搭建了这些石头，让它们堆在一起呈正方形，或者几堆石头形成正方形——石头的上方有扑翅飞翔的小虫，它们慢慢地飞，似乎犹豫不决，然后却突然转弯。在一个地方，大自然的用意可能被人类误解了。在一座天然的山丘上立着一个形状不规则的灰色石墙废墟，它是由巨大的带尖角的石块砌成，表面长满了灰色地衣。附近的凤尾草、粉色景天、欧石楠和亮丽的金色委陵菜装扮着石墙，让它变得柔和许多，但是在远处夏日天空的映衬下，石墙让人感到凄楚——人类的手工制品被自然所摧毁。石墙俯瞰着康沃尔海角、残酷的大海和圣加斯特教堂及其带角的塔楼。石墙的两边都有巨石阵、帐篷、小屋和年代久远的古冢。它们与一块贫瘠土地里的枯枝败叶混杂在一起。这是一种宁静而又喧闹的历史，一个毫无意义的墓地、纪念碑，我们行走其间，像动物那样——当它们看见这些山谷里到处都是骷髅、听说它们的同类也会死在这儿时，它们一定会到这些地方走一走。死人太多，他们超过活着的；在这儿，这些陈腐的事实充满生机，用模糊而又致命的声音震撼着我们的鼓膜。在这块有许多山冈的沼泽地的边界处是一个孤独的灰色石阵，在这儿过去的哭声不再那么喧闹、那么令人迷惑，但是感情更强烈。十九块灰色的巨石围绕着一块带尖角的更高大的巨石，它佝偻着身躯，周围长满杂草、凤尾草和荆豆。一条小径从旁边经过，但是它没有进入巨石阵；除了被花朵压弯的，草儿们全部腰杆直挺。这个巨石阵的名字将它与一大群聚在一起而又相互对抗的英国诗人联系在一起。他们相遇在这儿的天空下，靠在石头上。他们都是高大、英俊、爱好和平的男人，但是也是半个武士——他们的歌声可以将犁铧变成刀剑。他们在这儿相遇，这儿长势良好的野草、完美无缺的石头（除了那块由于年岁而佝偻着身躯的石头外）以及幽静的环境向我们暗示：自从最后一位诗人（他穿着蓝色或者白色、绿色的衣服，这些颜色是那一天天空、云朵和草地的颜色）离开后，这个巨石阵就再也未被打扰过；这里的规则被人们遵守，亦即此处只允许诗人进入。天蓝色是首席诗人衣服的颜色，它象征着和平、神圣的平静和永恒。白色是德鲁伊特衣服的颜色，它象征着光明及其相关物，行为的纯洁、智慧和虔诚。绿色是年轻牧师衣服的颜色，它象征着成长。三者衣服颜色的统一象征着完美的真理。刻在拜斯伽旺首席诗人墓碑上的墓志铭是："没有事物不是永恒的。"蓝色、白色和绿色，和平、光明和成长，"没有事物不是永恒的"，这些事物和蓝的天空、白色苍穹上的阳光和绿色的树枝让古老的石头变得很神圣。在清晨，比身材高大的诗人的视线更清楚的是存在：它挣脱时间的束缚，在古老的存在物面前感到安宁而又喜悦。

　　从这些富有纪念意义的沼泽地直接走到大海的感觉很奇怪，因为大海仅仅记录当下，而不是数年、数个世纪。天气晴朗的时候，大海的颜色奇妙而又瞬息万变，让人永远感到好奇。例如，当海面上微波粼粼时，蓝色的大海在地平线附近被融化成如此的颜色以至于很难将它与拂晓时刻紫罗兰色的天穹相区分。大脑无法立即接受这样一个事实：在这儿，我们的眼皮底下，是另外一个天空。只需抬头看一看，你的内心就会产生崇高和敬畏的感觉；此刻，你的眼睛与一个相称物在一尘不染的苍穹中相遇。当低头的时候，我们习惯于看到大地、公路、小径、地面、欧石楠；但是当我们看到的是大海，而不是任何我们所熟悉的事物时，尽管我们依然踩在坚实的大地上，却体验到另外一种崇高感。当愤怒的时候，大海变得像人类和动物一样：我们看到它与我们熟悉之物的相同之处。例如，有时候日落之后，灰色的天空冷冷地照亮黑色海面上的白色地幔热柱，这些热柱就像朝敌人进军的骑兵。但是除了与人的情绪外，平静的大海是无与伦比的。此时，它像天空一样远离大地和俗事，这种遥远更让人感到惊奇，因为我们几乎对它唾手可得。难怪伟大的观点总是被大海中幸运的岛屿所表达。大海年轻而又不易腐蚀，这让它不断地自我更新，一代又一代，这让它成为不朽死者的圣所；因此，至少在一定时刻，我们想象自己从沉重、伤痕累累、饱受折磨的大地来到这广阔无垠而又飘渺的孔雀蓝平原上。然而，在另外一些时候，这种非世俗性会让人产生完全不同的想法。它不像大地那样改变、萎缩、成长；它不会在太阳照耀下变暖；它是一个躺着的怪物，不会被时光所改变；它在门外睡觉、呻吟，而人类和动物在门内变成他们原来的模样。事实上，它的那种冰冷、致命的因素及其沉默无声的各色种群让大脑感到无限惆怅，似乎它能够模糊地感觉到、回忆起太初之时：此时，大海既无法被理解，也无法被跨越；此时，大地刚刚从海水中诞生，却要再度消失在它的下面；此时，大海一片荒芜，除了死亡外，一切都是神秘的、无法确定的，它让大脑产生这些想法：人类已经走过了未被践踏过的高山、森林和沼泽地。大海和高山、森林和沼泽地还是无法被攻克的敌人时一模一样，一看到它就会再度产生古老的恐惧。我记得一天清晨，这种恐惧被一览无遗。周围一片漆黑，低矮阴沉的天空中忽然刮起一阵狂风，一只云雀在荆豆的呜咽声和潮水的巨大呼吸声中歌唱。天还没有亮，海鸥开始旋转、盘旋，像漩涡中的泡沫，又像交互飞舞的雪花，它们在渔船的桅杆周围盘旋。渔船在两边是陡峭悬崖的海湾上相互交错，它们时而对海湾点头，时而亲吻着它。黑色大海上的泡沫对悬崖的黑色边缘垂涎欲滴。渔船上和灰色房子的周围一个人也没有。灰色的房子越过海湾的峭壁望着一个黑色陆岬的楼梯和水门，陆岬的陡峭岩石高高地耸立着。更高的悬崖上长满了茂盛的鳞片状的地衣，海石竹、三叶形的牛角花和白色剪秋萝让它们变得柔和许多。此时的大海一副气势汹汹的样子，但是并非暴跳如雷。在苍白的拂晓中，它黑暗、冷酷，气势汹汹而又一望无际。在海边，大地跪着，将一只飞翔鸟儿的歌声和白色、金黄色的美丽小花献祭给它的偶像们。那些偶像糟糕透了，但是大海更糟糕：它是上帝，那些岩石仅仅是可怜的孩子气的映像；似乎上帝刚刚暴露出它的真实本性；因此，才有了那些惹人怜的可爱花朵和在大地边缘的岩石之间唱歌的惹人怜的鸟儿。

有时候大海由于与大地的相似性而让人感到惊奇。我有一次出乎意料地在一个奇怪的海岸上看到了大海，但是我不知道那是大海。那是一个隆冬的傍晚，东北风在怒吼。陆地是沙质沼泽地，没有一棵树，只有铁红色的欧石楠。在大约一英里外，我看到一座看似卡迪根郡山脉的事物在天空中升起，正如暴雨中的山脉。只有当我靠近悬崖时才看见三排长长的白色海浪组成的墙朝海岸逼近，我才知道那是大海。仲夏的时候，大海一般是平静的深蓝色，海面上有纵横交错的浅色光带，像沼泽地上蜿蜒缠绕的暗淡小径。

像康沃尔这种时常拒绝杂草、牧场和树木的安慰的严峻地方，要是严酷的环境能够稍微缓和一下，那可就太好了。有时候在一个山谷里可以发现这种情况：那里有倾斜的玉米地和草地，它们被绿色的树篱分开；树木繁茂、温暖，被迷雾笼罩；大地的骨骼被掩盖直到出现一个海湾。在那里，高大、幽暗、漆黑的岩石耸立在蓝色的海水和平坦的沙地的两边。通常，美好的乡村似乎集中体现在路边的一个树篱上——露珠聚集在一片树叶的中心。悬崖上的石头被厚厚的草皮所覆盖，或者蕨类植物从裂隙中低垂下来，而破铜钱草的浅色花朵向上攀升；地衣毛茸茸的，黄色、粉色的景天整洁、茂密；常春藤紧紧地往上爬，但是却松散地垂挂下来。院墙、土堆的顶部有刺藤和荆豆，忍冬在它们的上面，或者是欧石楠、荆棘和忍冬；高大而又杂乱无章的毛地黄将它们的小喇叭穿过这些植物，一半的小喇叭已经完全开放，剩下的依然是花骨朵，它们像葡萄一样稠密、闪亮，似乎聚集在一起窃窃私语。毛地黄的下面是瘦弱的西芹、粗糙的撒尔维亚和罂粟。在院墙底部与路之间是一块长满草的狭长地带，欧薯草的花朵像羽毛，还有委陵菜；或者有茂密的荨麻，防风的白色花朵像个大圆盘——这是一种粗糙又时常很脏的花，味道让人想起干燥的夏天；或者刺藤和欧石楠拱起成弓形，它们的茎是绿色、玫瑰色和紫色的，它们的叶子明亮，它们的花是粉红色和白色的。只有康沃尔的坚硬石阶让树篱中断，让人们看到贫瘠的山丘和悬崖陡峭的大海；石阶也摧毁了茂盛的植物、灌木丛、芳香的忍冬和玫瑰制造的假象。

再也没有比康沃尔小镇和农场的树木更引人注目的了：它们如此庄严、如此优雅、如此喜欢孤独。例如，帕德斯托那些树冠呈圆形的高大榆树在其他地方会显得很自然，被人们下意识地接受；但是在这儿，它们却让人感觉非常特别。农场的房子一般是方形，看起来呆板而又阴郁；它们是用石板搭建的，房顶上也铺着灰色的石板，上面长满地衣；有些房子被粉刷成白色；有些房子的颜色是各种灰色和蓝色，偶尔带点淡黄、淡红色，这些颜色虽然看起来很生硬，但是在阳光的照耀下却很温暖，如果房子离大海或者极具毁灭性的海角很近的话，它们让人感到很舒服；几乎没有房子被常春藤、攀爬的玫瑰遮蔽。农场建筑物的样式都是一样的，但是黄色的稻草、颜色各异的干草、紫色的欧洲蕨草垛、黑色的泥炭让它们不再那么单调。门一般都很粗糙、狭窄，材料是铁或者廉价的粗糙木头。铁或者木头被稍加改造后仓促地拼凑在一起，然后用绳子捆在一起。这些门的唯一迷人之处要归于偶尔用轮船上弯曲的肋骨做门柱。但是对于许多房屋来说，悬铃木、白蜡树、苹果树将它们美丽的轮廓、体积、颜色、树荫、声音和各种运动借给了它们。我永远也不会忘记古老的哈伦村里的一排排的白蜡树、随风摆动的悬铃木和柽柳。哈伦村的古坟在一座小山上，教堂的废墟躺在灯芯草和罂粟丛中；含沙的河口处是一小片橡树林，古人们将死者埋葬在那里；罂粟果、白色的海鸥和它们黑色的影子在洒满阳光的草地上空旋转。在佩伦波斯和圣·阿格尼丝内陆之间可以看到一列一列的瘦弱树木。托旺附近的农场上方长着悬铃木。在那儿，路面下沉，有很深犁痕的一个小山谷蜿蜒曲折地向前延伸直到海边，山谷的斜坡上有干草堆。红河附近的山谷里有几片树林，山谷附近有一个白色的农场，农场上有白蜡树、榆树、悬铃木、无毛榆和酸橙树，还有一个种着苹果树的果园，果园的一边有一棵多瘤、矮胖的欧山楂。无毛榆、悬铃木和白蜡树环绕着格温森教堂的塔楼和几栋茅草苫顶的农舍——它们沿着紫罗兰色的大海和黄色的海岸沙丘的边缘生长。在一块地里，有几栋废弃的房子，房子没有屋顶，烟囱孤寂地耸立着，没有人想要住在里面；还有一片矮橡树林，细长的小橡树将弯曲的、光秃秃的树枝高高举起；这里有一条小河，它穿过茂密的灯芯草、毛地黄和蓟，最终流入大海，水蒲苇莺在草丛中歌唱。离兰兹角最近的低矮的土堆上也被绿树所覆盖。在特里戈梭和博斯弗兰肯之间的一个狭窄的峡谷里有湿漉漉的矮树林，红色的剪秋罗、欧洲蕨、刺藤长在开满花儿的接骨木、黄华柳和悬铃木之间，无法被穿透。一个农场上有一个水力磨坊，悬铃木和白蜡树下的水流阴暗而又透明。桑克里德的比肯山脊上有一排几乎没有树枝的树木，在正午时刻，这一队列似乎在迈向另外一个世界，迈向那个有石头圈、石堆墓的年代和世界。悬铃木和接骨木环绕着、高耸在博斯考恩附近的特里戈尼比思山上。栽着白蜡树、榆树、无毛榆和悬铃木的林荫道的起点处是灰色的南考什磨坊；在那儿，深棕色水流的声音与沙沙作响的树叶声混杂在一起。圣希拉里附近的路两旁栽着无毛榆和结着金色果子的悬铃木。那条长长的白蜡树林荫道一直通往教堂；傍晚时刻，教堂里的音乐飘浮在榆树林里，空气中有干草的味道，太阳从雾蒙蒙的高山上落下去。

　　空旷的天空中飘浮着火烧云，四周寂静无风，海潮很低。我走到一个狭窄的山谷里，一条清澈的小河慢慢地流过平坦的沙地直到汇入海湾，它的两边是有洞穴的岩石组成的陆岬。靠近大海的山谷两边又高又陡峭，上面长满野草，山谷突然在低矮陡峭的石墙处中断，石墙的下面就是小河流过的沙地。在内陆，山谷开始蜿蜒向前延伸，拐弯处的斜坡上长着大片树木，它们一直延伸到河边。在浅滩的正对面是湿漉漉的沙地，上面没有任何人类、动物、车轮的痕迹；一条支流从山谷里流入小河。这是一条还没有一百英尺宽的峡谷，除了小溪流过的地方外，谷底都是沙子；峡谷两岸长着茂密的灌木丛，白蜡树、悬铃木、无毛榆和榆树在头顶上方相遇，因此整个谷底都处于树荫的笼罩下。这里的沙地上除了退潮的大海的痕迹外也没有任何其他足迹。这里也没有房屋、院墙和小路。当我走进长满树叶的山洞时，除了一只布谷鸟的召唤声外，没有任何声音。不一会儿传来一只乌鸫的婉转啼叫声——它在一棵橡树上冥思、大笑，然后安静下来，又开始冥思；它让我的大脑里产生关于孤独的最美丽的意象。一个孤独的少女梳着自己金黄色的头发，她无所思，也不为人所思、所见，她让自己的精神溜到树林里。一个孤独的、害怕同类的男人从自我的深渊中爬出来，因此他的眼睛看起来很坚毅，他的面孔很柔和，没有皱纹，他的动作和举止轻快而又无羁绊。一个孤独的孩子向前走，停下来，向前跑，唱起无忧无虑的欢快的歌儿；他一直欢快地向前走直到进入永恒的深渊，并且摆脱深渊的束缚；数年后，此时、此地、此天空再次出现，它们为他打开的那扇永恒之窗也再次出现，但是那个小孩、那一刻的喜悦却不复存在。

我喜欢树木。我喜欢许多树叶在凉爽的傍晚发出的声音。我喜欢它们与大地相连的阴郁外形。悬铃木的树叶在微风中忽上忽下，然后一起进入安静的梦乡。白蜡树明亮的树叶上有无数的叶脉。我喜欢树木垂直的树干，弯曲的树枝，一动不动的阴影，翩翩的舞姿，温柔的微光，灼热的强光。我喜欢拂晓时树叶上瞬息万变的露珠。我喜欢它们的崇高和舞蹈，它们的声音和运动——它们缓慢地叹息，夜晚窃窃私语，打雷时树叶如手指般不停地拨弄，它们在暴雨中发出飒飒声、呼啸声，并且不停地来回摇晃；当西南风吹来时，它们集体咆哮，似乎想要将大地举起来，然后跟着它一起飞走；它们在丰收时节发出沙沙的欢迎声。我喜欢它们的热情、它们的恬静、它们的疏离和非人性。甚至最笨重的树木在摇动时都很壮观。悬铃木是康沃尔的主要树木，山毛榉和紫杉是南丘、橡树是威尔德、榆树是威尔特郡山谷的主要树木。

在离开这些树木之前，我想提一下萨默塞特中部地区的树木，尤其是榆树。我想象它们在六月底最热天正午的情形，此时也是割晒干草的时节。天空很炽热，是冷酷无情的淡蓝色，地平线附近则变成模糊的黄色。大地很平坦，上面长满了野草，在没有将干草按照草条铺展的地方几乎看不见野草，因为它们一动不动。在炽热的大地上，到处都有割草机呼呼作响声，这声音和蚱蜢的歌声成为最自然的音乐。在树篱上、野地里和静悄悄的石砌农场房舍的周围有很多榆树。它们高大、苗条，尽管它们都处于盛年时期。它们没有任何愁容。当热浪滚滚之时，它们的绿色变成灰色，它们的树叶被彼此混合在一起产生的薄雾所遮蔽。它们戴着灰色帽子、灰色披风，似乎正在从田野逃到避难所里（那座站在草原边缘的迷雾中的半圆形矮山丘，它的上面覆盖着黑色的树木)让草原被快速旋转的割草机和万能的夏日骄阳所掌控。

悬铃木让暮光中的康沃尔农场变得很严肃。在那儿，我问一个农场主的妻子能否给我们两张床过夜。她站在门口，手放在臀部，看着她的孙子们在堆料场兴奋地做着最后几分钟的游戏。

"他是主人。"她指着农场主回答道。他站在堆料场和门之间的悬铃木下，正在与他的运货马车夫谈话。

"两张床？"

"我们希望如此。"我的朋友和我说。

"你们要两张床干什么？"他直白地问道，带着一丝鄙视和同情的口吻。"这四十年来，我太太和我只有一张床。"

他笑得如此愉快，因此他不太可能会让清教主义恶魔感到尴尬。他朝他的马车夫转过身，让后者发出低沉的笑声。她的妻子笑声如洪钟，双臂颤抖着，因此她将双手抬起来放到门廊边以获得更好的支持。孩子们也朝我们大笑。

"但是，也许你们两人中的一个睡觉时会踢另外一个？……我们不这样。进来吧。我敢说你们很累……晚安，约翰。现在，孩子们，跟我进来。"

我认为他们是我所见过的最好的一对男女。两人身体都很好，她的精力更充沛。她丰满、高大、挺拔，有着乌黑的头发和眼睛。他更有耐力。他的头发是金黄色的，留着胡须，眼睛是蓝色。他没有她高，更不用说在口才上与她比了。四十年来，两人都没有凌驾于对方之上。他们甚至不同意走不同的路，但是像两个小男生、两个新朋友，他们能够相互争论而无须担忧其破坏性或者懒惰的休战。他耕地、播种、收获；她烘焙、搅拌、缝纫，为他生了七个孩子。他们共同热爱美好的事物——他们的孩子和土地，虽然有时候他们也遭受厄运。体能和纯洁（这就是他们的所有道德）似乎让他们与生活状况保持一致，而哲学对此只会空谈。对于所有男人女人来说，他们也许是与周围环境产生冲突最少的一对。他们有权利、有能力生活，他们的结局是欢笑。

这么多年来，他们只分开过一次。直到四年前，她都没有离开过康沃尔，除了去埋葬她的母亲——她突然死在伦敦。她从母亲的死亡中获得了两百英镑，在感恩节后的一天早上得到了这笔钱。她接着按照老样子干了一星期的活儿，让她的一个女儿（她刚刚辞掉在埃克赛特的厨师职位）匆忙回家。那个周末，她将苹果储存好，告诉她的女儿如何用分离器，然后她穿着自己最好的衣服走到彭赞斯，她甚至连个手提包都没有。他的丈夫拿着枪出去了。第二天她到了利物浦。她发了一张明信片，店员帮她写了个便条，说她将在圣诞节的时候回家，并且告诉她丈夫将那头老公牛卖了。然后，她坐船去纽约。她看到了尼亚加拉大瀑布，拜访了她在辛辛那提的侄子约翰·戴维，她花了两周坐火车朝西、朝南旅游，见到了印第安人。圣诞节的前四天她回到了堆料场。她赶着一头小公牛，手里拿着几个玉米。

"哎呀，安，你提前回来了。"当赞美完那只动物后，她的丈夫说。

"是的，塞缪尔。我觉得我可以去挤牛奶，我去吧。"她说。

"你可以等到明天。"山姆·戴维提议道。

"我想我会等到明天，我能听到玛丽跟不上分离器。"

"她是个好姑娘，但是她没你有耐心，亲爱的。"

"哦，这儿，山姆，这是一些改变。"她一边说一边将那几个玉米给他。

在康沃尔，跟男性相比，很多女性看起来不像英国人。引人注目的男性一般有金黄色的头发，白皙的面孔，蓝色的眼睛，脑袋很小，身材笔直，举止良好。引人注目的女性头发是黑色的，脸色苍白而非黝黑，眼睛很黑。也许她们的眼睛比别处女性的眼睛更黑。几个黑眼睛黑头发的女性的行为和表情中透着一股吉普赛女人那种无所畏惧的性格美。但是小农场主和按件计酬的矿工的妻子一般老得很快，脸上有很多皱纹和阴影。有一些中老年妇女显现出早期野蛮人的特征。她们的眼睛很小，向里凹陷，脸很窄，像动物的脸一样向前凸；从整体上说这是一种怀疑甚至惊恐的表情。当被好奇者观看时，大多数人类的眼睛会流露出迷惑不解和惊愕的神情，但是我在康沃尔妇女的眼睛里见到的却是最奇怪的表情。她们的眼睛像孩子眼睛那样黑、那样圆，看起来冷酷而又明亮，这让它们不像眼睛而是像石头。眼睛镶嵌在狭窄、颧骨突出的羊皮纸般的脸上，周围是蓬松、凌乱的灰色头发。问路的时候，我看了几分钟这样的眼睛。我尽力让谈话继续，但是这些一动不动的眼睛尖声宣告说，除了吃饭、穿衣的欲望外，我们没有任何共同之处；因此，它们让我跌入人类个性的深渊。要是这些眼睛从巨石阵或者博斯坡斯尼斯的小屋偷看我的话，我会感到很吃惊和迷惑。

这里的人如威尔士人一样好客、爱笑。他们保持着迷人的幼稚和正直的个性。有一个家庭品德太高尚，或者他们希望如此展现；既然这只是一种游戏，我不知道自己更讨厌哪种可能。他们从一个大庄园租了一块地，有权自由处理地里的兔子；而对于庄园主人来说，兔子是神圣的。农场主的妻子对我说，她的一个儿子最近带回来一只瘸腿的兔子，提出要治愈兔子的疼痛，但是她却说："不，把它带走，让它死在外面，哪儿都行。对于这种事情，最好保持敬畏，那么你就不会出错。"这儿的妇女和她们的丈夫做着相同种类和数量的体力活，并且经常在户外，因此她们的行为看起来自信而又自在。她们讲话一般很流畅，符合语法规范，表达清楚，口音比英格兰其他地方要轻。有一天，我来到一个采矿的村子。我想喝茶，看到一个妇女正从农场水井里打水。我把她当作农场主的妻子，于是问她能否给我泡一杯茶。她说可以，但是却把我带到路对面的一排小农舍中的一栋。她的丈夫半裸着身子，正在洗星期六的澡。她没有看他，直接把我带到客厅里。她拿出宛如小提琴的一大块面包，一边把面包切成薄片，给它抹黄油，一边从相邻的厨房里跟我、小孩和她的丈夫说话。她个子很高，像柱子一样直，黑头发，黑眼睛，稍微有点黑的皮肤显然不是被晒黑的，脸颊上闪着温柔的光，红色的嘴唇在宽阔的胸脯和臀部上方微笑。她黑色的衣服已经很破旧了，几乎不能遮住她的双肩和腰部。她几乎不到二十五岁，但是已经有六个孩子围着她，还有一个孩子在壁炉前的摇篮里，另外一个在她的脚边爬。唯一让她感到尴尬的是我提出付钱的时候——她开始计算花费，一便士的面包和黄油，半便士的茶等。厨房里只有一个巨大的壁炉、烤箱及石板地面上的简单桌椅。但是客厅是一个博物馆：壁炉上方的墙上有关于一队志愿者、朋友和亲戚的照片；壁炉上的果酱瓶里插着毛地黄，外面包着一层皱巴巴的绿纸。壁炉架上放着廉价的小花瓶、矿石碎片和更多的照片。墙上有三幅画：一幅是一头淡棕色的胆怯小鹿审视着一个打扮得很漂亮的孩子；一幅是奶奶教小女孩读书，而小女孩的注意力却转移到旁边两只嬉闹的小猫身上；第三幅图画是关于基督的，他在流血，头上戴着荆棘冠，被钉在大理石城上的一个高大的十字架上，下面是浪漫森林的山脊，后面是大片燃烧着的红色夕阳。

其他人家的客厅装饰得和这家差不多，但是多了一幅孩童时的约翰·韦斯利的图片。图片中，韦斯利正从一栋燃烧着的房子的窗口出逃，下面很多心急如焚的人举着手。在这些房间里，花儿、被太阳晒得暖洋洋的家具和破旧的室内装饰品的味道混杂在一起。

但是这儿的厨房与威尔士的厨房一样迷人。我尤其对康加尔韦附近的一间厨房印象深刻。农场房屋由洁白的石头砌成，茅草屋顶很陡峭。房屋前面石砌院墙的一个角落里立着倒挂金钟树，院墙的一边有干草垛、一堆堆的荆豆、欧洲蕨和泥炭。农场主的妻子正在用一个铁钩子朝厨房里夹泥煤，我跟她进去。厨房里有一个平底锅，里面的黄色奶油快要煮沸了。壁炉单独成一间屋子，两边有座位。壁炉里燃烧着木炭火，巨大的石炉膛的一角立着三堆泥炭。炉火上的水已经开了。壁炉上装饰着黄铜马饰。墙纸上的图案早已模糊不清，取而代之的是参差不齐的黄色烟雾；日历和关于买卖的清单钉在墙纸上；两张小桌子靠着墙壁，一张桌子上放着《圣经》和年历，另一张桌子上面铺着白色的桌布，放着一个盘子、一碗黄油。在门和炉火之间放着一把带扶手的高背长靠椅。地面上铺着石板。光线从对面墙上的一个方形窗户射进来照在《圣经》上。光线也透过开着的门照在家庭主妇的身上。她是个四十岁左右的女人，面孔清秀、白皙，在没有任何装饰的宽大草帽下泛着光。为了遮住耳朵和黑色的头发，她的草帽被紧紧地绑在下巴下面。黑色的裙子被从后面卷起来，白色的围裙与黑色的鞋子、袜子和衣服形成鲜明的对比。起初我几乎看不见她的脸，不仅因为一部分被草帽遮住了，而且因为从里面散发出来的精神不仅仅是关于肤色、容貌，而且与大海、险崖、沼泽地和土地上的石板墓相协调。如果说这种精神不属于人类而是属于仙女的话，那就是逃避不可逾越的困难。她乳白的面色，明亮的黑眼睛，洁白的牙齿，好看的红嘴唇，随时准备微笑、无畏地观看的纯真面孔，苗条的身躯，轻盈的双脚都是这种精神的明显表达。她的精神在她面前舞蹈，既不是很清楚，声音也不是很大，跟她活动、说话、微笑时一样；如果能够看见的话，它可能是唱着歌的一小团白色火焰——永远忽隐忽现，由白色变成蓝色和红色。这是一种关于笑声的精神，这种笑声从太初开始就无法被遏制；这种笑声既为一切也不为一切而存在；这种充满生命力的笑声在荒凉之地像珍宝。这种精神最古老，却也像孩子一样天真，像鸟儿一样敏捷：它属于一个外在的、几乎无人触及的世界，但是这笑声让它变得友好，因为它比幽默寓意更深，它源于内心的喜悦。她迈着轻盈的步伐走来走去，步伐优雅、敏捷、迅速，像从一个树枝溜到另一个树枝、唱着清脆歌儿的鹡鸰，又像轻轻摆动尾巴、尖声鸣叫的黑水鸡。她的笑声让人吃惊，又让人喜悦，像在林中空地里跳来跳去的啄木鸟的笑声，又像飞翔在乌黑的云朵和月亮上的鸟儿的婉转歌声。最重要的是，她让人想起草地鹨：它从绿色的山脊上朝大海飞去，然后徐徐降落，身体弯曲成一弯新月；它唱着让人兴奋的激情之歌，歌声如此迅速、如此充满激情，以至于除了死亡之外，它似乎不可能、不应该停止；然而，歌声突然停止——它再次降落在海蓬子或者海石竹上。这种精神在她的眼角处在她的内心深处，像水银般瞬息万变。她当时一定是一位非常美丽的少女，因此当诗人听到拂晓时一只画眉在刚刚长出新叶的榛树上、在陡峭树林里的小溪边唱歌时，他考虑派遣它为他求爱。鸟儿唱得非常有艺术技巧，像银铃铛的声音；唱得非常严肃，似乎在行献祭礼；唱得非常爱意绵绵，给爱人的内心带来无限安慰，并且鼓励诗人给这位少女之王捎个口信：她洁白如初冬夜的雪花，她应该来到绿林里，来到他的身边。她世世代代生活在这片沼泽地上，一代又一代，这就是她从欧石楠、荆豆、险崖、海风、没有被绿树缓和的阳光那里得到的好处：永不熄灭的笑声。她给奶牛挤奶，做黄油，烘烤面包，用泥炭生火，照顾孩子。当她说话时，我想要更多的奶油。也许几代人之后，她会成为一个诗人，用沼泽地区关于笑声的永久长存的词语让世界感到震惊。

　　屋里的一切都很古老，或者说由于长久使用而很光滑、明亮。阳光下门口处中空的门槛让我想起许多破旧而美丽的事物：失事轮船的肋拱，它们的锚杆孔锈迹斑斑，被立在荨麻之间当门柱；疲惫不堪的黑色石头，它们站在遮荫的浅滩上的涟漪之间，随着脚步的踩踏而摇摇晃晃；许多被磨光的台阶和门；牧场中央一丛僵硬的但依然枝叶茂盛的荆棘，红色的山楂点缀其间，它们的枝干和低处的树枝被奶牛摩擦得光滑、像铁一样红润；白蜡木拐杖开始变弯，像它的主人；路边的那位老人，他曾经穿着红色的衣服，为主人的猎狗吹号角。时光会让小东西变得很神圣，这真令人感到奇怪。曾经有这样一个小屋，一个贫穷、虚弱、愚蠢的好人整个夏季都住在里面。他给人们讲述他所知道的英国道路（他是道路的主人，至少是南国道路的主人）和轮船。在小屋的第一天晚上，因为需要一个烛台，他踢断了一个尖顶木栅栏的顶部，这样他就能做一个五角形的木板，用蜡油将蜡烛粘在上面。那段时间里，他一直用这个烛台阅读《神曲》《巨人传》和《亨利·布罗肯》。他在欧夜莺的歌声中回忆意大利和西班牙，门外是两条被树叶覆盖的小河。他冥思着开阔的、平静的、一望无垠的大海，没有一个海港是他所熟悉的；他在海上高高兴兴地漂流，忘记了时间，混淆了白天和黑夜；这时候，烛火摇曳着慢慢地熄灭了。小屋被烧毁了，这个人离开了（不久之后他在海里溺死，虽然这完全不像他的行为）但是烛台被从荨麻和酸模丛中捡起来时依然完好无损。它很快就散架了，但是它简单的外形却很好看：它由于经常使用而变黑，上面还残留着一小堆蜡油；它的形状很自然；它是他的。

不管是有生命的还是无生命的事物都有可能因为时间和用途而被神圣化。我在这儿不是谈论正式的用途——对于这一点我缺乏尊敬，因此我被拒绝拥有欣赏伟大的宗教壮观景象或者吉尼小姐的舞蹈的能力。但是有些人，尤其是水手、农业工人、挖土工和其他从事繁重体力活的人，对这种用途很是赞赏。他们的面孔、他们的衣服、他们的本性似乎都在和谐地行动和表达，因此他们的性格让人印象深刻，这种性格在戴面具，尤其是戴着黑色的牧师面具的世界里很值得我们欣赏。最好的一个例子是关于一个猎场看守人的。他每天早上都在一个陡峭的山毛榉树林里散步，走在我前面大约二三十码。他个子矮，身体僵硬，但是却胖墩墩的。他戴着一顶帽子，穿着厚厚的裙式外套和马裤，穿着皮毛绑腿，踩着笨重的靴子。他所有的衣服都打了补丁，并且有污渍，几乎和他淡棕色的头发及饱经风霜的皮肤的颜色一样，但是没有他肩膀上枪的颜色那么暗。他身上的颜色深浅不同，但是结合在一起就像田野里成熟小麦的颜色；如果不拂去上面的灰尘的话，它的确很像小麦色，犹如他棕色的胡须上的灰斑。他慢慢地朝上走，双肩微微摇摆。他总是吸着烟斗，里面是劣质烟丝，烟雾在潮湿的空气中缭绕，有一种难以言表的甜味和棕色味道。可以这样说，当站着不动时，这个棕色的林地人就像一棵树桩。

# 第 *10* 章

# 夏 季

## 苏塞克斯郡

　　在南丘，白天和夜晚的空气中有忍冬和新晾晒的干草的味道。走路很好，躺着不动也很好。下雨天很好，晴天也很好。是刮风天好还是无风天好，让我们把这个问题留到十二月再决定。有一天下雨了，没有风，所有的运动都聚集在黑暗而混沌的天空中。大地变得很漂亮，比天堂更明亮。绿色的、淡紫色的草和黄色的绣线菊闪闪发亮，即将成熟的玉米穗上也有虚幻的光线。但是第二天一大早，太阳就很毒辣。湿漉漉的干草在蒸发，散发着甜味。阳光铺洒在一个朝南的峡谷里，稠密的紫杉像果皮一样温暖。墨角兰和百里香的芳香被提炼出来，被来来往往的蝴蝶用翅膀扇动着向四处传播。与花朵和翅膀上的金色、紫色形成鲜明对比的是蓝空和山顶附近潮湿的灰色云朵，它们正在成群结队地向前行进，颜色像正在融化的雪花。巨大的乌云在干草上空长久地沉思。在更黑暗的山谷里，风吹着不断往下滴水的灌木丛，使它们发出沙沙的声音，这样一直持续到正午。另外一个头天晚上下过雨的早晨，从相反方向吹来的几阵微风让蓝色的天空泛起点点涟漪和皱纹。现在，巨大的势力似乎停止了相互间的世仇，很容易看到站在结束的信号。它们放下了各自的武器，天空是一片巨大、和平的白色，但是大地上却有很多颜色：在欧洲蕨和荆豆之间有蓝色的风信子和紫色的夹竹桃，沙地上有紫色的欧石楠和毛地黄，覆有灰白色毛的薄荷是淡雪青色，绒线球是白色，河边有玫瑰色的柳兰和黄色的飞蓬，山丘上有紫色的黄龙胆和黄色的岩蔷薇，小路两边是一望无际的绿色——荨麻、白芷、刺藤、接骨木每个夏天都将这儿变成茂密的小伊甸园。上千只褐雨燕旋转着飞过山丘的最高峰，飞过面朝大海的营地、三座坟墓和古老的荆棘，最后落在下面玉米地里堆草垛的院子四周的栗子树上。

夏
季

这些时刻似乎引诱、捕获了一些来自虚幻世界的居民——他们居住在比南丘更高的云雾缭绕的山脉远处的一片大地上。根据传说，很久以前，一些奇怪的小孩被困在地球上。当问起他们为何来这儿的时候，他们说：一天，他们在一个遥远的村子里放羊，碰巧走进一个山洞里。他们在里面听到一阵音乐，很像来自天堂的钟声，他们被引诱着一直向前走，穿过山洞的通道直到来到地球上。他们的眼睛仅仅习惯于永远升起的太阳和永远不会落幕的夜晚之间的微光，因此地球上的八月之光让他们感到眩晕。他们躺在地球上，还没有找到通往山洞的世俗入口，然后就被逮住了，他们对于这一点感到很迷惑。当大地穿着最好的野白玫瑰外衣，或者当八月处于其生命的最顶峰时，不管这样的传说来自于多么幸运的一个地区，这都不会让人感到惊奇。

停靠在榆树林里收割者面前的最后一辆运送干草的马车几乎还没有启动，收割机已经开始干活了。整个大地上，燕麦和小麦都存放在帐篷里。人们很难不跨过棕色的大地而走在八月的绿色草地上。每一个地方都有一个漫游的精灵。白云从黄色的玉米地里出来，在蓝空中的旅行让它们有了目标。铁线莲被榆树和小小的白垩矿场搞得心烦意乱。白面子树、杨树和悬铃木颤抖着将其树叶银色的一面展示给我们，树叶发出沙沙的声音，向我们说再见。那条完美无缺的路的两边没有树篱，它躺在榆树下，穿过玉米地，然后对我们说："放下一切，跟上吧！"那些桥梁跳一次或者三次就跳过了小溪，它们弯成弓状，像奔跑的猎狗。宁静的夕阳光芒四射，它们为精灵铺设了许多路。从丘陵地里那座空荡荡的礼堂里散发出庄严的力量。

但是很难让这两种无法调和的欲望和睦相处：一种欲望是不停地在大地上向前走；另外一种欲望是在一个地方，例如坟墓中，永远安顿下来，不做任何改变。假设一个人得到了死亡通告，他

南

南

国

没有遇到一个人，或者只遇到陌生人，他很难决定在临死之前是
走路还是驾船出行；他或者孤独一人坐着，他思考或者什么也不
想，以此让改变一点点地到来。这两种欲望经常交替出现，让人
痛苦不堪。甚至在收获的日子里，也有这样一种诱惑：在田野的
某个角落里或者在能够望见远处的世界和云朵的某个山丘上永远
扎根——因为小麦像大多数红砂一样红，它们的上面耸立着榆
树，这些黑色的预言家劝说我们像它们那样保持安静、一动不动。
在远处较矮小的丘陵附近，苍白的燕麦在四周由黑色树林组成的
界限内流淌，它们也建议我们休息和遗忘。大片大片的田野里竖
着一大捆一大捆的燕麦，它们被整齐地排列在苍白的月色下和苏
塞克斯平坦大地上的一排排榆树之间。大海就在不远处。我们脚
下虚幻的事物与头顶的瘦月形成鲜明的对比，高大乌黑的树木似
乎悬挂在二者之间；燕麦捆的数量众多而又排列有序，尽管只有
有大门防护着它们，但是它们不可侵犯；这一切都让心灵感到满
足，正如它们永远无法满足躯体一样。由于我们性情的不同，炙
热到来之前的迷雾或者让我们想起秋天，或者不会。山杨整个夜
晚都在打哆嗦。猫头鹰或者在一轮满月下或者在一滴巨大的银色
露珠上欣喜若狂。你爬上陡峭的白垩斜坡，穿过女贞、山茱萸矮
林，你来到一片稀疏的杜松林里：在厚厚的迷雾中，杜松聚集成
群，很像骑在马背上的人、动物和怪物。你踩在萧条的大地上，
站在宽阔的紫杉下，从那里向前走，你突然站在欧洲荚轻盈的小

树枝下，树上结满鲜红的浆果。你踏上丛生的草地，穿过一大片寂静的山毛榉树林，它们像教堂一样冷淡、漆黑。你从山毛榉树林里出来，到达山顶的玉米地，那里还有燧石和黏土。在那儿，无数光彩炫目的狗舌草花长在高高的花茎上，它们挺拔、一动不动。你能够清楚地看到附近的狗舌花；但是在远处，它们形成一片绿色的薄雾；在更远处，除了花朵散发的微光外，你什么也看不见。灰色薄雾中一动不动的大片绿色和金色（尽管偶尔一阵风吹动高大的山毛榉树冠）有一种永恒的美丽，它们会改变的想法不会进入你的大脑。此刻，你被诱惑着高兴地进入自信而又无拘无束的奇怪状态中。但是在东南方向，太阳的威力逐渐增强。它将薄雾转变成一件稍纵即逝的衣服，它的颜色不是冷灰色、暖灰色，而是透明的金色。从若隐若现的树林中传来如大海般呜咽的风声，薄雾被吹得摇来晃去，直到被驱散到远处成为光线的一部分，它变成蓝色的阴影，变成云彩、树木和丘陵的颜色。当薄雾逐渐消散时，幽灵般的月亮和南丘上的一堆了无生气的白云被暴露出来。在蒙着面纱的太阳下面，金色的光线和温度开始偎依在矮树林外表的树叶旁边。尽管空气已经很热了，附近山毛榉那新鲜凉爽的树叶重新发话：每个人都应该有事可做。斑尾林鸽在咕咕地叫。白色的云堆让位于一望无际的半圆形的南丘，有些山丘光秃秃的，有些覆盖着树林。在遥远的南部林海中耸立着一个塔尖。毫无疑问，这个塔尖此时感动了数千人，让他们产生千种想法、希望和关于人类、事业的记忆；但是它只让我产生了一种想法：仅仅一百年前，它的下面埋葬着一个小孩，小孩的祖母痛苦地在一块墓碑上刻下文字，对所有从此经过的人说，他曾经是一个"亲切的、极其能够忍耐的孩子"。

山上的夜晚是什么样子的呢？白蜡树树枝将那轮低垂的满月打碎成无数火花。南丘在明亮的天空下喘气——当然，它们平静地喘气，缓慢地呼气。月亮已经升到半空中，刚好在南丘长长曲线的中心。南丘的上面躺着大片的白云，脚下是一个闪闪发光的宽阔水池，其他地方漆黑一片，让人难以辨别，除了零散的几盏灯——有一盏灯在牧场附近，它将月光捕捉住，从而将自我变形为一个湖泊。但是山上每一片雨淋淋的树叶都比头顶的星星更明亮，许多叶子上悬挂着像萤火虫一样大而明亮的雨滴。从山谷的窗户里透出灯光，它们三五成群，虽然很大，但是并不更亮。风停了，大片树林正在将雨滴从它们的树叶中卸下来，它们发出的声音却像风。每一滴雨都可以从最近的树枝附近听到，它们一起发出狂喜、满足的噪音，似乎在反复讲诉着阵雨的亲吻。空气像草地一样沉重，里面弥漫着紫杉、杜松、百里香的味道。

夏

季

南
国

# 第 *11* 章

# 一个修伞匠

## 汉普郡

　　在这样的八月里，乞丐，尤其是我知道的一个乞丐——是富有之人。我第一次遇到他是在几年前的一个八月。那是一个阳光灿烂的周日下午，一向安静、人烟稀少的土地上来了许多人：有身穿黑衣的男人、身穿白衣的女人；有结婚的年长夫妇，他们的一串孩子主要在公路边和笔直的小路附近活动；有一个小孩或者没有小孩的年轻夫妇则选择绿色的小路；而恋人和小男生们则找到高大的树篱和人行小径——长了一年多的榛子树将其树枝伸展到上面，因此最矮的少女都需要弯腰。干燥季节之后的许多阵雨使得广阔的乡村像花园一样干净、芳香。每一个树篱上都有开花儿的忍冬和女贞，它们给夏日的婚宴带来了芳香。从南丘吹来的凉爽的风里有百里香的味道。狗舌草正处于鼎盛时期。它高高地耸立着，仿佛一个直接跳到有簇叶的花茎上的人。它用最夸张、最美丽的黄色给自己加冕：这景象有点像阿波罗从天而降，他让一个农场主的兽群待在这些白垩山上，他的盛大队列随之来到人间。几只小鸟依然在歌唱，有时候是一只云雀，有时候是荆棘最高处的山楂果上的一只黄道眉鹀，有时候是蜀羊泉和矮榛树林里的一只棕柳莺。四周是一片舒适、富裕、安宁的景象。院子里有巨大的干草堆，它们刚刚被苫顶，立在古老的核桃树周围。甚至山毛榉都似乎被打扮过，它们的树干光滑，树叶宽大。路边和拐角处开满花的小块草地比任何时候都明亮、温暖，黑色的蜜蜂和黄褐色的弄蝶从矢车菊的一朵红色花朵飞到另一朵。但是最能表达悠闲的夏日和成熟的夏季的是那些结实的拉车大马。它们温和地将巨大的头靠在围栏上、门上；它们红棕色、栗色的肋部结实光亮；它们的鬃、尾巴和丛毛一尘不染；它们不时抬起自己的蹄子，将脚趾按入泥土，然后向我们展示它们闪闪发光的巨鞋，其尺寸足够给从旁边经过的最轻盈的少女做腰带。

除了最长的一条绿色小路外，星期天的大地被黑色和白色所统治，这让它看起来有点乏味。这条绿色小路穿过橡树林，陡直地下沉到一个被树叶裹住的小溪里，然后又陡直地爬起来。这条小路在春天非常潮湿，而且开满了金绿色的虎耳草花，只有在最炎热的星期天可以看到它被马车夫和马所打扰。在一百码内，弯

一只黄道眉鸫

一个修伞匠

弯曲曲的道路给旅行者隐居的感觉，让他感觉自己被卷入了一个线轴；不久，当从上面的岩石上传来清脆的脚步声时，想要占有这里的欲望迅速转变为进行一场武装暴政的欲望。有时候在一个美丽花园的树荫下的一条笔直小径不是通往经常去的边界处——我们也不知道它通到哪里。我们也许太过于沉浸在半忧伤半喜悦的白日梦中，从未想过要了解自己的幻想，害怕它们给我们带来令人不悦的事实；但是，如果幻想穿过这条小径，走过最后的树荫，进入一条这样的小路，最终它会很高兴地来到荒野上。我似乎已经来到荒野上，因为在路的侧面有一块只能容纳一间小屋的草地。它完全被橡树遮盖了，尽管太阳从西南方向窥射进来。草地上有一个帐篷。榆树下的荆棘、野蔷薇和欧洲蕨相互纠缠在一起，它们的边缘处有一束微弱的紫光，它来自于树林边缘的花朵——夏枯草和马先蒿。一辆婴儿车停在草地的一个角落里，车里面放着一棵卷心菜；靠着婴儿车的是一把乌木扶手雨伞和两三个伞架子；婴儿车下有一个邮递员用的破旧的包，里面放着一把锤子和其他工具。旁边的一张报纸上放着半块面包，几瓶水，一只盛着土豆、随时可以煮的黑锅，一杯冒着水蒸汽的水——水杯的后面是用榛树枝生的小火。在外面阳光灿烂的草地上晾晒着两件衬衣。这一切的正中央是物主，他的名字用粉笔写在婴儿车的侧面："约翰·克拉克，汉普郡。"

他将自己的最后一便士花费在买土豆上，卷心菜是别人给的。

因为是星期日，所以没有人给他活儿干。他没有家，没有亲戚。因为是个聋子，他也没有伙伴。因此，他站在那儿，让自己变干，并且开始思考，思考，再思考，他的手放在臀部；与此同时，他吸着一个空烟斗。在他沉思的时候，一只蜗牛爬到了他的裤腿半中央处，丝毫没有下来的意思。他的身高和体格中等，虽然身材变形得很厉害，却很笔直，就像一个虽然有很多弯弯曲曲的小枝条但是依然笔直的橡树。他的头小而圆，几乎被像地衣一样又粗又硬的灰色头发遮盖住，那双安静的蓝眼睛透过头发向外望。他的脸型不规则，几乎没有形状，像被揉捏过的生面团。由于旅行、激情、痛苦，还有许多次的殴打，他的脸看起来疲惫不堪。透过头发可以看见他的皮肤像红色的砂岩，他的短牙齿洁白而又坚硬，像一只老狗的牙齿。他的脖子下伸到半敞开的条纹衬衫里，衬衫外面加了一件宽松的马甲，马甲上的图案是已经褪了色的垂直相交的金色条纹。他的裤子很宽松很短，上面打了补丁，与母野鸡的颜色很像。他两只脚丫的一部分被一双黑色旧靴子遮住。他的嗓音很粗糙，也出奇的小，这是他最突出的特色之一：他需要用力才能说话，此时他的头会抽搐。

　　他是个苏塞克斯人，出生于1831年6月21日（对于他来说，记住这一天似乎是愚蠢的；也很难想象当他走在苏塞克斯、肯特、萨里和汉普郡的路上，在大约半个世纪的岁月里用何种仪式年复一年地记忆这一天）。他的母亲娘家姓怀尔德，有几个怀尔德人被埋葬在不远处的老教堂（这里有尖拱窗，周围有四棵紫杉）附近的墓碑下面。他是一个体力劳动者的儿子，当他在查塔姆参军的时候，他已经干了好多年的除草、收割及其他苦活儿。他把他的火枪擦得很亮，睡在坚硬、潮湿的地上，每天十三便士的生活费让他食不果腹。他每两年就从一个帐篷挪到另一个。他在战场上失去了青春，一颗子弹穿过他的膝盖。他们从伤口里取出了十八片碎骨头，他在医院里躺了四个月。他现在依然很愤怒——参军十三年后退伍，他被描述为"短暂服役"和"轻微受伤"。他给我看他留疤痕的膝盖，向我解释他身体扭曲的原因。关于那场战役，他无法讲述很多，只记得他旁边啜泣的士兵——"一位来自于伦敦哈格斯顿的小伙子。主啊！他呼唤他的母亲、他的上帝和我去救他，他制造的噪音比枪声和马儿的呻吟更糟糕。当我正在思考如何堵住他的嘴巴时，一颗子弹击中了我，我像个婴儿一样倒下了。"

他已经在路上四十年了。退伍后，他过了一段耕地的日子。他与妻子和一个孩子住在一个小农舍里。这时候教堂的钟声开始响起，我问他是否要去教堂。最初，他什么也没有说，仅仅低头看着他带条纹的马甲和打补丁的裤子。他很快地做了一个不屑一顾的猛烈动作——抬起头，又把头朝后甩，然后才说话。"而且，"他说，"我记得我的小姑娘是如何死的。我说，我的小姑娘现在可能是一个高大漂亮的女人。四十八年前的五月一日是她死亡的日子。她躺在床上，偶尔会咳嗽。她走的时候像一朵洁白的百合花。我收割完庄稼后回到家，走到她身边。我看她看起来不是很好，很安静——像是挂在树篱上的一条鱼。我被某种感觉支配着，于是紧紧地抓住她的双手，将头贴在她的头上，然后说：'现在，看这儿，波莉，你必须要好起来。你妈妈和我无法忍受失去你。你是不想死的。你这样的孩子就像云雀。'我紧紧捏住她的小手，我的所有本性似乎都起来反抗命运，试图让她恢复健康。波莉看起来比任何时候都憔悴，而且很害怕。我想我当时有点太粗暴、太脏、被太阳晒得太黑（当时正值丰收季节，是丰收的第二个周末。我当时非常狂热，感觉我应该按照自己的方式……那天晚上我想我做错了）我试图不让她以那种方式死去。我告诉你，我哭了，害怕我会做出什么对她不好的事情……她那天晚上就死去了，当时我们都不知道。她是个漂亮的姑娘，很喜欢花儿。生病的那天晚上，她与我从阿里克回到家——我在那儿给糖萝卜锄草。她为她的母亲摘了一朵玫瑰。突然，她看着玫瑰说，'它无望了，它被折断了，它无望了，它无望了，无望了。'她一直说，'它被折断了，它无望了，它无望了。'回到家后，她跑到她妈妈的身边，哭着说'野玫瑰被折断了，妈妈；折断了，无望了，无望了'，她就像这样说的。她说话的语气如此讲究，像鸟儿的，而不是一个孩子的……"

"然后我的老太婆（哎，她当时也仅仅是个少妇；我们结婚的

一个修伞匠

时候，她十七岁）她很快就生病了，在一周之内就死了……这一定是故意的……那正是收获结束的时候。我在'好斗的公鸡'那里花完所有的工资，然后开始朝威尔特郡的米尔登霍尔走去。我的妻子出生在那儿。在路上我遇到了一个家伙，我曾经跟他在埃及吵过架。他对我说，'你好，手快的杰克。'他的脸上有一种表情。我想都没想自己在做什么，就开始打他。我还没明白过来，他已经躺在地上了，可能会死的样子。我走开了，开始自我放弃。我不介意说，我希望我能因此而被绞死。然而，我只流浪了六个月。那就是我如何进入雨伞行业的。我与一个小伙子成为好朋友。他到处流浪，做一些补锅、修理雨伞、碾磨的活儿，有时候也给别人锄草、割草。巴黎被围困之后不久他就死去了，从此以后我就成了孤家寡人。从那以后，我就没有去过教堂，就像一只乌鸦不会停留在那些戴着用鸟儿的羽毛、翅膀和狐狸毛制成的帽子的女士的肩膀上一样。"

体力劳动者、士兵、体力劳动者、补锅匠、修伞匠，他总是在到处流浪，了解福丁布里奇和多弗之间的南国，就像一个人了解他的花园。他知道每一个村庄和几乎每个农场住宅，对于长啤酒花的土地，他记得更清楚。当他回忆、说出它们名字的时候，他能够用他的蓝眼睛看到它们。我从来没有遇到过一个人像他这样了解英格兰。当说到这些地方时，他两眼放光，望着它们的方向，并伸出一只胳膊指着。当迁移时，他总是翻阅自己的行程路线图，这样不管在哪儿，他都能在脑海中形成所有其他地方——他曾经在那些地方干过活儿，喝醉过，点燃过孤独的火焰——的相对位置。"你曾经到过 H 郡吗？"他问，他用手指着南丘的方向，似乎看到了 H 郡。"统领我们的将军住在那儿。他三年前以八十八岁的高龄在那儿去世。在他去世之前，如果我在圣诞前夜去那儿的话，总会得到半克朗——我通常都会这么做。"对于提到的任何一个地方，他都能立即想起一些有意义的事情——一个农场主的话，一首歌，一张广告牌，一次大丰收，好喝的麦芽酒，甚至四十九年前一个乡绅常常穿着长罩衫去教堂这样一件事情。当思索、回忆的时候，他的脸上挂着自由自在、无拘无束的表情，此时他的脸像一张动物的脸。他独自一人生活，永远不需要迫使自己适应人类社会；因此，他还没有学会如何控制自己的表情。他正在向原始的野蛮和简单返回——他已经七十七岁，如果坟墓还不是太近的话。看着他吸烟（我注意到这让他的胸部得到放松）然后又吐烟，这让人感到高兴。户外生活让他得了风湿，但是他大脑清晰，肉体洁净，并且保持着野蛮的纯洁，就像一只喂养良好的马站在旁边。而他的这个房子里到处都是生长在橡树下的欧洲蕨的味道。大地并不是一个和蔼的母亲；相反，她很严厉，像一个结实丰满有很多孩子的家庭主妇。她将整天时间都花在烘烤、洗刷，裁剪衣服，照顾病人，切面包、倒茶，打一个小孩、搂抱另一个、听一个小孩的故事、用大声喊叫或者将巨大的胳膊肘猛击在桌子上的方式让他们停止喋喋不休的唠叨。体罚是明智的，但是它不如她照顾他人时的甜言蜜语更持久地留在蓄胡子的男人和养育许多孩子的女人的记忆中。

有一两次，我在夏季即将结束的时候在同一个地方又遇到了他。最后一次遇到他的时候，他在一个医务室里，苍老了许多。他在一个云杉树枝做成的厚隔板下面生火，隔板就放在一条被遗弃的绿色小路上——小路已经深深地陷在白垩里，两边被堵死，少有人在上面行走。在仅仅几码远的云杉下面，躺着一只老态龙钟的绵羊，显然她是被赶到这条小路上吃草的。她的一条腿瘸了，经常要跪下来吃草。她的头呈深灰色，看起来很机灵。她的眼睛是珍珠绿色，长椭圆形的深蓝色眼珠很明亮；她的眼神看起来很安静，但是却充满了恐惧。她的毛很稠密，但是很短，颜色也是深灰色的。她角状的黑色蹄子由于不经常走路而长得有点过大。甚至当一只狗用鼻子闻她的时候，她都不会移动；她只会低下头，徒劳无益地威胁着要用头顶撞那只狗。她很大、很重、很满足，但是总是孤零零的。她躺在那儿，毛发因为雨水的冲刷而闪闪发光。我经常想：这双眼睛看到了什么？她在夏日黑夜和白天的和谐交替、在夜晚的天堂和万里无云的正午、在暴雨和拂晓、在露珠闪烁的湿热清晨中扮演了什么角色呢？现在，她被剪了毛，那位老人一边喝着煮过卷心菜和熏肉的汤一边望着她。"我经常想。"他说，"我想这只羊……'稍微受伤'……但是现在不是

'短暂服役'……哈哈！……她孤零零的在这儿的小路上吃草，天气很好，人们也很和善……但是我不知道她的境况如何变得更好。看这儿。"他一边说一边用手指着剪羊毛工在她的一个乳头附近留下的一个伤口，苍蝇聚集在周围，像一朵可怕的黑纱花儿。"我花了很多时间帮她驱赶这些苍蝇……没有人会这样对我——除非我申请每周五先令的养老金。但是我认为这对于像我这样一个居无定所、没有邮箱的人来说是不切实际的。"在附近的一块地里，一匹拉货车的马随着远方的雷声颤抖、大声尖叫，然后抬起他的脚跟，沿着树篱奔跑而去。可以看到一只蜜蜂在旋花透明的白色花朵里飞进飞出。这匹马有他的青春、力量和不用工作的一天；蜜蜂有他自己的事情，他在日光和花朵之间忙碌，这就是他的生活；他们都很高兴。这位老人咂着嘴唇喝着那带着咸味的清汤。他三次尝试着点燃没有烟丝的烟斗，然后敲掉烟灰，开始用力吐气。在欧洲蕨的香味中，他转过身，孤零零的走上那条小路。

# 第 *12* 章

# 大地之子

在一条小路的终点处和一个长满山毛榉的白垩峡谷的入口
处（这儿也是山毛榉树林终止、燧石黏土开始的地方）有一座茅
草苫顶的农舍，农舍周围有五棵高大的白蜡树。一条杂草丛生的
小路从此处经过。这个地方三面都被光秃秃的灰色耕地（它们在
二月阳光的照耀下和云层的阴影下呈银灰色）所包围。农舍的墙
是由浅灰色的软石头砌成，但是只能看见少部分的墙，因为陡峭
的茅屋顶几乎触及地面，屋顶上面立着三角墙，每堵三角墙上都
有一扇小窗户，一堵三角墙下面有一扇门。如果田野里恰好没有
庄稼的话，大地的颜色在炎热的夏季和寒风凛冽的冬季与茅草屋
顶的颜色一样，此时农舍看起来像是某个生物的杰作（像鼹鼠丘）
它在地下干活，然后爬到地上，在那儿休息，并且通过两扇漆黑

的窗户观看外面的世界。除了一栋房子外，不可能从这儿看到其他房子，白蜡树、小路上高大的榛树和臃肿的田野将它们遮盖了。但是每年春天，凤头麦鸡都会在这座小屋的顶部和周围盘旋飞翔，他黑色的眼睛总是能够在茅屋顶上发现一只兔子，经常是半打兔子。不管白蜡树在春天是紫色，在夏天是黄色，在冬天是灰色；不管周围的田野是光秃秃的，还是种着绿色的芜菁、黄色的田芥菜，或者被成熟的小麦染成金色；小屋总是耸立在固执、单调、简单的土堆上。另外一座房子不是很高，也没有窗户，也没有一位老人、一个女孩和两个孩子进进出出；实际上，它不是活人的房子，而是死人的房子——山脚下的一个圆形坟冢。

在隆冬和仲夏之时，那个死人的灰色土堆和那个活人的灰色房子处于各自的最佳状态中。当你站在坟冢上，面朝西北方向，你可以看到小屋，它蜷缩在树底下，下面陡峭斜坡上的数千棵山毛榉树在大声咆哮。站在那儿是个好位置——你可以看到、感觉到狂风冲刷着整个世界，它卷起的气流有数英里深、数英里宽。在下面的深渊处，两个陆岬的光秃秃的山脊伸入那个宽阔的山谷；这两个陆岬并不比坟冢所在的山丘矮多少，但是在英勇好战的气流下，它们看起来如此。两个陆岬远处的那块宽阔的土地被冲洗得明亮又干净。在附近，被洗得干干净净的铁线莲像在黑色紫杉和橄榄绿色榛树上汹涌奔腾的光滑的水珠。红隼突然转身，然后向前冲。闪闪发光的树枝紧张地颤抖着。雨水汇集的水池也

大地之子

在闪闪发光。一棵枯萎植物的每一根脆弱的茎和每一朵花，每一片草叶，每一束山毛榉、橡树的叶子都发出自己特有的噪音，并且汇入整个大地发出的与大海相似的低语中。有时候一片枯叶逃脱了束缚，它飞到高空中，飞到山谷的上方，直到消失了踪影；它在追随月亮，永远不会降落。在地平线附近，一个白色的堆积物迅速飞到树林的顶端。但是在高空中有最美丽的花朵——洁白的云朵，还有神灵的花朵、披肩长发和他们像天堂一样宽阔的带褶衣服。有些花儿像铁线莲一样小巧、洁白，似乎它们在那儿也旅行，也知道在高低起伏的风道上旅游而无家可归的快乐。那栋小房舍像被移植在水流漩涡正中央的瞭望塔，水流冲刷着山谷、树木、天空、河流以及人类呆板的眼睛和更加呆板的大脑。

我在一个阳光、风和清新空气快要结束的夏日看到了这一切，当时大地看起来非常沉重和强壮。一群绵羊在草地上爬行，它们看起来很轻盈，像鸟儿的羽毛。一列列、一束束的白云似乎被制作干草的工人散播到蔚蓝的高空中。但是小路很深，有时候几乎几英里的一段路将天空完全关闭在外。这些小路一整天都空荡荡的，完全属于我一个人。在这儿，陡峭的堤岸上长满了茂盛的野防风，它伞状的黄绿色小花朵很芬芳（有点太甜）也很生气勃勃，上面沸溢着蜜蜂和快活的昆虫。在那儿，榛树被泻根属植物（它的叶子和苍白的卷须盘旋、飘浮在树篱上）镶上了一条洁白的蕾丝花边。在一个地方都有站在树篱外的接骨木，它们僵硬，几乎没有树枝，每一片叶子的颜色都像红玫瑰。只要路边有一个垃圾堆，高大的狗舌草就会长得特别茂密，每一朵垃圾堆附近的花儿都像黄铜一样坚硬、明亮，每一朵远离垃圾堆的花儿都泛着微光，迷失在自身绿叶的迷雾里和许多同类的绚丽色彩中。当公路变成被废弃的小路时，榛树下的野草都很高大，但是可以清楚地看到草丛中的野罗勒、墨角兰、美苦草、矢车菊和马先蒿，它们上面悬挂着带红斑的绿色飞蛾。也是在那儿，植物散发出干燥夏日的味道，这包括白色的荷兰芹，白色、玫瑰红色的白芷，白色、黄色的蓬子菜，黄色的艾蒿。有时候路边没有树篱，两边都是开阔的草地。路一边的草地很陡峭、粗糙，上面有人类和牛踩踏留下的凹痕；草地被荆棘丛所点缀，上面爬满了刚刚开花的铁线莲，草地上偶尔会有几棵白蜡树投下树荫。路另一边的草地很平坦，被阴郁的无毛榆包围；在草地的一个角落里有一个白色的小旅馆，被一棵核桃树遮了一半，两棵悬铃木和牛群在旅馆前面；另外一个角落里有一栋宏伟的房子，房子有点旧，被雪松遮住了面孔，挺拔的紫杉站在闪着暗光的草地上。

我看着这一切，似乎它们曾经属于我，我再次慢慢地清点着这些长久被埋藏的珍宝，这样它们就会被出人意料地记住。没有什么太卑微而不值得看。当我爬上长满山毛榉的白垩山时，草地上的每一块白色燧石都是明亮的，形状都是与众不同的——许多燧石被精心雕琢过，即使是最精致的凿子也会对于能够雕琢它们感到自豪。例如，一块燧石被雕刻成一个飞蛾张开的前翼。

　　两边林立着山毛榉的一条漆黑小路上长满了金色、绿色的苔藓，路两边被摇摇欲坠的白垩包围。这条小路将我带到那个坟冢处。在那儿，那栋老房子躺在树荫下，灰色的屋顶被地平线上的光线（它逮住这儿一棵树的树冠，那儿凸起田野上的光滑草茎）染成了黄色。这就是那栋唯一的房子，那一刻，它聚集了所有与家相关的东西。它孤零零的，但是它那高大凉爽的茅草屋顶却让人感到安全，它保护着人的隐私，它足以遮挡太阳、雨、风、霜，但是同时它也被自由的空气和光线所浸染。它周围的白蜡树与天堂和夕阳亲切交流。小麦在它的门口闪光。大片低矮的深色树林由于带点原始的忧郁和野蛮而得到价值的提升，这些也是小屋喜爱的。白蜡树顶部的光线慢慢地消失了，小麦变成一片薄雾。树木似乎在慢慢地往上爬，将其阴影铺放在房子上。但是比树木及迎面而来包围着它们的夜晚更强壮的是屋顶、墙壁和壁炉上的小精灵，它们正在房子周围编织一种魔法来保护它，因此它看起来有生命、能呼吸、有梦想。我想象着这些小精灵们，它们机智、淘气，不完全像人类，但是友善十足；它们在石头、茅草屋顶和橡子的角落里爬行，与那些只能成为入侵者的精灵交战，而后者栖身于荒凉、漆黑的地方，不知道火、油灯、人类声音。瞬间之内，一切都停止了，一切都悬而未决，一切都犹豫不决。这些小精灵们能赢吗？树林不是年龄更大、更强壮了吗？那朵穿过寒冷西部的黑云不是很阴险，已经吞没了那苍白、憔悴的月亮了吗？突然之间，似乎那栋房子里的生命找到了一种更强大的声音，较近的三角墙里的一只眼睛被一盏小油灯点亮了，可以猜出它后面的身影。当白色光线若隐若现地穿过玉米时，小屋和我都对此刻的胜利感到高兴。这似乎是光明的诞生。从众神那里盗取的第一朵普罗米修斯火花几乎不是一个更显著的胜利。

\* \* \* \* \*

住在那个屋檐下、七十年前出生在那儿的那个人和他的房子十分相像。他很矮很宽阔，头发是黑色的；脸上的胡须虽然刮了，但是从未刮干净过；他的嘴巴很大，黑色的眼睛长而窄。他眼睛的颜色像从未见过阳光，只知道寒冷深水的黑颜色。他灰色的灯芯绒裤和白色的宽松罩衣上面都有污渍，打了补丁，补丁的颜色像潮湿的茅草，又像发出嘎吱嘎吱响声、摇摇欲坠的石墙的颜色。他戴着一顶深黄色的软帽子，宽大的帽檐向下垂着；帽子很有可能是当他从家乡的黏土和燧石中出生时画在他的脸上和耳朵上的。他的眼睛很少有阴郁的神情，总是和微笑相伴，他的笑容会慢慢地加重他那橡树皮一般僵硬双颊上的皱纹。他的手指、四肢、脸庞，他的沉默都让人想起弯曲的橡树木材，或者多次被截掉树冠、长满树瘤的白蜡树。很难相信他也是从一个小孩成长而来，他是一个女人的儿子，而不是来自大地本身——像一块不断往上生长，最终露出地表的巨大燧石。显然，他来自人类，但是像很多被毁坏的城堡和他自己的房子一样，他已经变得精疲力竭，在某些方面与大地很相似。他永远不会放弃那座房子而去济贫院或者走向坟墓，除非被武力强制。他们想要他离开那栋房子几天，好让它更加不透风雨，但是他害怕发生意外，更喜欢摇摇晃晃的地面和有裂隙的墙壁。他有时候牧牛，有时候做各种零星活儿，一个星期有八先令的收入。在生命中最后的日子里，他修理树篱，清理沟渠，把小麦从陡峭的山坡上背下去——他的后背已经够弯曲了。二月份，他在深至膝盖的沟渠里干活，或者在杂树林里砍橡树树冠；显然，他已经部分地变成他必须要归回的事物。当丛林被出售的时候，阅读贴在谷仓、棚屋门上的布告（上面有树林的名字）会让人愉悦。例如，我最近在彭斯赫斯特看到了这些名字：

> 黑霍斯林
>
> 苍鹭巢水池
>
> 泥灰坑野地
>
> 锥形树林
>
> 阿舒尔农场
>
> 西德尼矮林

维尔野地

上好林地


　　我想起本·琼斯写的那首极有才华的《致彭斯赫斯特庄园》的诗歌，似乎回到西德尼的时代。那首诗的以下几行尤其让我记忆深刻：


你的那片叫作加米奇德的萌生林在这儿，

它总是向你提供成熟的鹿，

当你想要招待朋友或者让他们运动的时候。

那片向小河屈身的低地，

喂养你的绵羊，你的小公牛、母牛和牛犊；

在中间的那块地上你的母马和公马在交配。

每一条河都为你生产九棘鲈；

高处是阿潇和西德尼这两片肥沃的树林，

给你空空的桌子提供

躯体带斑点的紫色雉鸡……


　　这儿的富饶和安逸已经持续了三个世纪：


然后你果园里的水果、你花园里的花朵，

像空气一样新鲜，像时光一样簇新。

早熟的樱桃，晚熟的李子，

无花果、葡萄、榅桲按季来临；

羞答答的杏子和毛茸茸的桃子

挂在你的墙头，每个孩子都够得着。

尽管你的墙用乡村的石头砌成，

但是它们建造时无人损失，无人呻吟；

没有人在周围滞留，没有人希望它们倒塌；

所有的人都进来了，农场主和农民；

没有人空着手，向阁下和夫人

致意，尽管他们没有穿礼服。

有人带了一只阉鸡，有人带了一块乡村蛋糕，

有人带了坚果，有人带了苹果；有人认为他们

的奶酪更好，给你们带了一些；或者派遣

他们成熟的女儿，将她们交给

未来的夫君；她们的篮子上有

她们自己的寓意图，里面装着李子或者梨……

　　这位老人时常让我想起这样的时代。他的老主人是经管河谷里的农场的第五代直系后裔。他在遗嘱中专门留下一笔钱买新的工作服——都是上好的亚麻制品，那些要把他抬到坟墓的劳工将

穿着它们。

在那个屋檐下，那位老人有三个伙伴。点亮油灯的是他的女儿，她没有结婚，是他与第二任妻子（他五十岁时与她结婚）的最小的孩子。另外两个伙伴是他女儿的两个孩子。除了养几只家禽和蜜蜂外，她不挣钱。第二个孩子出生时（那位老人需要在三更半夜走六英里的路去请教区医生）结婚的妇女评论道："第一个孩子还情有可原，但是对于第二个，不可能原谅她。"第一个孩子可能是因为她轻率、粗心大意、年轻；而第二个孩子则表明她无任何希望。那位老人几乎无法离开孩子们。尽管耳朵聋了，但是当告诉他婴儿在哭的时候，他依然会走到屋子里，仔细倾听婴儿的哭声，并享受其中的喜悦。那种声音对于他意味着隆冬之夜而不是麦芽酒和肉带来的喜悦。但是对于所有年轻的生命，他都有一种与母亲相当的激情，因此他绑紧鞋带，不让自己悲伤。他在外面暗淡的谷仓里，与他生病的小牛犊待在一起。她要死了。潮湿的天气已经让几只牛犊死在田野里，这一只将要死在干草上。她躺在那里，高高的背脊很僵硬。她很有耐心，一动也不动，除了她那像鸟儿的耳朵偶尔动一动外——只有它们看起来还活着。她的眼睛里有深蓝色的光亮，她的头在地上向前伸直。她很孤单。太阳光从开着的门口射进来，燕子飞进飞出，或者在她头顶上漆黑的梁上叽叽喳喳地叫。牧牛人每天到门口问候她两次，他的声音深沉、缓慢、热情、欢快："呵呵！九龙草，九龙草感觉怎样？"

他将她下面被弄脏的干草移走，再放上新鲜的。现在他用很高的假音说话，似乎在跟孩子讲话。也许她可以喝点桶里的稀粥，于是他将她的头抬起来；他依然说着无法理解的婴儿话语，中间夹杂着她美丽的名字。她的嘴唇潮湿、肚子鼓鼓，再加上朋友的声音，她将头抬了一两分钟。现在，他站在门口默默地望着她；她的头慢慢地降低，她的四肢找到感觉最少疼痛的姿势，她叹了一口气。他一边离开，一边喃喃自语："她要死了。"

有一个非常与众不同的大地之子（一个艺术家）曾经住在对面山脚下的一个小屋里。不管你从村里的路上，还是从地势更高的地方看，这个村子的形状非常适合周围的环境——除了时光外，少有艺术家能够让它如此。尽管它本身是完满的（这一点显而易见）但是它也属于天空、丘陵、森林所组成的巨大、高尚而和谐的一部分；因此，这个村子非常有魅力。像所有处于伟大时刻的美丽事物一样，整个村庄的风景具有象征意义，不仅仅是因为它在更大程度上用外显的、可见的方式表达内在的优雅，而且因为它在一定程度上将意义聚合到自身，而其他风景只能部分地、零散地表达。

两条蜿蜒的公路环绕着森林，它们永远诱惑着远方的人们从这个村子开始朝南丘攀登，它们的终点在白色的月亮峰上，其中一条路的终点处住着那个艺术家。他的作品进一步放大了天空、丘陵和村子的和谐。有一段时间，我一直在想，当我进入他的工作室时，为什么那种和谐被延长而成为更巨大、更高尚的事物？他是如何能够将他的绘画安全地挂在南丘的墙壁上？

仅仅说这是因为它们与大自然无争是不够的——有些风景似乎在与大自然竞争。那种精神——它孕育、塑造了南丘；它进入山毛榉中，让它默默无闻地成长、壮大，最终变成一曲美妙的音乐；它让头顶的天空与巨大的山峰、稍纵即逝的泡沫变得漂亮而又充满活力——也存在于这个人的手指中。他很爱这些事物，但是这种爱又与基于对婚姻的理解，与求爱所带来的狂喜联合在一起。但是他太爱它们而无法绘画它们、给它们涂色。他和那些与自己的情人分手，然后当着她的面写十四行诗的人不同。不。他将那些植入在他大脑中的意象（这就是它们对他的爱和他对它们的爱）绘画出来。那里边的许多变形像奥维德的变形一样精彩。山毛榉与大脑的想象混合在一起，因此它们的树干几乎有了人类的形状，树枝像人类的思想，树根也不仅仅是木头。我经常想，当散步时，他几乎不看大自然，只是漫不经心地享受有麝香草味道的风，光线的戏剧性效果，树林和山丘上的阴影，树叶、鸟儿、水流发出的声音。在他的内心，这些事物有一种新的生命，直到它们形成与最初不同的形状，正如我们与旧石器时代的人不同。正如我所说，由于这种进化，它们获得了一种美，而大自然是不会嫉妒这种美的。他画的一些关于树叶斑驳的山毛榉树枝的画总是让我想起玻璃窗上的霜花，这种比较并非仅仅出于想象，而是有实在意义。

　　但是这种变形的风景并非如人们所预料的那种失去了大地的味道、太阳的光线和微风的呼吸的装饰品。它们当然具有装饰作用，而且据我所知，很少有绘画不接受那种认为它们是大自然的残余物的指责，在这种情况下很难想象它们能够超越画框的界限。但是这位艺术家非常有个性，因此他的所有改进只是让那些不动的事物、树木、水池、山丘、云朵的精神更强大。老实说，这里面有一种很深的根基，当前只能将它狭隘地归结为艺术家的非人性，否则他就无法加强、强化自然的非人性。我们可以想想他《夜莺之歌》这幅画。这些树木尚未被人践踏过，像天空一样孤独。它们的存在是为了让夜莺的歌儿在那轮新月下单独统治世界。没有情人从那儿走过。进入那儿的俗人要么是诗人，要么是疯子。

　　再看看他的《西班牙的城堡》这幅画。那座城堡高耸在一片广阔的森林之上，像一个爬到那儿再也无法从那儿爬下来的孩子。在《山丘下的农场》这幅画中，那栋小房子在高大漆黑的树林边缘，它脆弱、胆小，似乎听到了野兽的吼叫声；那条白色的小路蜿蜒曲折地延伸至黑暗深处，似乎通向死亡。另外一幅图也是这样：孩子们假装在另外一个这样的树林边玩铁环，尽管从世界诞生的那一天开始，就没有凡人能够从里面出来。《落叶》这幅图中的轮船被秋天的精灵所制服，正如诗人被"阿拉斯托尔"的巨大景象所制服。给精灵般的景象加入一个小精灵是多此一举，正如他在《鬼火》中所做的那样。的确，他的人物有时候与周围格格不入，仿佛一个美国佬在亚瑟王的宫廷里。但是有两个值得注意的例外——《播种者》和《烧杂草的人》。对于这两幅画中人物的偶像崇拜可以被原谅，因为他们高贵地代表了田野里的工人。甚至在《烧杂草的人》这幅画中，那个男孩似乎被秋天空气中浓浓烟雾的运动和气味逗乐了。那幅关于森林水池的绘画简直不可思议，但是它完全弃绝了精灵。再也没有比吸奶的丑角或者科伦巴芭茵（他们通常都是被以精灵的形式呈现给我们）之类的人物更加不伦不类，因为这儿有一种更令人满意的东西，亦即那种让精灵产生在不同于我们的时代的力量。我认为，当他画一栋房子的时候，他是为了房子，为了它里面所居住的灵魂，人们无法否认这一点。曾经有过旅馆像《低语者》里的旅馆吗？房主死了，桶里没有酒了，一只老鼠在地窖的楼梯顶上生崽。房主说：

> "天黑了，很冷，搅一搅火吧：
>
> 坐近一点，把桌子拉近点；
>
> 开心点，喝点陈年老酒，
>
> 御寒的良药：
>
> 你想要的床是楼下最好的，
>
> 你会倒在上面休息；
>
> 我希望你有姑娘，

但是我死了，不能做了。

你按铃，要求最好的，

让他们给你送来萨克葡萄酒、白酒、红酒，

活着的时候，快点喝吧；

除了冷饮外，坟墓里什么都没有：

晚餐吃凤头麦鸡和山鹑，

给罪人一只阉鸡，

你起来时一切都准备好了，

你的马儿已经被喂饱了：

欢迎，欢迎，我会在周围飞翔，

我会微笑，尽管在地狱里。"

南

国

　　我喜欢这个旅馆，但是蜘蛛也喜欢它，它的网堵住了门，只为幽灵般的旅行者敞开。谷仓的门向夏夜敞开，它也有自己的生命。门口的两个身影由于旅馆的破旧、空旷及周围安静的环境而看起来很矮小。

　　最具人性的画是关于一堵高墙的。墙已经被毁坏了，上面杂草丛生。墙上那道深深的缺口看起来很可悲。但是甚至在这儿，我也不确定这堵墙是否是被石匠的手竖起来的。至于说当地居民把它留在这儿，让它荒废，我感觉这种想法更值得怀疑。我相信它是在一场梦中被建造的，很久以前在森林对于人类的胜利中迷失了自我；它几乎被完全遗忘，直到这位艺术家认为它可能成为农牧神幸福的巢穴。他没有给我们画出农牧神（我希望他画了）他应该知道他是什么样子。那道缺口是从森林走向小河边露珠闪闪的草地的入口。

当想到这位艺术家、那位牧牛人对大地的热爱时，我的内心产生了一种关于人类性格无限多样化的糟糕感觉。我怀疑我们的宽容不够深，不够广。

大地之子

# 第 *13* 章

## 西　行

　　我开始朝被山毛榉覆盖的山上爬，此时开始下雨。天空如耕地一样漆黑，但是头顶的树叶亮丽无比，像珍贵的宝石。大雨让眼睛难以睁开，因此只能看看路边的小事物：泻根属植物的一串串浅绿色、红色浆果，白蜡树幼苗那摇来晃去的树叶显露其黑色的树皮，白蜡树和紫杉树上的无数又高又直的嫩芽。接着是一片又一片的玉米地，绵羊在围着栅栏的方形地里，花开得正旺，草地上间或有巨大的月桂、杜鹃花和智利杉树，它们向我们述说着肥沃大地的喜悦。这是一块平坦的高地，它的最大幸福在于从这里可以看到南丘及其被树木覆盖的鞍形山。大海从高地的最深通道处流过，一座浮出海面的岛屿像冰山。朝圣者之路穿过高地，路两旁的榛树下有风铃草和墨角兰；白蜡树和欧石楠长在一个像一堵墙的又长又直的古老白垩洞穴的一边，上面爬满了铁线莲。榛树和黑荆棘树篱之间有很多杂草丛生的小路。一个旧农场房屋的烟囱上爬满了常春藤，房前正面有十个假窗，前面是一个杂草丛生的花园。方圆数英里内能听到家禽和用冷杉木、铁建造小平房的声音。从旁边经过的那个人并非陌生人。我想，当山丘上的山毛榉对于沃尔夫·汉格这个名字不陌生的时候，他的祖先们肯定已经来到这片土地上了。他高大、挺拔，脸瘦长，胡子刮得很干净，脸型有点不太规则，脸色土黄，头发和八字须都是黑色，闪闪发亮的黑眼睛像沐浴在秋天露水中的女贞果。现在，这儿是林地。到处都是树木繁茂的宽阔公用地，高低起伏的南丘被树木戴上王冠，镶上流苏边。对于流浪汉来说，这儿是"猪倌的国度"。这儿房子不多，它们要么远离公路，要么花园和公用地之间几乎没有分界线——公用地侵占了花园用地。在巨大的山毛榉树下，亚麻布和红色的法兰绒在风中摇摆，一条古老的小路从树下穿过。生活在这儿的孩子们是树林之子。在那个燧石小屋里他们被抚养长大，部分心智被日日夜夜站立在他们头顶的那些庄严、漆黑、噪音低沉的树木和回音所塑造——你可以听到他们傍晚时刻在林中空地里召唤回音，看到他们站在那儿一动不动，似乎被荒野的回复弄得神魂颠倒。门对面的橡树下有一堆未被践踏过、紧紧纠结在一起的欧石楠、荆棘和刺藤；那儿有积累了几个秋季的枯叶，丛林非常稠密，以至于风儿也未触碰过它们，只能在最顶层的树枝间叹息；边缘处，叶子光亮的荨麻在长满苔藓的堤岸上挥手、点头。不远处有一个离群索居的林地农场，里面有房屋、谷仓、牲口棚，它们都是由燧石建造的，屋顶苫着茅草。一个男人提着桶进了一个洞穴状的牲口棚。他微驼的身体十分粗壮，身上有很多疙瘩；他的黑发和胡须都很浓密，黑眼睛非常明亮。他是一位农场主，他的祖先建造了这座农场，当时的树林更黑、更宽阔。对于他来说，生活沉闷而又简单——他四分之三的生命已经被死人所规定。可以说，仅仅看他一眼你就能看到一个沉淀了五代的人，大自然和浅薄的现代人都无法打扰到这个如此有性格密度的人。当望着他走进走出时，除了他的粗糙小屋和周围的高大树林外，我无法看见它们远处的任何事物，因为它们和他很强大——他有树林和祖先在后面支持他。除了房屋和树林外，他与整个世界隔绝，但是他却能够支撑自我世界，让他的炉火燃烧，让他的储藏室装得满满的，让他的后背被遮盖住，让他的房子不被雨淋：这一切并非虚幻。从旁边经过时，我感觉到幽灵的存在。看着他明亮的眼睛和明亮的长牙齿，他那能够持续不断地辛苦劳作的僵硬四肢以及与白天、黑夜和谐一致的表情，我怀疑是否还有未知事物值得他去了解。我看到他像一个二百五十年前受伤的骑兵，一边望着什么东西，一边喝着刚刚从水井里打出来的水。他的面孔很勇武，但是缺乏激情（他似乎来自另外一个民族，他的衣服颜色很亮丽，他的蓝眼睛看起来焦躁不安，他也很无助）

仿佛在一场毫无意义的骑士战役中失败了。掌旗官骑着马离开了。这个林地人将他的所有秉性都用于战胜一棵山毛榉上，似乎它禁受得起他的兵刃。他挥舞着斧头，一想起那张勇敢、愚蠢的面孔和油亮的头发，他就禁不住笑了。他今天笑了，因为他看到一个年轻人从这儿经过，后者脸上有指挥官的那种骄傲神情；但是他知道，也许他只能指挥一个妻子、一个马夫、几个乡人，可能还有他的地主。

路两边有杂草、零散分布的荆棘丛和树干上长满苔藓的高大山毛榉，杂草丛生的小路通往树林中茅草苫顶的小屋。

头顶银灰色的天空中有灰色的云朵在移动。公路沿线的电报线发出刺耳的音符，它的周围是和谐相处的人类、树林和天空。远处，林地边缘的一大块玉米地和灰色杂草发出叹息声。路边有光亮的红色野果、同样红的树叶，深紫色、深红棕色、酒红色和绿色的浆果和树叶，白花楸的绿叶泛白，这一切让公路感到很高兴。现在，凌乱的树篱长得很高，它们遮盖了大地，只有多彩树木上面的天空露着脸；但是在十字路口处的小块三角形草地上有牛蒡、狗舌草、蓟和触地的低矮银叶花，一棵高大的橡树悬吊在头顶，从这个空旷的小空间里我们能够看到被雨雾笼罩的南丘向西边绵延。不一会儿，整个世界再次成为由被树篱围绕着的小路组成的狭窄天地。在这儿，我享受着每根树干、骨头状树枝的形状，享受着它们的缤纷色彩；淡绿色的霉菌、银色的地衣和深绿色的苔藓覆盖在树木上，让它们变得皱巴巴的、坑坑洼洼的。每一条路的拐弯处都与众不同。在一个拐弯处，刺藤、榛树、接骨木的叶子都是黄色，叶脉却是绿色；低处有一个小白垩洞，洞口上面悬垂着紫杉和接骨木——它深紫色的浆果虽然很小却很有特色。在另一个拐弯处长着一棵枫树，精致的树叶很小，数量很多；这棵树身段优美，姿势可爱，上面爬着一小缕铁线莲——在猪倌的国度，他们把它叫作"天使的头发"。

突然出现了一个村庄。村子里的所有房顶都是茅草的，花园里种着福禄考，两栋房子之间的大片空地上有绿草和悬铃木，一条长满水草的绿色清澈小河穿过村子，它闪闪的光亮和潺潺的水声弥漫整个小村庄。在黑色的铁匠铺里，铁砧在响，火花在闪耀。车轮修造工的木料靠在一个茅草顶的小棚外面，它的后面是一棵古老的悬铃木，光亮的黄色树叶让它显得超凡脱俗。在小旅馆前，一个兴高采烈的马夫在清洗一辆两轮运货马车的轮子。他的双腿呈弓形，脖子是紫色的。他不时走到小溪边把桶灌满水，当车轮转动时，让清澈的水刷在车轮上。一位头发灰白、穿着得体的老人站在旁边观看，他靠在自己的手杖上，但是手杖离他几乎有一臂之远，与他的身体形成一道拱门，下面躺着一条四肢伸开的狗。别的人都有事可做，他不知道要干什么。他读书吗？那个马夫问。他知道答案。不，他不。我们现在都读书，马夫一边将一桶水泼在车轮上，一边咯咯地笑。这位老人至少对于自己能够活到这一

南
国

天感到很自豪："是的，男人现在读书，几乎和他们的主人一样好。他们（工人阶级）曾经很愚蠢，是的，他们曾经是这样。你无法预料将来会怎样。"马夫将他的桶加满水，与此同时，那位老人一时思绪万千，也就没再说什么。他将自己的李树手杖放在凳子上，然后要了一杯四便士的艾尔啤酒。

　　附近有一个通往更开阔的丘陵的入口。没有修剪过的树篱非常茂盛，以至于小路看起来像是穿过树林的路堑。不久，小路变成一条杂草丛生的宽阔道路，它的周围长满山茱萸和红色花蕊的铁线莲，上面立着白蜡树。后来，宽阔的道路变成一块广阔的田野，上面长满野胡萝卜和山萝卜，许多平行的羊肠小道穿过这块田地。最后，从被橡树和榛树树枝掩映的一扇门里可以看到绵延起伏的绿色群山和山谷，旁边有大片的杜松树桩和荆棘残根，它们一直延续到几里格之外，那儿的天空下站着一排小树，看起来像一队轮船。这儿丘陵地的树篱低矮而又残缺不全。一些干草堆立在庄稼残梗地和杂草地的边缘。绵羊在方形围栏里大声咀嚼青草。这儿没有房屋，大雨席卷了任何可以移动的事物，它那流苏状的垂直雨雾在山边摇曳。四周是一片单调的灰色和棕色，这种单调的彩色由于主人写在一个在风雨中飘摇不定的树干上的须知而臻于完善："入侵者将会受到最严苛的法律的起诉。"在稍远的边界处，稠密的小山毛榉树林开始长满山脊的两边，并且朝山谷入侵，这样就在河口处形成陡峭的山崖。然后绿色的小道与一条古罗马通道交汇。在黄昏的雨幕中，可以看到许多蜿蜒曲折的狭窄古道与那条像剑一样笔直的白色马路交汇，它们在它的怀抱中失去自我，仿佛孩子消失在一条巨龙的口中。路边的草地上有一些坟冢堆。有一个吉普赛家庭紧挨着树篱以躲避风雨：男人拉着一匹小马，忧郁地站着；女人蹲伏在地上，下巴放在膝盖上；孩子们大声地笑着，一刻也不得安宁。他们属于正在逐渐消失的小道：他们讨厌那条像剑一样笔直、没有任何藏身之处的大路，汽车在路上隆隆地驶过，径直开往下面溪谷处的城市。在这儿，他们没有家的感觉，甚至不如那些在背风的悬铃木上捉虫的小燕子——它们一会儿飞到树上，一会儿返回地面，像是在玩"我是城堡的国王"游戏的小孩。在那儿的一个小旅馆里，随着钢琴的伴奏声，一群士兵、他们的朋友及一些女人用略带哀婉的口吻唱着这些歌："母亲""亲爱的""告别""爱是一切""女孩"，此时灯光闪烁的街道上有哗啦啦的雨声。天空中点缀着黑色的小云朵，仿佛暴风雨之后荒凉、平静的海岸上的岩石，它们无限遥远，无限诱人。但是更诱人的是这种生活本身，这个世界——如果我不是它的一部分的话。这一刻，我想象着自己已经死亡——我斜躺着，望着这一切。仅仅这一瞬间，我知道，既然死亡如此贫乏；因此，我们不能指望获得从远方沉思的天赋；不能指望一旦离开这个世界，我们也许依然能够转身，看着它，感觉自己不再是它的一部分；我们甚至不能指望知晓自己的死亡，并且感到满足。

大雨将天空中的岛屿遮盖住，歌手在他们的歌声中找到它们。

第二天早晨，蓝天白云（暴雨无法阻挡它们）映照下的大地显得格外漂亮。在乡村，刚刚被苦上茅草顶的干草堆在湿漉漉的大地上闪着暗淡的光线。现在，大地让位于一大片海域，上面漂浮着倾斜的桅杆；树林延伸至平坦的海岸边、平坦的绿色沼泽地和桥梁附近，这些桥穿过河流，阳光下的点点涟漪、发出沙沙声的莎草和苍白的柳树宣告着它们存在。远处是森林。首先，四周分散着一座座的农舍，黄色的小苹果在弯曲的树枝上泛着白光；然后，蓝色的河流穿过荒凉的欧石楠和欧洲蕨，并把它们照亮，池塘和小溪流躲在灯芯草丛间；远处的高地、低地两边都是树林，在多风的天空下，它们从亮色转变为暗色，又从暗色转变为亮色。黄色的公路两边生长着橡树和山毛榉，它们窃窃私语，相互做伴。现在，狂风统治着一切，从高空中的宏伟云端，到如波涛般汹涌的树木，秃鼻乌鸦、寒鸦的翅膀，弯腰的莎草、羊胡子草，瑟瑟发抖的欧石楠、杂草，涟漪点点的水流，到狂舞的亚麻；但是开阔地里却是一片奇怪的寂静，因为当我散步时，耳边的咆哮声淹没了其他一切声音。

白色的小马驹在暗色水边吃草，它们打扰了芳香的香杨梅。当砾石被暴露时，长满欧石楠的沼泽地上露出黄色的伤痕。有时候被绿色、灰色地衣所覆盖的巨大山毛榉在头顶挥舞着它们僵硬的树叶；或者一大片枯萎的冬青被同样枯萎的常春藤所包围，由于后者的拥抱，二者浑然一体，它们的颜色都是褐灰色。一大片湿漉漉的白色真菌在紫色的沼泽地里闪光。这儿有许多结满浆果的山楂树，荆豆、欧石楠和欧洲蕨的数量更多，它们下面的小水坑被风吹起点点涟漪，像一大群熙熙攘攘的蜜蜂。河流虽然愤怒，但是它们不能打扰到河湾处深色的水流和宽阔的百合叶子。其他的水池则风平浪静，在下面苔藓、破铜钱和落叶的映衬下呈明亮的棕色；水下是另外一个世界，它有着自己的精神。现在，更加茂密的树木虽然阻挡了狂风，但是它们的树冠依然在风中骚动不安。路上铺满了松针，除了吞噬一切的狂风暴雨的声音外，什么也看不见，什么也感觉不到。松树林被高大的欧洲蕨、冬青、荆棘，被狭窄的草地和上面孤零零的山楂树所阻断。在远处，雨后的阳光洒向锥形森林。许多金色的小溪涌入漆黑的树林里。长满青苔的橡树靠近杂草丛生、长满蕨类植物的小路。突然，橡树林让位于苍白、巨大的山毛榉。一棵山毛榉横卧在路上，它的叶子还是绿色的；它被连根拔起时，带起了一堆土，它周围的欧洲蕨和刺藤高大如房屋。另外一些山毛榉的树枝被折断，它们掉在长满苔藓的地上，在地上留下凹痕。在经历了夜晚的战斗后，它们现在似乎已经进入梦乡（在梦中，它们即将开始新的战斗；它们的巨大激情让蓝空和银色的云朵）大雨过后，它们无忧无虑地狂笑——无法靠近它们。

　　山毛榉的后面是生长在欧石楠丛中的桦树，它们被橡树组成的一堵墙支撑着。那儿又有很多山毛榉，它们站立在长满金色苔藓的草地上。有一棵树木的叶子是对称的圆形，它在地上投下圆形的阴影，阴影里面寸草不生，但是它的周围却长满了闪闪发光的矮小欧洲蕨，它们似乎正在聆听一道神谕。远处，无数黑色的松树高耸在绿草上方。小路开始分岔，一棵体形优美的橡树站在路的一边，它枯死的树枝被周围的绿茵所包围；在路的另一边，一条蜿蜒曲折的绿色小路向前延伸，路的两边立着山毛榉，它们仪态端庄，彼此保持着恰当的距离；在正前方，开阔、低矮的牧场环绕着一片长满芦苇的水域，黑鸦和黑水鸡在长满柳树的小岛上和明亮天空的倒影上鸣唱。小路再次穿过一片茂密的林地，似乎它的形状和颜色都被后者的咆哮声所淹没，只能听到一只知更鸟的歌声——在路边一块平坦的草地上有一丛古老的荆棘，知更鸟站在红色的浆果之间，它不停地歌唱着；草地后面通常是被山毛榉掩映的一栋农舍。许多农舍都位于沼泽地上，或者向天边延伸，在那里有一大片橡树林，它们远离农舍后面的绿色小牧场。接着是高低起伏的巨大山冈，山冈上面没有树木，只有沙土、茂盛的金雀花和欧洲蕨。远处有一座被树木覆盖的小圆丘，在即将到来的暴雨的威胁下，它漆黑一片。更远处是苍白的南丘，它看起来很安详。现在，耕地开始入侵森林。起伏的山丘下沉到一块地里休息，那里有玉米、平坦的深绿色草地、银白杨和被西边金色、灰色的高远天空镀色的洪水。在深色的水域旁边蹲伏着一个古镇，许多窗户从茅屋顶下面望着外面，质朴的街道上铺着砖。小镇的边界处是一条宽阔的小溪，几匹高头大马正在蹚水玩耍；当蹚过山杨林立的街道时，它们将膝盖高高抬起，这惊吓了旁边的黑水鸭。在夜空中相互追逐的云朵和几颗闪亮的星星的映衬下，小溪看起来很漂亮。有时候小溪旁边有一个白磨坊，或者几棵柳树；有时候小溪被微风吹拂，或者被拂晓的露珠所覆盖，此时它也很漂亮——河面上或者是一片广阔的蓝色，或者布满条纹，或者影影绰绰，或者闪闪发光，或者反射着芦苇的倒影。我希望有一种向乡村诸神致敬的方式……

两条路沿着小河向北延伸。主路在小河的一边，它很笔直，时而有长长的弯。另外一条路在对面的河畔边，它由一系列向东、向西、向北的之字形路段组成。这些路段将一些房屋连接起来，它们似乎出于意外才组合在一起将两个小镇连接起来。它们主要服务于马车和步行的人们——他们由于家务事而非生意上的事情需要进城。从地图上看，这条路直接通往北部的一个小镇，但是两英里后，它似乎被一栋好客的豪宅拉到一边，然后又被北斗七星拉到一边；当再度出现时，它先闲逛一会儿才返回向北的路线；它经常这样做，也经常停留在一条更小的路上，穿过它，抵达河对面的大路。在英格兰有许多这样的平行小路，有时候更小一条路的部分或全部都是人行小径——如果想要避免灰尘、难闻的气味、噪音及新交通工具的傲慢无礼的话，它们能够给你提

南
国

供极有价值的帮助。这条小路向前延伸，它没有随着绿色河水的水位而上升下降，而是抬头望着远离小河的一个带白疤的紫色沼泽地，它上面的欧石楠丛中站立着橡树和茅草顶的房屋。这条小路像一个在集市上进进出出的乡村妇女，能看到一切。它看到了所有的农场和谷仓。它看到了那栋庄严的砖房，它的花园被挂着水果的高大院墙围起来，它的前面有核桃树，一条金色的小溪在榆树、黄华柳树下面唱歌；它也看到了它的二十四扇白色长方形窗户、体面的白色门廊、巨大的草坪、池塘及在芦苇丛中发出声响的水禽、橡树、刺槐、在草坪上懒洋洋吃草的马儿、在伊丽莎白时代马厩后面大声叫唤的狗儿。它看到了杂草丛生的宽阔边界（这条路可不是被吝惜的裁缝裁剪）上面有橡树、白蜡树和榛树，它们被小松鼠占据——它们相互责骂，相互呼唤，如果同伴想要分享坚果，它们也会生气地摇尾巴。在每个十字路口，这些杂草丛生的边界延伸成一片绿地，在有的地方它们像牧场一样宽阔，因此牛儿在榆树下吃草；附近有茅屋顶的黄色农舍，花园里有红色的蚕豆花和黄色的大丽花，一个水池里有蓝色、白色天空的倒影，鹪鸰在池边盘旋，鹅已经下水，似乎准备远行。路上唯一的声音来自于面包师的二轮马车，它装载了满满一车的芬芳。

　　十英里后，这条路跨过一条小河向远处蜿蜒伸展，它离主干线更远了。这儿的边界处有更多的榛树和橡树，黑刺李和黑莓被雨水擦拭得很光亮，它们在黄色的狗舌草、飞蓬，紫色的矢车菊，泛黄的叶子丛中闪烁。从门口可以看到树林之间的陡峭牧场。从一个门口可以看见两个十六岁的恋人在温暖的阳光下采摘坚果，他们的周围一片寂静。那个男孩弯下腰，女孩淡定地踩到他的身上去采摘攒在一起的六个坚果。从他身上下来后，女孩朝远处望了一会儿。她一边将左脸转向他，一边微笑，因此她的恋人只能向前倾，亲吻她耳朵和黑色环状发髻下面的金色皮肤——那儿的皮肤最漂亮。这个少女的举止美丽而又性感；因此，即使海伦能够永葆青春，德墨忒耳能够留住帕尔赛福涅，她们也不会超过她。

有时候白色的旋花将荨麻完全遮挡住。对于我所见所听到的所有优美事物——当选择一个土块降落时，田凫优雅而又慢慢地扇动着翅膀；在刮风下雨的夏天，杨树叶子与雨点竞争时发出声音；当秋天的彩虹将一只脚放在榆树林间时，榆树上闪耀着鲜艳的色彩；在人们、书本和花朵之间点燃的九月的第一星火花——没有一个能够与我瞬间从路边门口看到的情形相比，而我将永远不会再次从此处经过。将此情此景从时间中挽救出来是最令图书感到幸福的职责。当我想起这个微笑的少女时，我想起了一本书，F. W. 贝恩的《拂晓的小母牛》，书中有这样一段话：

> 我可以给你讲几个故事，它们能够让你对所有的麻烦报以微笑，它们也可以把你带到你从未梦想过的地方。在那

南

国

儿，树上的花儿永不凋谢，沉醉其中的蜜蜂制造出嗡嗡的噪音。在那儿，太阳在白天永远不会灼热，月光石在晚上充满樟脑味的月光的照耀下渗出花蜜。在那儿，蓝色的湖水中有一队队的银色天鹅，从山上传来隆隆的雷声，孔雀在青石阶上焦躁地跳着舞。在那儿，闪电闪耀却不会造成任何伤害，它照亮了黑暗中与情人偷偷相会的妇女的路；彩虹永远不会降落，像悬挂在深蓝色天幕上的一颗蛋白石。在那儿，水晶宫的宫顶被月亮照亮，一对对情侣相互嘲笑着对方因为爱情而逐渐憔悴的面孔；他们端着斟满红酒的高脚杯，一边喝酒，一边闻着从南部高山上飘来的浓重的檀香。在那儿，他们用绿宝石、红宝石（当大海剧烈搅动时，它们被从海底捞起）玩耍，相互投掷对方。在那儿，小河（里面的沙子总是金黄色的）慢慢地从一排排安静的仙鹤旁边流过，它们在灯芯草丛中猎捕银白色的鱼。在那儿，男人忠实，少女永远处于热恋中，睡莲永远不会凋谢……

　　那些伟大的古书无数次做着同样的事情。以《一千零一夜》为例。书中描述的很多人物、地点和事情对于我们的眼睛，以及与迅速、简单的眼睛相对应的那部分智力很有吸引力。因此，翻译家所犯的可以想象的错误就显得不重要了。那些书可以抵御时间的腐蚀，正如我们搬入新家时，我们的桌子、椅子、手杖可以

西行

防止一个人撕坏我们的书、打碎我们玻璃柜里的人造葡萄和玩具翠鸟一样。时间对于下面这群妇女感到无能为力：

> 十个女奴迈着优美而又自信的步伐走进来，她们与月亮很像，让眼睛感到炫目，让想象力感到迷惑。她们按照秩序站好，像天堂里黑眼睛的少女。又有十个女奴紧跟着她们进来，她们手里拿着鲁特琴及其他消遣娱乐的乐器。她们向两个客人致敬，然后开始弹奏鲁特琴，唱歌。她们每一个人对于上帝的仆人都有诱惑……

南
国

　　还有很多其他人物聚集在我的脑海中，他们相互竞争，希望被我提及，就像一群争夺一小撮种子的鸽子：布鲁姆的罗斯坐在窗台上看那些年轻人踢球，然后将一个苹果扔给安萨·瓦乔德，后者"面孔光艳照人，微笑时露出牙齿，肩膀宽阔"。或者同一个女孩穿着最好的衣服，戴着珠宝首饰，从监狱底下逃到荒漠上。辛巴达每次旅行回家后都变得很富有；像往常一样，无所事事的他来到巴格达的一条河边，看见一艘较新的轮船，为了获得利润，看到世界上的其他国家和岛屿，他登上那艘轮船。

　　这些魅力无穷的事物转变成故事，就像吸引我们眼球的白色雕像突然出现在绿色树枝之间一样。但是它们不仅仅满足了我们对于巨大的、明亮的、彩色的、轻松的事物的喜爱。每个人都知

一个水池……鹡鸰在池边盘旋。

西
行

243

道《埃涅阿斯记》中这样一段的意义：流亡的埃涅阿斯在遥远的
迦太基的一个城市的崭新墙壁上看到关于特洛伊战争的图画，而
他本人在这场战争中起着举足轻重的作用；或者一首民谣中这样
一节的意义：

> 它不在大地上，大地上，
> 不在粉饰过的闺房里；
> 但是在美好的绿林里
> 的百合花丛中。

　　此时我们的脸颊绯红，心跳也随之加快，尽管事件本身并无
法为这种快乐找到合适的理由。我们似乎从这些事件中辨认出象
征物或者富有寓意的意象，它们对于凡人来说意义重大。它们的
重要性超过寓言。它们通常像风景一样强大、神秘，一看到这种
风景，凝视者就会快乐地叹息，他自己也不知道为什么。《一千
零一夜》中有很多这样的段落。

　　最好的段落出现在《赛义夫莫洛克》和《贝迪亚·埃利玛》
中。主人公和他的随从被一个巨大的埃塞俄比亚国王抓获，有些
人被吃掉了。当幸存者哭泣、恸哭时，国王很喜欢他们温柔的声
音，于是就把他们关在吊起来的笼子里来欣赏。国王将赛义夫莫
洛克和他的三个伙伴赏赐给他的女儿。当这个年轻人坐在那儿回

想起幸福的过去，并为之哭泣时，国王的女儿却对她那矮小佝偻的歌声感到万分欣喜。也许更令人高兴的是草丛中的那扇门。将它移开后就会发现一座豪华的地下宫殿和一个"女人，从神态看，她似乎将所有的焦虑、悲伤、痛苦都从内心驱逐了。"而这扇门的发现者是一个国王的儿子，他在一座森林里砍木材，远离他的家园，远离那些知道他是国王儿子的人。这个隐姓埋名的伟大伊斯兰领袖的外貌在同一阶层人当中也是出类拔萃的。一个年轻人与女主人坐在一起，她可爱的歌声将四个苦行僧吸引到门口；他从椅子上下来，让他们进去；他们许诺要为他做一件他从未想过的重要事情。

这个故事告诉我们："这些苦行僧是哈利法·哈伦·埃拉西德、贾法尔·埃尔巴麦克巫师、哈尼的儿子阿布诺瓦丝·埃尔哈桑、刽子手梅斯罗尔。"

然后有一页关于尼姆斯和波斯智者在大马士革开商店、在店里库存很多昂贵东西的故事。智者"穿着智者和医生时常穿的衣服"，坐在一个观象仪前面，等待尼姆斯的情人或者有关于她的消息的人出现。在《阿拉丁》这个故事中有一句微妙的话具有迷人的魅力。在这个故事中，一个人告诉那个已经被认为绞死的人的父亲说，其实另外一个人代替他被杀死了，"因为我将他赎回来，用一个值得被杀死的人来代替他。"一本好书也许可以讲述名著中像这个因犯（他是值得死的人之一）一样可怜的无名氏的故事。

另外一个寓意崇高、奇怪而又深刻的故事是关于卡马兹·泽曼和布杜尔公主的。两个分别叫爱尔德和爱尔德里奇的恶人看到一个少年和一个女孩在地球最遥远的地方睡觉，于是就展开了一场关于二者谁更美的竞争。他们携带二人穿过午夜的天空，然后将他们肩并肩地放在一起判断。在他们的梦中，少年的父王说："也许你在睡觉时所见只是一个令人迷惑的梦"，而女孩的父亲则把她当作疯子拴起来。但是在经历了一系列的波折和阻碍后，他们超越了空间造成的分离，有情人终成眷属。也许最高贵的故事之一是关于发现尘世乐园的小"轶事"。

阿卜杜拉出去寻找一头走丢的骆驼，他偶然碰到一个四周筑有高大城墙的庄严城市。当他询问这座城市时，一位博学之士告诉他说这座城市是谢迪德国王建造的。这位王子非常喜欢古老的书籍，最喜欢书中对乐园的描写，因此他被诱惑，决定在地球上建造一个同样的乐园。他下面有十万个国王，每个国王下面有十万个士兵。他给他们提供尺寸，让他们出去收集金、银、宝石、珍珠和贵橄榄石。他们收集了二十年。然后阿卜杜拉找了一个合适的地方——位于一个辽阔平原上的河流之间。他们花费了二十年来建造这座城市和它坚不可摧的防御工事。他又苦干了二十年，好让他自己，他的高官、家眷、军队准备好使用这个乐园。当他对一切感到满意的时候，"上帝从他的权力的天堂向他和追随他

246

的顽固异教徒发出了一声巨大的呼喊，它的猛烈威力摧毁了一切。谢迪德及其同伴既没有到达这座城市，也没有看到它。上帝擦掉了通往它的一切路痕；但是这座城市依然在那儿，直到审判来临之际。"

门的那边是低地和玉米地，雨滴开始落在那儿；因此，带黄色条纹的蜜蜂贴在飞蓬淡紫色的花朵上，准备进行长久的沉思。近处有一个农场，门廊下白色门的两边各有一扇狭窄的窗户；花园和晒谷场的墙顶上苫着茅草；对面立着一棵欧山楂树，上满结着赤褐色的果实；小农场的两扇窗户窥视着陌生人。从下一个小山顶起，大地突然变得很开阔——一片没有树篱的广阔的灰色牧场和耕地，云彩将其阴影投射在上面，一片片深蓝色的树林相隔很远。树林里的树木包括松树、荆棘、接骨木和白花楸，还有紫杉和杜松，兔子、红隼、白色的蝴蝶、蒲公英的冠毛经常光顾这里。有时候在松树下有一个古冢，会对一个偶尔停下来的旅行者小声低语。在远方，一朵朵的白云从地面上升起来，由于在大地上诞生，它们在山脊上稍作停留，然后就逃入蓝色的深渊中；它们将一连串的阴影投在玉米捆上，正在犁棕色土壤的犁上，大片的荆豆花上，杂草丛生的波浪形地面上，一行行的紫杉和玉米垛上。一座形状像长矛顶端的尖塔慢慢地穿过南丘而直入苍穹。

在尖塔的远处，一个被树木覆盖的巨大半圆形土丘从低矮平坦的大地上升起来，它看起来似乎不是被壕堑、而是被它戴了许久的沉重王冠所切割成半球形。显然，今天它没有带王冠。没有一个人住在那儿，他们都逃到了河边和尖塔附近，把他们的古老家园留给胜利者——开满鲜花的铁线莲，留给在院墙里的草地上玩耍的孩子，留给考古学家。夜晚，当它和周围的南丘将黑色树木组成的半圆顶抬高到天空中的云山中时，它看起来很忧伤、很高贵。此时周围一片寂静。

一条没有树篱的路从这儿穿过，但是它没有打扰南丘。在傍晚暗淡的天空下出现了一排排瘦弱的、漆黑的、年老的树木，它们又排成纵队离去。远处是绿色的草地和灰色、黄色的庄稼残梗。当太阳落在一面灰黄色的帆（它的颜色由于长期旅程所致）的脚下时，北方地平线上低矮的云朵变成蓝白相间的颜色，既不属于白天，也不属于夜晚；而头顶上的碎云则略微呈红色。一会儿是西边壮丽的颜色，一会儿是呆板的北方，它们充斥着大脑，让它充溢着距离、崇高的运动和色彩，让它沉醉其中，给它一双翅膀，直到冷却很久的熔岩层穿过西边，它们就像一个不可逾越的牢笼上的栅栏。最终甚至那些熔岩层也消失了，与大地相比，天空中一无所有。当我朝那儿走的时候，灰色、黄色的庄稼，野草，光秃秃的土壤，一簇簇的冷杉，一行行的山毛榉和橡树在暮光中嬉戏，山丘失去了它们的轮廓，融化在彼此之中，并且开始逐步建立美丽的新轮廓——一个伟大观点的外显和可见标志。当黑夜淹没一切之时，传来凤头麦鸡和山鸡的叫声。头顶上，一群野鸭朝

南
国

被镀金的西边蓝空飞翔。

　　拂晓时分，一条清澈的小溪流过石头，它摆动着绿色的长发经过古老的燧石墙壁。高塔，爬满葡萄藤的窗户，两边林立着悬铃木、榆树、白蜡树、桤木、酸橙树的公路，一座古老而又宏伟的教堂，一个公园——里面的榆树、橡树和茂盛的酸橙树将荨麻丛中的废墟遮盖住，也几乎遮盖了红砖白墙的农场——有只孔雀在里面大声叫唤，它所在的小村庄里有茅草顶的谷仓、马车棚和被核桃树和榆树掩映的牲口棚。在这儿，人们知道如何借助庄严的大自然让自己更加庄严。这儿有数不清的高大树木，它们像贵族一样站立着。在这儿，清澈、年轻的水流不会藐视古老的院墙；相反，它接受后者古老的阴影，将自己青翠欲滴的勃勃生机借给它作为回报。小溪沿着石墙蜿蜒曲折地向前流；因此，不清楚是石墙被砌成这样以适应小溪，还是小溪被说服允许这样的石墙存在；但是这个问题现在无关紧要。小溪下面一半的卵石都是从院墙上落下来的。到处都可以看见小溪急速向前奔流的身影，它闪闪发光，有时候隐藏在树木后面吼叫。太阳很温暖，金色的光线悬挂在河面上的树叶之间，像结出的果实。

　　小溪旁边的榆树长得很开，透过它们可以看到一块灰色的土地、一片片黑色的山毛榉树林、一块处于风口中的灰色土地和刮着大风的灰色天空——山毛榉树林深陷其中。一群群的绵羊走来走去，小燕子也跟随着它们。有两个牧羊人，他们将笨重的灰色外套搭在肩膀上，衣服袖子摇来晃去。他们背着灯芯草浅篮子，拄着棍子，隔着二十码说话。现在，羊群走得更慢了，两只牧羊犬形影不离，它们边走边小声交谈。

　　燕麦遭到了雨水的蹂躏，两个人正在收割燕麦。他们不是农场雇员，而是听天由命的流浪者。除了收割庄稼外，他们也干别的活儿。其中一人来自汉普郡，但是与威尔特郡人一起反对约翰尼·波尔——他曾经喜欢过波尔："他们与许多工人很像……我们从未打败他们……不，我们从未打败他们。"他长得很勇武，又高又瘦，肩膀不是很宽，胸很厚，腰部很窄，他的灯笼短裤将健壮的小腿肚完全显露出来。他的头很小，卷曲的短头发是金黄色的。他的脸颊和下巴晒得很黑，蓝眼睛很明亮，眼珠移动得很快。除了嘴巴（太大、太松弛）外，他的面容看起来很漂亮、健康。他很健谈，不管有多忙，他总喜欢用让他引以为豪的男性嗓音与别人交谈。他像他的镰刀一样精干、坚硬、明亮。首先，他抽出一打稻草，将它们放在地上当捆绑物；然后，他沿着玉米地的边缘挥舞镰刀割了两三码，将割好的燕麦收集在一起，横放在稻草上：当准备好十二捆后，他用稻草将它们捆好，然后将燕麦捆排成两排靠在一起。不可能有人比他割得更快、捆得更好！只有当准备好十二捆燕麦后，他才会站起来，直起身体，此时他像一棵笔直的白蜡树。他一边大笑，一边充满活力地结束前面的谈话。他又接着蹲下身去割另外十二捆燕麦。然后他朝树篱上的一个四加仑半的桶走去。桶里有他自己买的喜欢的食物。除了口音外，从他走路的姿势、态度和谈话可见，他不是一个乡下人。他是一个世界公民，除了辛苦劳作外，他没有妻子、家庭和其他约束。辛劳之后，他开始享受生活，然后又接着辛劳。毫无疑问，他过着一种无拘无束而又勇敢无畏的生活，他热爱这种生活。他的生命力很强，这体现在他的四肢、胸脯、眼睛和大脑中，这种生命力促使一个人去画一幅画，促使一个人将他的生命奉献给另一个人，促使一个人为了一个理念而甘愿忍受贫困，也促使一个人去自杀。等待着他的是什么？成为一颗子弹的靶子？感染一种凶险的疾病？或者在不断增加的年岁、工作、享乐的重压下慢慢成为一个佝偻着身躯的老人？他不在乎。他总是在领悟"一点生活"，从一个城市到另外一个城市，从一个乡村到另外一个乡村。他是一个无与伦比的肉感的人，他无忧无虑地放逐自我，正如大自然将他放逐到这个世界上。他的父亲和他一样，是一个耕童、一个马戏团骑手、一个烧砖人，也是一个在农场打零工的人，"当喝醉酒时，他总是要去找警察。"他又开始旅行，然后失踪。他的妻子走另外一条路，夏天还与她的儿子见面，但是她看起来不像曾经生下这个现在正在收割庄稼的儿子。随着年岁渐长，她似乎越来越像那些早已消失的一代代人，一代代的男人、女人——他们在这些山上竖起了一堵堵高大的土墙。她的脸很小，一直在颤抖，脸上布满皱纹，像一张发黄的旧报纸。她的衣服很破，颜色主要是黑色。她出生在威尔士，却在英格兰生活了五十年。她经常回忆在威尔士生活的年月：她那时候还是个小女孩，骑着一匹小马驹到尼斯集市。她个子很高，也很固执。她轻声哼唱一支威尔士歌曲，依然觉得它很好笑，因为她第一次是从一个又老又穷又下贱的人那里听到的。这个曲子的歌词是："啊，我亲爱的孩子，不要结婚。"她希望再一次躺在她温暖的床上，听着滴滴答答的雨声落在被黑夜笼罩的群山上。当旅行时，尖利的燧石扎着她的脚底，但是她似乎并不感到恼怒，也不打算缓解疼痛，仅仅对于上帝对以下事物的铁石心肠感到迷惑不解：活人们的盛大庆典；丘陵地区荆豆和毛地黄丛中孤独的小路；雾蒙蒙的炎热清晨——此时毛发油亮的灰色、栗色高头大马耐心地等待在庄稼捆之间，等待着收割机被启动，等待着新一天的开始。

一条狭窄、平坦的峡谷穿过灰色的大地，峡谷里有杂草和茅草顶的农舍。一条小河蜿蜒曲折地流过柳树，让周围的世界变成翠绿的一片。到处种植着小麦的南丘突然出现在小河的上方。这儿有一个农场，它高高的黄色屋顶上有窗户，周围的山毛榉组成一个四方形。那儿有一个小村庄，村里的房子甚至连墙壁上都覆盖了茅草，白色的亚麻布在风中飘舞，蓝色的烟雾后面是南丘上的一个巨大的白垩洞穴。几英里内，只有一簇簇鲜红的绣球花、略微呈灰色的玉米地和绿色山谷能够打破雨幕，直到几个砖砌屋顶的农场出现在榆树和果实即将成熟的李树下面，它们组成了一个畸形的小村庄。在一条路的拐弯处有一个谷仓，它站在干草堆之间，被榆树掩映，像一个微型土丘；谷仓后面是被树木掩映的一个红色农场和教堂塔楼；农场前面有一个打谷机，它发出隆隆的声音，冒出阵阵烟雾，一个浑身湿透的老妇人弯着腰，她戴着坚硬的蓝手套，正在接收谷捆。旁边，一个人将一匹马从牧场里牵走了，它的伙伴渴望地望着门口，然后转过身。它再次转回来，几乎要从门口跳出去，但是由于恐惧而失败了——看到它的同伴离路的拐弯处太近。它沿着树篱来回奔跑，停下来听同伴的嘶鸣声，然后，它跳进一座果园，一边疾驰一边嘶鸣。

僵硬、漆黑的蒸汽犁在空荡荡的天空下威风凛凛地作业。透过雨幕，被雕刻在一个山丘上的一匹白马似乎是一个活物。

现在，似乎为了傍晚的钟声和拾穗人的缘故，大雨克制住自己。在湿漉漉的庄稼残梗地里，穿着黑色、灰色和脏兮兮白色衣服的妇女和孩子们正弯着腰慢慢向前爬。他们无心关注钟声及将他们包围起来的潮湿而又温柔的金色阳光。过了一会儿，狂风暴雨再次遮盖了金色的田野和玫瑰色的天空。

因此，我来到一个旅馆里。为什么对于较穷、没有汽车的人，旅馆没有正常的价目表？无论如何，让旅馆老板敲诈富人吧。但是他们为什么对于一个鳕鱼块、或者一块排骨、或者一块来自新英格兰的让人无法下咽的冰冷烤牛肉向我要价一先令九便士，而一只小鸭子的最好部位、一块奶酪和一品脱艾尔啤酒的价格也是

西

行

这样？我曾经问伦敦最有魄力的出版商能否出版一本书，告诉大家关于我们英格兰一些旅馆的事实真相。他说，他不敢做这么恐怖的事情。由于害怕对我的出版商造成伤害，我在这里不提名字；我只想说，十分之九旅馆的收费不仅不可计算，而且要价太高，除非旅客一开始就询问价格是多少，但是这样会破坏他与店主之间的融洽关系，其后果超过他节省的钱。但是另一方面，茶室却很便宜。它通常在一个商店的后面，旁边有一个屠宰厂——甚至现在都能听到屠夫正在让兽皮与兽肉分离。茶室是绿色的，暗淡的光线和雨水从彩色玻璃窗渗透进来，落在以下事物上：一架钢琴、一辆自行车、一把折叠躺椅、一张大理石面的桌子及其上面放着的几个插着枯草的花瓶、一个报纸碎片粘贴的屏风、墙、一张绘有衣着考究之人的爱情场景的日历、一两本书、关于衣着考究的小孩及其动物的图画、地板、散发着难闻味道的湿漉漉的油布。这儿旅馆的装饰被这样一种品位所支配：它是乡村和城镇的混合，因此非常不自然，与店主和客人的需要没有任何关系。

南

国

# 第 *14* 章

# 一栋老房子和一本书

## 威尔特郡

　　这个村庄被人们遗弃在雨幕中，整个世界都属于我一个人。在低矮的榆树林里，暴雨似乎失去了理智。一条榆树林荫道通往一栋大房子，躲藏在里面的绵羊咩咩地叫着，它们身上的铃铛叮当响，牧羊人低沉地说着话。一个山谷的斜坡上长满杂草和珍珠一般的红花草，谷底有一只白鹭在游泳。在山丘的最高处有一个荒凉的农场，周围有接骨木和白蜡树，接着是绵延数英里的牧场（没有路通往那里）和庄稼残梗地，它们向下延伸，经过一处旧营地和古冢，最后到达被水淹没的溪谷——在那儿，黄色的榆树在教堂塔楼周围颤抖，还有红色的农舍、低头哈腰的黄色大丽花和菊花，有一座房子远远地站着。这座房子离南丘还有一定的距离，但是刚好在一个小斜坡的脚下，一座漂亮的金色山丘（每当五月黄花九轮草开花的时候，它就呈金色）耸立在房子的一边，它的坡度最初平缓，然后似乎突然获得了一种向上的推动力，变得很陡峭，最后又变得平坦，山顶是山毛榉树林形成的王冠。下坡时，它缓慢地下降到一片地里，那儿有一块房屋早已消失的地基，因此很粗糙；在角落里有烟囱和一片榆树林，它们都被笼罩在雨雾中。

墙上有一张拍卖商张贴的关于在后面一栋房子里举行的拍卖活动须知的残骸，它很破烂，由于被淋得太湿而无法摆动。拍卖的东西有餐桌、橡树箱子、几盎司的银子、两千本书、画像、风景画、马和猎物的图画。除此之外，还有哪些东西被从那栋红房子里取出来呢？屋子里、窗子后面都很阴暗，就像一具死尸的眼睛，没有声音，没有形状，没有光线。虽然没有观众，匍匐植物依然用光彩夺目的红色和金色来装扮自己，它们在倾盆大雨中不停地跳动、摇摆。也有圣马丁鸟，它们在二十扇窗户前毫无意义地跳上跳下，仿佛在一个充满痛苦和悲伤的房间外面玩耍的孩子们。它们就像持续运转的机器，它们的主人已经死亡，它们也就失去了目标。但是，慢慢地，它们从无休止的运动和一成不变的声音中获得了安慰和平静，它们开始相互欺骗，并且学会遗忘。两百个秋天被永久地保存在砖块的颜色中，但是这一切最终都将徒劳无益。无疑，陌生人会来（希望他们不要来）他们会很高兴，实际上他们会对这里的古色古香感到自豪，但是它应该随着建造这座房子的最后一个家庭成员的死亡而消失。

高大的七叶树的果实被从铁锈色的树叶中抛出来，脱离了蒴果的七叶果黝黑而又光亮，它们在地上滚来滚去，而雨水中的蒴果则像蘑菇一样苍白。落在地上的七叶果躺在那里，没有孩子来拾，收获庄稼的马车将数以千计的七叶果压碎在其车轮下。苔藓开始覆盖在砾石上，为鬼魂的柔软双脚提供方便，也为曾经踏在上面的老人、母亲、少女、孩子、摇摇晃晃的婴儿提供方便。既然他们现在都离开了，每个人似乎都是鬼魂：他们或者愉快地高声说话，或者悲伤地恸哭；他们脸上带着笑容，面部漆黑，头发闪亮，男人棕色靓发的颜色像红鹿的颜色，女人的金色长发卷散发出充满活力的芳香；他们像燕子一样轻快地飞来飞去，无拘无束；他们飞回来，又四处漫游，似乎将什么东西忘在家里了。

我有一次偶然从那条路上经过，然后进了那栋房子。一位曾祖父、曾孙女、她的儿子和两个仆人住在那里面。那位母亲很早就守寡了，于是和她的孩子来服侍那位所剩时日不多的老人。那时候有很多关于有人死在这栋房子里的流言蜚语。几乎每个房间里曾经都有临死床，因为它曾经住满了人。从来没有一栋房子像它这样召集自己的子孙：儿子将他们的妻子带回家，女儿将她们的丈夫带回家，家人会为一对想无限期地住下去的夫妻找理由；因此，房子里面住满了死人。然而，这位曾孙女是违背自己的意志住在这儿的，因为那位老人很喜欢他的这个曾孙女。她是一个漂亮、强壮的女人，她的皮肤黝黑而有光泽，头发金黄，面容很清秀，她走路的步态很自豪，嗓门很大。她在很多人面前都是出类拔萃的，但是她一直待在这儿，对于南丘脚下这所独一无二的房子的各种各样的记忆很痴迷。

除了讲诉他的父亲、祖父、律师、船长、学者（他们的尸骨现在躺在墓园的榆树下）他的儿子们、儿子们的儿子们（他们现在都死了）外，她的曾祖父不讲别的。他记得他们的孩子气，尤其是那些出生时头发是白色的、而临死时头发变成金黄色的男人们的孩子气。他记得所有人的名字，他们高贵的、不同寻常的名字，还记得他们母亲娘家的姓。他也记得他们的绰号——可以写成一本书。他记得最引人注目的传奇，他们最值得记忆的言行举止，甚至他们玩具的名字。当然，他们的传奇不断地出现在整个家族的幻想中。每一棵树、每一块地、每一扇门、每一间屋子都与某个亲爱的、美丽的人有关，与某个人的英勇死亡有关，与他们的出生、行为、死亡相关。

他们中很多人的画像（至少一代人有一幅画像）挂在墙上，除了那位曾孙女外，没有人注意到这样一个奇怪的现象：从一代人到另一代人的进步和衰退。最早的祖先曾经与亨利·摩根去航海、做海盗，他既是热爱生命的人，也是毁灭生命的人。他的后代继承了他的表情和神态。爱和战斗刻写在他的脸上。从他勇敢、从容不迫的神情后面可以瞥见预言家的可悲，正如从灌了铅似的乌云背后可以窥见纯洁的蓝色天空——它上面的白云很稀薄，像婴儿的头发一样摆动。按照这个模型，他后代的神情被塑造，但是它们不是被爱和战斗所塑造，而是仅仅被他的力量所塑造。甚至温柔的女性都在夸示这种神情。它让一只雕在那位老人堆积的雪地里安顿下来；它对那个小男孩纠缠不休，使他除了那张海盗面孔外一无所有，就像一只被关在笼子里的雕。

　　一栋房子就像一件持久的衣服，它能给予生命，也带走生命。如果很合适的话，它立即开始记录我们的日子。它见证我们的悲伤和喜悦；它那默默无闻的墙壁知道我们的所有想法——如果建造者死后这座房子继续存在的话，我们目前的很多想法都归因于它；我们只需看看某个阴暗的角落或者墙纸上的一个曲线就可以唤回记忆；这个角落或者那座山墙引起了许多比星星更遥远的幻想，许多或喜悦、或充满懊悔的幻想。它意识到出生、婚姻和死亡。谁敢说被糅进那些石头里的记录不比铜管乐器更令人高兴？秋天，暮光从一个楼梯窗户里偷偷地溜进去，谁敢说它不是意味深长的？当我们进入一个房间时，我们意识到其布局的合理性，尽管它不服从数学规律。合理使用的话，这个地方会让我们的生命高贵而有序；从另外一个角度说，它是生活艺术最宽阔的画布。它成为我们不可或缺的一部分，以至于我们大声呼喊：

　　　这座美丽的房子是沙子和石头：

在天堂它会是什么？

　　南丘脚下的这座美丽的房子已不仅仅是"沙子和石头。"它
是一个巨人，非常温柔，但是也非常强大，关于这个家庭的全部
传说增加了它的力量。总之，它有让人无法抗拒的魅力。这个年
轻的妈妈记得它的全部传说，热爱它们，但是也反对它们。当她
成长的孩子最初不像她的家族而是她丈夫的家族时，她很开心。
但是，不要！他头发的颜色开始变浅，他的鼻子像她哥哥们孩童
时的样子。现在他已经五岁了，但是与其说他是个孩子，不如说
他是整个家族的化身；他像一个不可磨灭的影像，那位老人对他
顶礼膜拜；别人将孩子身上的缺点当作弱智，他却对此洋溢着热
情。那位老人也不仅仅是一个个体，而是代表着整个家族。现在，
既然孩子在这儿，他很高兴，等待着自我责任的解脱。他的曾孙
女在经过一系列的延迟和借口之后，终于成为遥远他乡的冷漠大
众中的一员——他们不知道这座房子，也不知道这个家庭——
而此时他很满足。他不仅满足，而且发自内心地喜悦，因为一个
叛逆者离开了。

　　白胡子老人和那个可怜的孩子在一起幸福地生活了几年：他
们转向陈年记忆、旧书、旧玩具；他们在那个长方形花园的老路
上散步，经过山毛榉树林，但是不走进去；他们走到丘陵高地，
回到深谷。这两个人非常高兴，非常平静，但是一个星期内他们

的悲剧达到顶峰。小男孩从一棵苹果树上掉下来摔死了。那位老人只能跌跌撞撞地从那个小坟墓走向自己的坟墓。这就是结局，这个结局普通而不引人注目。他们的墓志铭就由拍卖商和大雨代笔。

不管是大雨还是小雨，时断时续的雨还是连绵不断的雨，我都很喜欢，但是我也很高兴能暂时摆脱它们一会儿。我来到一堆孤火旁边，打开一本民谣集。我阅读《白马歌》这首歌谣：

> 啊，她亲爱的女儿说，
> 她苍白而又柔弱：
> "啊，用两块裹尸布将我卷起来吧，
> 把我拖到墙边。"

> 他们用两块裹尸布将她卷起来，
> 把她拖到墙边；
> 但是戈登长矛的箭头，
> 让她受了重伤。

> 啊，她的嘴巴真好看，
> 她的两颊鲜红，
> 她金黄的头发闪亮闪亮地，

但是鲜血从上面滴下来。


他拿着长矛朝她转身；
啊，她的脸色开始变白！
他说，"你是第一个，
我希望能够活下来的人。"


他走过来，再次看着她；
啊，她的皮肤开始变白了！
"我也许应该饶恕那张美丽的面孔
它真讨人欢心。"

"准备出发，我快乐的伙伴们，
我猜想会有不幸降临；
我无法看着那张美丽的面孔
因为它躺在草丛中。"


"我亲爱的主人，谁害怕某物，
某物就会追随它；
决不允许人们说以东·戈登
被一个少女吓坏了……"

我忍不住想知道，发生在一个半世纪前的让古老民歌复原的伟大工作除了让几个科学家和爱好古物者得到娱乐外，还有没有其他效果，既然它对华兹华斯和他同代人的影响已经不复存在。它能否给新派诗歌一种强劲的推力，让它以焕然一新的态度对待我们这个时代的生活及对我们最有意义的过去的生活，正如那些民歌对待它们那个时代的生活一样？这是有可能的，这种淳朴的现实主义叙述诗的典范将不大可能会徒劳无益。当然，它们越是被广泛阅读，它们越是能够获得更多尊重，这不仅仅因为它们以豪壮的风格处理英雄题材，也因为它们的样式通常很美丽，它们表达的悲哀很自然，它们对生活的观察很新颖，它们很喜欢某些细节——它们对文字的罗列有时候就是真正的诗歌。

　　有时候它们的风格与最有名的诗歌相当，或者与后者风格相似，正如下面这一节诗歌：

> 英格兰人让他们的男孩成为自己，
>
> 在他们的身上烙上明亮的烙印；
>
> 看到这种情景很沉重
>
> 闪闪发亮的剑在昏暗的光线下。

　　或者下面这一节：

上帝让那块土地获得解放

解放每一个痛苦、负担沉重的苏格兰人！

我们肯定不再有奶牛和母羊，

我们肯定不再有小马和小公牛。


在有些段落中，诗人仅仅表达他对于邻居身上所具有的某种品质的由衷喜悦，正如下面这一节诗：


他为所有的人准备了骏马和马具，

那些上等好马都是奶白色：

啊，它们的脖子上带着金箍，

他们还有武器，他们都很相似……


顺便说一下，像这样的风格不是经常暴露了个人创作中存在的那些被松散地定义为"民间文学"的痕迹吗？他们废除了那种认为民歌是由许多人按照故事的"因果关系"来创作的观点。实际上，阅读民歌的乐趣之一是：寻找那些向我们显示一个与众不同之人的心灵的事物。下面这个如此说的人就是：


"我梦想着将欧石楠变绿

凭着我对黄色的真爱。"

　　那个服侍了国王七年、只见过国王女儿一次，并且是从锥子孔里看到的那个不幸的年轻人是谁？两个仆人在帮她穿衣服，两个仆人在帮她穿鞋子，五个仆人在帮她梳头发：

　　她的脖子和胸像雪一样白——
　　然后我被迫离开锥孔。

　　他是那个将"梳她金黄色的头发"这句话在民歌中变成常规的人吗？
　　到底是什么样的诗人让《比威克与格雷厄姆》这首民歌具有了一种与众不同的色彩？在这首民歌中，父亲将他的手套扔在地上以示对儿子的挑战，儿子弯腰把它捡起来，并且说：

　　"啊，父亲，把你的手套再戴上吧，
　　风将它从你的手上吹下来了。"

　　在同一首民歌中，父亲赞扬儿子与他的朋友的争斗取得胜利，但是儿子却厌恶那场争斗——如果父亲们喝酒的时候不吵架，这场争斗就不会发生。儿子说：

“父亲，你不能在家里喝酒

让我和哥哥成为我们自己？”


有时候在整个民歌及其每个细节中都可以体会到诗人的思
维，正如下面三节诗歌所显示：


啊，希望女士们坐得更久一些，更久一些

她们手里拿着扇子，

否则，她们就会看着帕特里·克斯宾塞爵士

朝这儿航行。


啊，希望女士们站得更久一些，更久一些

她们头上戴着金梳子，

为她们亲爱的主人恸哭，

因为她们再也见不到他们了。


在阿伯丁的海港上，海港上，

大约五十英寻深，

那里躺着帕特里·克斯宾塞爵士

苏格兰的勋爵们躺在他的脚边。

南

国

这首民歌是我们这个岛屿特有的，没有人能够否认这样一个事实：它的某个作者曾经是当时最好的叙述诗人之一。

# 第 *15* 章

# 一个流浪者

离"白马"旅馆不远处有一个河滨小镇，许多芦苇和大麻叶
泽兰的紫色花朵在小河里随风摆动。小镇的商店可能是我在威尔
特郡遇到的最后一些商店，我突然想到，在离开乡村之前，我想
尝一尝猪油果子饼——我上一次买这种饼子是十五年前在罗顿。
六十年前，理查德·杰弗里斯的祖父是温斯顿老城的"猪油果子
大人"，因此他有关于那些黏稠、香甜的猪油油酥点心的鲜活记
忆。在他的巨大烤箱里聚集了所有其他蛋糕、派、果馅饼等的精
华，它们能够与猪油果子饼一起烘烤。在《牧羊女在集市》一文
中，猪油果子饼被轻蔑地提及，并且被认为是牧童的佳肴。一想
到它们，我就开始流口水，因此在第一家蛋糕店里，我就想买一
些。面包师傅告诉我他已经卖完了最后一块。他是一个矮个子，

头发、胡子花白的人，脸上有一种虚情假意的从容。无疑，他肯定是他所在教堂的台柱，也许是财务主管。他告诉我，他要到第二天早晨才会有猪油果子饼，又拼命地劝我相信除了他之外，没有一个他的同乡能烘烤猪油果子饼。我不相信这个正在揉面团的人，因为他有意识地想要在脸上显露出聪慧、品德高尚的表情。我的不信任得到了回报——我在离他那可恶的门槛不远处用三个半便士就买到了四个猪油果子饼。我现在第一次发现，除了味道好、容易咀嚼这些优点外，一次只吃一张猪油果子饼就足够了；因此，四张饼可以支撑一个人在英格兰的公路上走很远。

在接下来的一个旅馆里，三个工人和他们的店主在激烈地讨论一个不在现场的人。

"是的。"一个严肃的赶车人说，他将鞭子放在柜台上，"本周已经有三个流浪汉到他家门口。从他们的表情看，他们是要饭的。"

"我知道有一个人不是。"店主说，"他来过这儿一次，想要找一份工作，然后没有喝酒就离开了。去过斯泰格波特旅店后，他就直接来这儿了，他点了一品脱淡味啤酒。我听说他让一个在那栋房子后面的一块糙地里干活的一个小伙子和一个女人在他那儿睡了两个晚上。你认为牧师应该知道这件事情吗？他是干什么的？他看起来已经够穷了。"

"我不知道。琼斯先生是个热心人。有一天他在马路上拦住我最小的女儿，给了她一便士。他量了一下她的头发，告诉她说有一天她的头发会长及一码。他们告诉我他的地板上没有地毯，他也没有客厅，他甚至连一个抽屉都没有。邮递员说他也没有手表、闹钟。他是干什么的？"

"我想他是疯了。"第三个人咯咯地笑着说，"如果他疯了，我不介意。自从他来这儿后，我就不需要在家里喂我那条老狗了。他自己也不吃肉。纳什寡妇曾经计算过，她说他一周花四先令——"

"一先令在这儿是正常的。"店主插话道。

"在食品杂货上的花销包括一先令六便士的土豆。他每周要买四块大面包，我知道'克鲁格'吃的肯定超过一半。"

"他每两周到邮局买两先令的汇单和一便士的邮票——"

"有点疯，先生。"一个睡眼惺忪的高个子男人走进来说。他后面跟着一个温顺的矮个子女人，身上看起来有很多灰尘，穿着很破旧，但很整洁。高个子男人将酒杯给她，但是里面的酒几乎被他喝完了。

"不错啊。"他一边咂着嘴一边大胆地说。

"是的。"店主无精打采地说，这时赶车人离开了。

"似乎每个人都去看花展了。"这位入侵者接着说，"我也想去那儿。"他又看着自己的靴子说，"但是治疗脚痛的最好方法是在有锯末的顶楼待三天。"

他的妻子叹了一口气。

"那个重二十三英石的胖女人。"她的丈夫对她说，"是我的一个远房表姐。我也在展览会上工作过。真是奇怪的工作，但是比在酿酒厂的破屋里工作要好。我和我的妻子要走了，因为我们起得太早了，点了太多的蜡烛。"

当提及那个胖女人时，那几个工人的兴致被提了起来，其中一个说："他们说胖女人几乎不吃任何东西。"

"黛西吃得很少。但是你看，她的食物对她有好处。没有被浪费的。"

"是的，她的食物也同意。"

妻子叹了一口气。

"现在，这是我的老婆。"丈夫说道，"她是这些漂亮调皮的跳舞女孩之一，她们每个月可以拿到十五先令。但是她的食物不能滋养她。我哥哥过去常常在公共场合为了一品脱的啤酒而大笑，他会一直笑到他们给他一品脱为止。"

"哦，我可以喝完一品脱后笑。"他的妻子说，"但是我也很容易哭，我很担心。在西站的快车厢里有很多走来走去的痛苦灵魂。"

"我从来不担心，夫人。"一个工人说，他嘴巴肥厚，嘴里衔着一个短烟斗，头抬得很高。

"是的。"丈夫说，"我的老女孩住在肥沃的土地上，但是总是很瘦。她的食物不能滋养她。在这个世界上，无法令人满意的消化道比任何其他事物都更有危害性。我想让她尝试着以烟斗为生。"

"像那边的琼斯先生吗？"一个工人说。

"琼斯先生？什么？我的朋友威廉姆·琼斯先生吗？"高个子男人问道。

"他是你的一个朋友？"店主的好奇心战胜了他对于这个人应该保持的天然谨慎，因为后者是个卖眼睛的，他的每副眼镜卖一先令。

"是的，我不介意让你们任何一个人知道。我很高兴看到他安定下来。他是公路沿线唯一一个今天没有去看花展的人。"这个高个子现在又点了一杯酒。说话的时候，他并没有将酒杯递给他身后那个矮小整洁的女人。他很高兴大家能够这么有礼貌地利用他，也被酒精弄得很有热情，于是就给大家讲述他朋友的故事，矮个子女人在旁边帮他，店主和工人们给他的故事润色。我在村子的几天，琼斯先生自己又将那幅图片补充完整。

那个喂邻居家的狗、让乞丐满意地离开、给孩子们礼物、一个星期以六盎司的烟叶为生的人是康沃尔郡的泽诺人。"对于货郎来说，康沃尔郡是个好地方。那里没有多少镇，而且每个镇的距离都很远，因此人们对货郎还不习惯。但是当你沿街叫卖的时候，你一定会得到最好的待遇。"他曾经在南丹佛的一个小镇上给一个鞋匠当学徒，有一段时间他作为助手在那里从事这个行当。他很擅长拳击和摔跤，也是个好斗者，尽管他不愿意跟别人吵架。但是他也是个很奇怪的年轻人，对人爱憎分明。有一天，他丢下一只靴子，走到街道上，抓住一个年轻人的胳膊说："对不起，先生，五年来你几乎每天都从这个鞋店经过，我再也无法忍受了。"于是，他打了那个年轻人一顿。他被关进监狱，失去了工作，于是就去海上。他在海上、国外待了六年。他离开大海仅仅是因为折断了一只胳膊，最终他的胳膊被截肢至胳膊肘以上。他变化很大，很多人认为他疯了。他离开医院时是十二月，天气刺骨的冷，身上只有五先令，但是他花费这笔钱的方式真是糟透了。整整一个星期，他每天都去买三块面包，然后去喂鸟儿。那个星期结束的时候，他不得不去济贫院，在那儿一直待到春天。就是在那儿，他偶然遇到这个讲述他故事的高个子。他们一起离开，有一段时间他几乎靠乞讨来养活两人——他缺少一只胳膊，这确保他的乞讨能够成功。然而，他并非完全符合他伙伴的要求。当他们在一个前不着村后不着店的地方，他们的目标是到达一个小镇、找到足够的钱支付房费的时候，他却停下来，吸着烟斗，欣赏周围的景色。他会站在一个树篱旁边，花一小时的时间将泻根属植物的那些迷失方向、有爬到路上的危险的枝条解开，然后将它们送回到榛树和荆棘上——它们的伙伴在那儿蔓生。他对此感到很满意。他也愿意当那些他在路边发现的羽翼未丰、无依无靠的鸟儿们的义父。有一天夜晚，他睡在一个谷仓里。他无法被劝说离开，除非弄明白一个问题——是将一只对苍蝇极有胃口的蜘蛛杀死好，还是将它交给命运好？他从蜘蛛网上挽救了几只苍蝇，然后出于对蜘蛛的同情，他又给了它几只死苍蝇。但是他发现这些死苍蝇不符合蜘蛛的口味，这个难题最终悬而未决。他伤心地上路了。几乎与他的同情心相当的是他对工作的怨恨和他在道德方面的胆怯。没有什么事情能迫使他去工作。他如此胆怯以至于如果他向第一个家庭出售蕾丝遭到拒绝，他就不会在整个村子或者小镇上尝试。但是如果他需要某物，而恰好别人有的时候，他对偷盗也没有顾虑——他甚至会暗示对方他会诉诸身体暴力。但是他仅仅偷盗生活必需品，没有贪婪之心——通常是那些受害者不是小偷而更贪婪。很少有人能够像他那样把闲暇利用得那样好，也许再也没有其他无所事事的人对同胞的伤害比他更小了。有钱人也许可以从他身上学到很多教训：他们必须不断地射击，不断地疯狂地开车，不断地干涉政治，不断地堵塞人行道；不管多富有，他们无法不对他人造成伤害。这个人可能用钱很有方：他可能会将钱捐给他人。

　　他对被驱赶的奶牛越来越同情。当它们望着他时，他也会经常盯着它们的眼睛看；慢慢地，这进一步缩减了他的生活必需品——他不吃任何肉食。因此，他的同伴发现他徒有一只胳膊却

那头白色的小母牛

没有什么利用价值，于是就离开了他，与他相见的时间间隔也越来越长。直到现在，琼斯才回忆起一个恐怖的场景——它一直在他的大脑中保持休眠状态，在他还是孩童时就让他恐惧。他和其他小男生有从墙上的一个洞里偷看一个屠宰场的习惯。他们观看屠宰、剥皮和切割，直到对微弱蜡烛下的呻吟、尖叫、潺潺流血声、嘎吱嘎吱声，对鲜血、白脸和刀子变得习以为常。有一天，一头来自五月牧场的新鲜小母牛被领进屠宰场。她浑身上下，从闪闪发光的玫瑰色蹄子到牛角的顶端，干净而又明亮。走路时，她不停地摆动着牛角。似乎她的呼吸使她的周围变得神圣，正如照在人类面孔上的光线一样。她安静地站在那个黑暗、潮湿、破败不堪的地方，但是由于前途未卜，她一副若有所思的样子。光线仅能从结着蜘蛛网的格子窗的栅栏上透进来，照在她洁白的脸上，而高大的屠夫和愚蠢的助手则处于黑暗中。助手的手里握着一根系在小母牛脑袋上的绳子，他拉扯着绳子，让母牛低下头以更好地攻击她。那两个人并不着急，因为小母牛很安静。他们谈论着地方自治的问题。谈话结束后，那个傻瓜试图将她拉到一个合适的位置，但是他似乎无法让小母牛明白：她的头必须被拉扯得很紧，稍微向橡树柱子靠近。他最终轻轻地拍她的肋腹，温柔地对她说"过来，黛西"——他似乎在对一个女孩儿说话。他达到了自己的目的。小母牛哞哞地轻声叫唤，然后低下头。袭击很快降临，她滚到地上，屠夫立即将腥味很重的血放出来。

那头健康美丽的野兽，那熟悉的"过来，黛西"，那次袭击、还有那气味，它们经常出现在琼斯的脑海中。他不再吃肉，但是也没有试图改变他的宗教信仰。他仅仅是越来越深地退回到对大自然的单纯热爱中。他似乎将鸟儿与花朵，还有爬行的、奔跑的动物当作尚未发育完全的小小人类——它们很幸福，很有魅力。他无限温柔而又喜悦地望着它们，只有与它们在一起的时候他才感到舒适自在。当大自然将自我呈现给他的纯朴的感官时，他发现，大自然芳香四溢、色彩缤纷而又生机勃勃，她是个快乐的社区，然而大多数人却无法与她和谐相处。有时候他好几天不说话，在树枝下想着"绿色思想"，他无意识地得到这样一个结论：应该有这种和谐。他热爱大自然也是因为她不模棱两可，不撒谎，

南

国

不挖苦人。他坐在流水岸边的花丛中，脸上带着幸福的满足感，即使在最友好的餐桌上这也很少见。他并没有从大自然中得到什么哲学思想、大道理、高深的观点、改革的方案，他仅获得了一种智慧，亦即：高兴地、健康地、简单地生活。

我敢说现代性就在他的血液中，但是似乎没有人不属于我们这个时代。他不懂历史和科学，也不懂文学。他需要用自己的眼睛和心灵来弄清大地。他无法表达，但是感觉他所触碰的一切都是上帝。神话、宗教对他没有任何价值，也没有象征物可供他利用。他在空气中、大地上猜测到的、闻到的、品尝到的诸神既无名也无形。要是他能够思考的话，他将会是那个将我们这代人放到创造全新神话的路上的人。据我所知，他有眼光，有观看者的力量，但是缺乏预言家的力量。哪怕稍微具有一点预言家的力量，也许他就会入侵基督教世界，正如圣保罗入侵异教世界一样。虽然他无法思考，但是我并不认为他就是一个十足的失败者。未被思想困扰的眼睛观察事物的时候就像刚刚被擦亮的镜子。例如，除了他面前的迷雾外，沉思的人在夜晚什么也看不见；但是如果他停止思考，他就能看见公路、墙壁和树木。因此，这个人就像安吉利科一样看得清楚。在他的记忆中，紫罗兰、玫瑰、树木和面孔都很清楚，似乎在他的大脑中有另外一个太阳来照亮它们。他只需要闭上眼睛就能看见这些事物——一长列数不清的白天，它们的花朵、它们在空中或者树枝上的鸟儿。这一切他无须任何花费就可以拥有。他仅仅使用可以让他挣得所需面包，偶尔是衣服和一个烟斗的劳力。他并非仅仅向大自然和文明要求施舍。他对花朵、鸟儿、孩子和更穷的人做了很多善举。他远离痛苦、悲伤，死亡也不会让他痛苦。正如他没有宗教信仰，他也没有爱国心。他没有国家，不知道他人和大事件。一个看到他没有什么缺陷而又无所事事的人问他是否愿意为他的国家做一点事情，他回答道："先生，我不像你那样有国家。我一无所有。我知道我的人民过去没有国家。我羡慕这些有国家的人，因为作为一名水手，我曾经去过许多国家，但是从未有一个能够打败英格兰，更别说西部乡村——现在是割晒干草的季节。"

他继续乞讨，却不感到良心不安，而且总是愿意将他的一切都给更需要的人。现在，他运气稍微好一点，一个星期有十先令的收入。他在村子里租了一个房子，给他的花坛锄草，但是让他的菜地变成狗儿们的床。有时候他对自己单调的三餐感到很厌烦，他就绝食一两天，把他的食物给鸟儿和老鼠，直到再次有好胃口……

他在村子里待得不长。他很害羞，对别人保持戒备，除了小孩外，没有人喜欢他。他又开始旅行，现在依然在路上。但是和大多数流浪汉不同的是，他走在最简单、最和善的小路上和绿色的小径上。他也许是最睿智的一个人，不在意暴徒、法律及所有我们这些被空虚的商品所误导、迷惑的人。在他完满生命的最后一天，他将不会陷入俗事的漩涡中，而是准备好离开。他是一个浪迹天涯的人。

# 第 *16* 章

# 夏季的结束

南
国

那条路再次朝南丘攀升。广阔的庄稼残梗地上留下了几条长长的棕紫色的犁痕。七个犁工作组和他们的赶车人或骑马或步行，他们正在慢慢地从小路上穿过斜坡朝山下走去，雨中传来叮当叮当的响声。高处是一个德鲁伊特沼泽地，它的边界处是山毛榉树林，有几条下陷的道路和杂草丛生的小路从其中穿过。这里的土地上到处都是鼹鼠和绵羊。在一行疲惫不堪的冷杉树的尾巴处靠着一个牧羊人，他穿着一件帆布披风，他的黑脸羊群在矮小的荆豆丛中和白色雨幕笼罩下的古冢之间发出单调的叮当声。这些穿过丘陵和开阔地的古道和现代道路未修筑之前一样，在罗马人到来之后它们少有改变。但是有些古道被完全丢弃给小神灵，让他们保护，这真令人惋惜。有一个人比他们更强壮，任何一个看到希尔人和科金人将骨头、餐具、罐头盒、废纸丢弃在附近的古道上、将它们当作垃圾桶，或者看到栽在格斯特路边、华兹沃思公地上的小树上的深长伤口，或者看到彼得斯菲尔德北部那条被无数代人踩踏得筋疲力尽的小路的入口处，或者看到刚刚被出售的附近小山上小径两旁的树木被带刺铁丝网拦着的人都可能知道他。如果一个反社会的、拥有土地的公民除了将一条小路仅仅当作脚走路的地方外，有权利将它变得令人无法忍受，那么人人都有使用一条小路的权利这一规则的价值何在？建造房屋的人获得了允许阳光从他的窗户进入的权利。难道一条小路的使用者在半个王朝或者更短时间内就不能获得观看树木、天空（小路用自己特有的方式将其给予他们）的权利吗？至少我希望小路在短时间内不再被定义为将一点与另一点连接起来的、只有长度没有宽度的一条线。有一天当它们像历史、风景名胜那样被利用，像村庄、房屋一样从一双手转入另一双手时，除了保护人们有在某一草带、泥带行走的权利外，还需保护人们享有更多的权利（如果这种权利保护能够发挥作用的话）路权必须要变成观光权和古老的采光权。通过强制实施这些权利，有些地方的高山也许可以被挽救，正如亨利·索尔特先生所希望的那样（见他的极为有价值的书《论威尔士人及威尔士山》。与此同时，希望他的批评不要被观光客（他们在针叶谷留下了一系列午餐包装纸之类的垃圾）所忽略，因为真正有效的反对将"我们的高山"献祭给商业及其他自私自利行为的呼声不大可能源于一群能做出此种行为的人。

　　路边的那些草地、无人区花园（虽然只有几英尺宽，却有几英里长）为什么它们要么被当作汽车灰尘容器，要么被一个正在更新篱笆的地主当作自我私有财产的附加物？这些白色道路的绿色姊妹们曾经像小河一样美丽、凉爽、清新，曾经给许多令人生厌的故事带来了亮色。但是现在，由于害怕没有灰尘的空间，他们正在将经常夜宿在那些地方的吉普赛人赶走。懒惰的区自治会目前非常焦虑，想要以牺牲邻区的利益为代价来摆脱它自己的困难——它不关心别人的利益。它要派遣自己的警察去那块一公顷的公地上将疲惫不堪的马儿和睡觉的孩子们驱赶走。这块公地曾经很神圣——它对于什么很神圣？祭坛？雕像？喷泉？座位？不，对于一个庄严的告示牌来说，它是神圣的。半个世纪前，这块公地被以宽厚的条件移交给一个野鸡园主，现在变成一块无用之地。吉普赛人不得不离开。要是给他们一块地过夜的话，你就会被认为是社会的敌人，甚至是一个共产主义者。吉普赛人会从一个教区驱赶到另外一个教区，最终变成定居在城里的邋遢、堕落的流浪人。在城里，他们失去了美丽和勇气，并且增加了所在区的困难。但是如果他们被关在一个笼子里或者院子里，需要付钱才能观看的话，许多人将会掏钱去看他们棕色的面孔、明亮的眼睛、环状的帐篷、马儿及对大众的淡漠态度；几年后，对这些事物的模仿将会在城市的庆典中受到称赞，而现实已经不复存在。

杂草丛生的小路与沼泽地一起在一条公路旁边的池塘边结束。小路的一边有六栋茅屋顶农舍，它们周围种着悬铃木、白蜡树和榆树；另外一边有一个灰色的农场和巨大的谷仓，它们被长长的院墙围起来，院墙顶的茅草上长满了苔藓；燕子在树木周围慢慢地飞翔。

　　最初，山毛榉排列在高低起伏的公路两旁，它们经过一个教堂（里面爬满常春藤的墓碑是为了纪念柯尼什姓的男人）直到到达一个旅馆和一棵悬铃木——它们分别位于一个盘根错节的树根根底的两边。然后路两边都是白蜡树，湿淋淋的稻草堆呈橘黄色，远处是一块开阔的玉米地，那里耸立着一连串的山峰，那又是伟大的南丘：有些山顶上覆盖着树木，有些光秃秃的。在北方，一系列树林覆盖在高低起伏的大地上，像脊柱；一片古老的森林从东延伸到西，很像南丘。到处都有喝醉的田凫在犁沟里哭叫，数千只秃鼻乌鸦和穴鸟在庄稼残梗上空盘旋。白昼即将消失，它却变得更加温柔，并且呈金黄色。现在雨停了，在湿润、清晰的空气中，美丽的南丘不允许你的眼睛游离到它们之外。最初，当太阳出来的时候，到处都是明亮的银色，数英里内的白云都在他的制服里欢呼；太阳底下的南丘是紫罗兰色的，除了将它们长长的弓插入天空外，它们没有形状。主要是向北绵延的树林被温暖的太阳光线所美化，树林里有林中空地、闪闪发光的庄稼残梗、树篱、飞翔的林鸽和深棕色、奶白色的奶牛。湿漉漉的路也闪着蓝光。但是当太阳逐渐落山时，光线从天空中一片阴郁森林里的一个明亮洞穴里洒向南丘，南丘的两侧呈橄榄绿色，此时它们的轮廓非常清楚。一连串的树木从一个山顶流动到另一个山顶，似乎是将许多山毛榉树丛连接在一起的骑兵团；因此，它们似乎一直在移动，并且加入山毛榉树丛中。最重要的是单纯的轮廓线所呈现的抽象美（外加它的恬静、荒凉、遥远）这一切深深地吸引着眼球，直到那些山丘最终感到十分惭愧，于是它们开始向四周扩散，成为血染的平静天空中日落仪式的一部分。蓝燕在我旁边沿着这条沉默的路慢慢地飞。最后几束光线降福于一块公地上，奶牛在上面吃草，一座座低矮的白色房屋和一排上面长满地衣的奇形怪状的酸橙树（树干漆黑、叶子金黄）包围着它。孩子们在玩耍，一只铁砧一直在响。

紧随着寂静的蓝空和寒冷的暮光而来的是霜花。迷雾中的拂晓呈淡紫色，结晶的野草若隐若显，湿漉漉的榆树是深蓝色，但是红屋顶上方的树枝却被染成黄色。一切都尚未苏醒。小河上蒸汽沸腾，四周有隐身的白骨丁在叫。渐渐地，白色的圆云朵（非常模糊，似乎天空在梦中遇到它们）嵌入迷雾中；阳光开始变热，一阵风加入其中，它们一起吮吸着、驱逐着秋天的第一片落叶；杂草和去年的忍冬开始发亮。

为什么没有雨燕在这儿飞翔、叫唤？我们对于时日不多的一年中的这些阶段感到苦恼。在这样的一天，我们梦想着时光不再流逝。我们想要保持那些收获的日子，但是我们已经失去了它们；但是当蒸汽机引犁犁那些有光泽的农作物残梗的时候，我们想起了它们；我们渴望着有一天温柔的北风仅仅让一簇簇的山杨叶子摆动，而树枝却一动不动。在凉爽的白色路上，坚果丛低垂着，似乎在做梦。小山上的橡树林里只有林鸽的声音，偶尔传来一只雨燕的尖叫声——他在朝北方高山上的山毛榉树林和啤酒花园勇敢地飞去，就像一个一边离开一边挥舞着剑的人；这也许是八个多月里他的叫声能够被听到的最后一天。一些大麦麦秆挂在榛树上，有些榛树叶已经变黄了。事实上，对于不完全满足于平静的、芳香的空气以及事物的完满状态的人来说，秋天似乎不错。

在一个十字路口处，一个小岛在这条路和其他三条路之间形成。小岛上有一个烘房，它的上面有两个柔和的圆锥体和倾斜的白色烟囱帽；它的旁边是一个用砖瓦盖的简单马车房，隐约可见里面四轮马车的巨大车轮、弯曲的支柱、用木头草率砍成的柱子及其后面笔直的轴。还有一个破旧的红色农场住宅，它虽然与以上事物组成一个整体，却被一条路分开。农场住宅的木材和砖瓦已经无法区别，屋顶窗、低处的窗子和门都有白色的边缘，深红的蜀菊和向日葵耀眼的圆盘从后面侵入住宅。大门后面立着四个干草堆，它们的茅草顶闪闪发光；一个颜色暗淡的干草堆被塞进一个巨大的楼梯间。

请注意一下堆料场的门。它有五个普通的橡树栅，有一个斜栅从最低端靠近合叶处开始斜穿过这五个栅直到对边的上端。还有一个成直角的横档从上到下将门分开。顶部的栅使这扇门与在工厂里制造的许多类似的门有所不同，尽管在肯特郡也有许多这样的门。这扇门往合页边处逐渐变厚，然后突然加厚许多，因此很像枪筒和枪托。肯特郡、苏塞克斯郡、萨里郡和南国的最好的门在样式上与此门有类似之处。在路的边缘有歪歪扭扭的木瓜树，它朝一个绿色池塘和黄绿色的笔直芦苇倾斜；四匹拉车马（三只栗色、一只灰色）被集合在一棵庄严的核桃树下。

这些事物将自身的力量与沉默的力量和远处蓝色、玫瑰色夕阳下树木的力量混合在一起。一列火车逐渐消失的轰鸣声撞击着远方沉默的陆地，最终被后者吞没，就像被沙子吞没的泡沫，但是它给壮丽的黄昏增添了一份战利品。

夜晚结束了，白色的黎明被从变幻无穷的灰色云褶里抛出来，涌向露珠。显然，秋天隐藏在绿色、金色啤酒花丛中那条悠长而温暖的小径上的某个地方。烘房似乎在等待牧场上的橡树和陡峭树林中的山毛榉的颜色与它达成某种和谐。有各种鸟儿的歌声：黄鹂的歌声让人昏昏欲睡；知更鸟在有黄色斑点和条纹的果园里唱着忧郁的歌；四处流浪却来无影去无踪的柳莺的歌儿很甜美，但是它的嗓音残破，歌的内容早已被遗忘；孤单的红腹灰雀一边飞一边唱着感伤的调子。突然传来鸫鹩的抒情歌，但是它无法在大地那里激起相当的活力——大地现在低着头，很安逸，像一头被拴在挤奶栏里的奶牛，它的乳头低垂，津津有味地咀嚼着稻草。不久，牛奶和蜂蜜就会溢出来。收割机飞快地旋转，发出呼呼的声音；车轮修理工已经修好了四轮马车的车轮，在车轮边缘打了补丁；马车停在车棚外。

斜坡上四分之一的小麦已经收割了。傍晚，禾束堆竖立在银色的残茎上方，仿佛洒满月光的海面上的石头。未被收割的玉米地像黄褐色的海滨。四周很安静，恬静的夜空跌落到大地上。成熟美丽的得墨忒耳站在八月的大地上，她是无与伦比的。这让人想起一个诗人，他说，他曾经遇到一个少女，当六月的南风吹来时，她像一块绿色草坪上的喷泉；她的微笑让人难以忘怀，就像一年中第一个安静、温柔夜晚的一弯新月——只能从漆黑的山丘上看一会儿；她的步伐比漫漫隆冬夜与朋友坐在火炉边喝的上好艾尔啤酒更能让血液沸腾。但是他现在遇到了另外一个少女，当他与她在一起或者想着她的时候，他对周围的一切都视而不见、听而不闻了。

几天后，树篱上的泻根属植物的叶子变成了浅黄色。到处都是秃鼻乌鸦，像所有其他声音，像所有黄铜色、玫瑰色、金色的树叶一样，它们的呱呱叫声被一直持续到下午的迷雾包围住了。温柔的细雨下了一整天。在半山腰的啤酒花种植园里，妇女和孩子（他们穿着红色、白色、黑色的衣服）组成的两行长长的队伍正在收获金绿色的啤酒花，就像正在收获一片叶子上的毛虫。白烟被不断地从烘房里吐出来，在田野里到处漫游；在温柔的雨雾中，它们像弯曲的羽毛；它们的味道苦涩，因此不宜久闻。啤酒花干燥工已经在烘房的两个圆锥体里点燃了由威尔士煤炭、硫磺石和木炭为燃料的两堆火。他将他的稻草沙发铺在地上，在繁忙的白天和夜晚，他可以抽空在上面睡觉。烘房由两个白色的砖砌圆锥体组成，火在两个环形室内燃烧。圆锥体的一边与一个砖砌建筑物连在一起，它有两间大屋子，一个屋子在地面上，啤酒花干燥工在这儿睡觉和照看火，将这两个屋子分开的木柱子支撑着高处的那个屋子。高处的屋子就是烘干室，可以爬梯子上去。这是一间美丽的屋子，橡树木板由于小心使用而被磨得很光滑，现在上面有金绿色的啤酒花留下的淡淡痕迹。屋顶很高、光线很暗淡，上面架着椽子。光线从屋子一边的两个低矮的窗户照进来，另一边有一扇门，来自种植园的啤酒花被从此门送进来。四轮运货马车在门下面等待着，上面装满了污渍斑斑的松散啤酒花袋子，马车夫和他的伙计将它们举起递给干燥工。地上有两个小梯子通往圆锥体，在那里，啤酒花被悬挂在窑房上方的帆布地板上。圆锥体内烟雾缭绕，它们杀死了烟囱帽下面鸟巢里的小燕子——它们的父母不断地回来，但是已经不敢降落在它们以前的栖息地了。被干燥后，啤酒花就被抛洒在那间大房间的地板上，干燥工不停地将四处散落的啤酒花扫到一起。他强迫那些啤酒花从地板上的一个洞里进入一个袋子，袋子放在底下屋子的地板上。他努力干活，不停地朝这些袋子里装啤酒花，当袋子装满后，它们就会被封口，此时它们像木头一样硬。干燥还没有完，但是鼓鼓的袋子已经占了半个屋子。孩子们已经对采摘啤酒花感到厌烦，他们来到屋里欣赏啤酒花袋，遍访屋子的每个角落，还包括旁边的粮仓、破旧的绵羊铃铛、落网、石弓之类的东西；农场宅院、谷仓是神圣的，除了这个时间外。几分钟后，太阳出来了，它来到迷雾上方、榆树后面；它虽然颜色鲜红，却样子丑陋。现在是黄昏时刻，可以听见最后一辆马车的车轮声和马蹄声，它们到达，又慢慢地消失。日子一天天地过去，火一直在燃烧。圆锥体上插着羽毛般的烟雾。一切都是黄绿色。正在干燥的啤酒花闻起来辛辣刺鼻却夹杂着芳醇，很难将其味道描述为别样。最后一个袋子被扎紧了，一些凳子被放到屋子周围，一张桌子被放到屋子的一头。主人要放弃农场，他靠在桌子上，给每个采摘者、拔柱子者、过秤员支付工钱。他对每个人说一句话，对女人们说些俏皮话。艾尔啤酒、杜松酒和蛋糕被端上来了，农场主让妇女、一两个老人留下来吃蛋糕、喝酒。女人们穿着破旧的黑色衬衫、颜色发白的宽松上衣，她们跳一两步现代或美式曳步舞。一个喝醉了酒、摇来晃去的老人让人想起往昔的踢踏舞，有些人嘲笑他，另外一些人翘起他们的红鼻子。明年，啤酒花将被连根拔起，那位老人将被赶出他的小农舍——他已经七年没有付房租了。但是现在有蛋糕和艾尔啤酒，农场主一边打嗝一边欺骗他们、向他们许诺：

他的继承者将继续种植啤酒花。

# 汉普郡

今天是个好天气。这儿有一块稍微高低不平的绿色公地，较低的一端长满杂草和灯芯草，那儿有一个池塘，因此公路的边缘很潮湿。较高的一端星星点点地分布着矮生植物和普通的荆豆，它们中间耸立着许多坟冢——长满绿草和荆豆的土堆，顶部经常有几棵阴郁的松树。这块公地很小，每边都有一条路，一条路旁边有一排普通的新房子；坟冢之间有一个高尔夫球场；在一个地方，一块方形地被犁了，四周被一个人加了篱笆墙。但是沙土质的斜坡很好看：在一个地方，它断裂了，形成一个低矮的悬崖，上面悬挂着水珠，周围生长着荆豆——这一切让这个地方有一点像荒野，它也许依然值得拥有"石楠荒原"这个名字。对这个地方产生最大影响的是坟冢：它们低矮、光滑，有一两个坟冢上几乎没有草，有些坟冢上的草被清除了，没有任何关于它们的传说。然而，它们给这个地方增添了难以言表的魅力、威严，还有忧郁；它们让这几英里变得无限宽广，其他同样大小的土地无法与其相比。据说不远处就是石楠荒地，在那儿南丘被三英里的耕地和一个覆盖着山毛榉的矮小山丘所分隔；一个山丘上有一条白色的小路，它沿着黑色树林的边缘向上蜿蜒攀升。在十月的潮湿空气中，南丘严肃、温柔、近在眼前。南丘一直在视线中，甚至远至钱克顿伯里境内塔楼形的海角都能被看到。

第二天一大早，乞丐们陆续到达，他们要么坡脚，要么眼盲；有些拿着乐器，有些没有拿。当然，他们的首领是那个没有双脚、似乎不需要他们的人。他看起来很活跃，坐在有四个轮子的厚木板上，木板将他悬挂离地大概一英尺。很多身体强壮的人挣的钱都比他少。当他四处移动时，孩子们很羡慕这个坐在轮椅上的饱经风霜的动物。他头发花白，胡子花白，戴着整洁的黑色帽子，穿着白色外套，活像一个有生命的玩具；但是他的声音低沉，手里拿着一个六角形手风琴，一个罐头盒里装满了一便士、半便士的硬币。

这些不知羞耻的奇物排列在主要入口处。人人都要去集会，除了几个衣衫褴褛的家伙外，他们向大众分发蓝色纸张（上面写满歌舞杂耍表演的民歌曲目）并且悄悄告诉你一些不得体的歌让你选择。另外一个精力充沛的人正在发传单。他很胖，一副自以为是的样子。他的胡子是黄色的，带着高高的硬帽子。从一个器官发出的赞美诗与另外一个器官发出的"将我放到女孩子中间"的声音混杂在一起，夹杂其间的还有那个失去双腿的人的罐头盒发出的短促而又尖厉的声音。

集会的主体由一个林荫道、两行帐篷和售货棚、绕行路线、活动现房、双轮轻便马车和被拴住的矮马组成。一群穿着黑色衣服的妇女在两排帐篷和售货棚之间走来走去。空气中混杂着各种声音：器具播放的音乐，朝目标射击的声音，喊叫声，马的嘶鸣声，驴叫声，发动机的鸣叫声。在林荫道的入口处，有几辆黄色大篷车。一些孩子在车轴、车轮和冥思苦想的马之间玩耍。一个吉普赛妇女坐在一个凳子上，她的头偏向一边。她一边梳着她那乌黑的头发，一边跟孩子们说话；当她的头发被唰地摔下来时，一只小狗逮住了发梢。不远处有以椰子为靶子的投靶游戏，近视眼骑自行车表演，投掷萨利大婶游戏，还有一排排的金鱼缸——需要投进去一个小球才能获得奖品，堆满了玩具、廉价珠宝和糖果的货摊，肥胖的妇女——她们很大胆，头发黝黑发亮或黄色，从举止和表情看，她们是那些需要在世界上排除困难前进的女人——在旁边喋喋不休地吆喝着招徕生意。在这一切的后面，女人们在大篷车之间洗漱，帮助她们的孩子洗漱，在噼啪响的红色火焰上准备食物；马儿们将鼻子放在摊位上，放着芸芸大众；黄色的大狗或者蜷缩在车轮之间，或者在人群中嗅来嗅去。

一些男人在卖钱包，一个钱包连同一个沙弗林的价格是六便士。这些男人嗓门高，身体肥胖，他们是典型的四海为家者。他们主要说伦敦土话，不停地说着甜言蜜语，并且夹杂着狡猾的粗俗俚语。乡村警察待在不引入注目的地方，对于他们的责任感到迷惑；但是最终，他们被那些擅长戏剧表演的人的语言天赋弄得失去了活动的能力。一个男人在面前放了一张柜台，他让你用五个材料为锌的小圆盘去覆盖一个被染成红色的大圆盘。每个尝试者需要支付两便士，但是他许诺将一只手表送给最终成功的伟大人士。在一系列的失败尝试之后，他向众人展示这一切是多么地容易，脸上显露出和蔼而又厌烦的表情。然后他绝望地抬起头，恳求观众中更有勇气的人上来尝试。众人一直观望着，有些犹豫不决。最后他从人群后面挑选出一个最扭捏的乡下人，并且说："我喜欢你的面孔。你是个好人。你的面孔看起来很欢乐，只有富人才有悲伤的面孔。因此，我要奖励你尝试一次。"那位英雄走出来，并且成功了，但是因为这是免费尝试，他不能得到手表。然而，当他花两便士再次尝试的时候却失败了。另外一个人尝试后，他叫道："天啊，你差一点就成功了。"一个女人也来尝试，快完成时，他突然说道："你很漂亮，女士。"然后她就失败了。很多次尝试后，那个擅长表演的人准备好将手表送人，却在最后一刻激动地说（静静地将手表放回原地）："我以为你上次会成功……来吧，这是世界上最好的游戏。"他再次重复那个花招，然后一边迅速将盘子放到一起，一边喊道："我认为这是个愚蠢的游戏。"他像是一个向愚蠢的世界展示如何赢得美德的牧师：他有一大群观众，很多人失望地离开了。人们望着他，他们相信，跟他一起旅行的那个女人不是他的妻子，这让他们感到很满足。

在林荫道地势较高的一端是电影放映机的入口，它被染成俗气的绿色、金色和红色，还装饰着浮雕。放映机比观众高几英尺。门前的平台上站着两个化了妆的男人和一个女孩。那个女孩的鼻子很大，嘴巴很松弛，随时准备微笑；但是她很不安、很不高兴，似乎知道自己的化妆无法让她完全摆脱大众的凝视，自己的眼睛被涂得很糟糕，白色的丝袜被弄脏了，短裙下的腿太细，黄色的头发太僵硬了。她与一个能说会道的小丑倚靠在一起，看起来疲倦不堪；后者的脸上有粗糙的浅黄色的刘海，这让她感到很痒；当后者试图吻她时，引起了观众的大笑。另外一个表演者是柔体杂技演员，他矮小瘦弱，穿着不合身的肮脏短上衣，上面有很多黄铜小纽扣；他肮脏的棕色裤子上有纵横交错的黄色条纹；他把手插在口袋里；他短而翘的鼻子是粉红色的；他两边脸颊上都有一道红色的条痕，这让那张瘦弱的脸显得更加瘦弱、更加阴郁。

他的忧郁似乎出于本性，但是这让他更加粗俗，因为当女孩的腿暴露太多时，他会转过脸去假笑，并且很快抛弃脸上忧郁的神情。人群在观看，他们相互斜视对方以明白演员的暗示。有些人很着迷，无意识地微笑着；但是大多数人都无情地控制着自己，不让那个女孩、杂技演员、小丑激起他们的感情，不让自己产生关于他们不安定生活的想法。一些人无精打采地喷洒了一点水，或者抛洒五彩纸屑。其他人不时看看本郡是否有人胆敢在光天化日之下进入那个写着"仅供男士"的小室——门口站着一个穿着破烂而又俗气的女人，她四十五岁，轻蔑地咧着嘴笑。

　　人群来回地移动：穿着做作的孩子们拿着色彩艳丽的玩具、鱼缸、椰子；吉普赛孩子戴着蓝色、绿色、红色的围巾；身体瘦弱、皮肤被晒成深棕色、脖子粗糙的工人将自己禁锢在最好的衣服里，有一个人除外——他已经过了中年，但是依然高大挺拔；他的头发灰白，头上戴着一顶上好的黑色软帽；他戴着白围巾，穿着白夹克、深棕色的灯芯绒裤子，脚下黑色的靴子闪闪发光。

摊位后面的开阔石楠荒地里，人们正在以拍卖的形式卖马。巨大的拉车马扬起后蹄，它们从人群和动物群中奔跑出来，它们的脖子上挂着一个矮个子人。肥胖的男人们绑着灰色绑腿，他们一瘸一拐地跟在后面。或者为了装饰的效果，那些动物被驱赶着，在一排排男人之间快步小跑，然后又回到拍卖师的身边。人们用几尼喊出马的价格，中间夹杂着它们是干活能手的说法。一个小男孩在后面用鞭子驱赶它们，对它们大声吆喝。一个身体肥胖、僵硬的男人在前面领着它们；为了让它们在奔跑结束的时候转身，他将自己宽阔的后背插入马群。爱尔兰商人四处逛荡，试图不通过拍卖卖马。他们的成年马和马驹上扎了淡黄色和红色的丝带，安静地站成一排。突然，一个男孩牵着一匹马的缰绳将它拉出来，让它在自己的周围迅速旋转，又突然让它停下，然后再开始。男孩的手里拿着一面坚硬的粉色旗帜，用它打马的脸，戳它的肋骨。这只膘肥体壮、小脑袋的倔强野兽疯狂地弓背跳跃；如果它拒绝这样做的话，男孩就会高声喊"喔呼"，像一只动物一样诅咒、咆哮。这样持续了大概五分钟，男孩从未减弱他的诅咒、咆哮、高声喊叫、挥舞旗帜。那匹马被领回去，接着是一阵平静的小声嘟哝声，另外一匹马被领出来。到处都是拉车母马（它们巨大的脚上都垫了垫子）和它们的马驹，到处都是隔着长长的白蜡树枝向前躬身，相互低声交谈的人群。马儿们或奔跑，或走路，或退回人群。一群群的小公牛被驱赶着穿过荆豆丛。一排排的公牛浑身大汗淋漓，但是沉默而又安静，它们低着头等待。粉色旗帜再次被挥舞起来。一个商人抓住一个陌生的爱马人的胳膊，低声对他耳语几句，然后给他看马儿的牙齿。这个商人是个高大的爱尔兰人，他的面孔扁平，鼻子弯曲，声音低沉，带着笑声。他不停地微笑，但是当看到一个可能的买主时，脸上就会换上一副狡猾的表情——该表情如此明显，以至于它下面开心的表情都被暴露无遗。不管是胜利还是被拒绝，他的表情始终保持不变，甚至当一天结束之时也是如此——此时，他领走自己的马，在路边的一个小旅馆里停下；他站在路边上喝酒，但是首先让离他最近的人海饮一口。

整整一个星期，每天晚上都下雨。雨终于在一天清晨停了，天空雾蒙蒙的。在一小块平地里，杂草和从树篱上剪下来的植物在阴燃。灰烬是红色的，稍微带点蓝色的白色烟雾像一件神圣而又朦胧的衣服，它在那个正在将灰烬耙开的男孩周围流动。温度很好。那个男孩身材挺拔、体格健壮，他的皮革紧身绑腿超过膝盖。他无精打采地做着自己的任务，时常靠到耙子上，望着盘旋着远离他的烟雾——它像一只极不情愿地被束缚的怪物，有时候突然勃然大怒，四处喷洒火花。他加了一些被淋湿的干草，烟雾从当中涌流而出，像乳白色的羊毛——当剪羊毛手用剪刀将最里面的羊毛显露出来时。在他的上方和远处，淡蓝色的天空被山毛榉树林上方的白色云朵所遮盖，树林里的各种绿色、黄色、黄绿色被大清早的光线点亮，但是下面的蓝色阴影尚无法被光线所穿透。阵阵炊烟从乡村房舍那古色古香的阴暗屋顶上缭绕升起，然后斜穿过树林。炊烟的下面是黄色的向日葵、大丽花、白色的银莲花，还有一簇簇叶子嫩绿、花朵淡紫色的番红花——它们冲破黑色的土地，惊奇地站立在自身发散的微光中，这些微光似乎来自地下，它们似乎也来自于此；有时候四处飘荡的炊烟像围巾一样将这些花儿围住。知更鸟在跌落在地的苹果中唱歌，林鸽的咕咕声与柔和的光线和村舍的颜色协调一致。黄色的苹果闪闪发光，这光线来自于正在融化的霜花。在万物表面怡人的温暖下潜伏着严寒的小精灵。只要一动不动地站一会儿，寒气就会带着警告潜入体内，然后侵入胸脯。这种寒气让这一年的今天如此悲恸，尽管它依然美丽动人。颜色和优雅诱惑着我们安静地沉思，陷入长长的梦乡；而霜花却迫使我们行动。周围有木材烟雾、水果和落叶的味道。这是秋天庆典的开始，是大规模渐进死亡的开始——人类的生命虽然无法与之匹敌，却被吸引着向它靠近。这是肉体的死亡，我们看到它经过一种我们只能称之为精神之美的事物，它是如此陌生，如此难以接近。看到此种完美（多次在终结之前被实现）会唤醒人类对于永恒的欲望。现在，现在就是那一刻。让一切如此，永远如此。再没有什么需要考虑，让这些保持不变。但是，我们有一种预感，它们不应该只存在一会儿。秋天的轨迹是衰落和投降，这无须花费任何力气；因此，大脑无法长久忽略事物的循环，而在春天它可以这样——此时，为了上升而付出的努力以及由此获得的喜悦遮盖了最终的结果和衰落。到目前为止，已经下了几场霜，一场暴风雨，还有几场时时徘徊不去的浓雾。不久前悬挂在陡峭山坡上的漆黑、厚实、结实的树林已经变了样，它们单薄、变化无常、幽灵般苍白。一只公鸡在雾蒙蒙的早晨啼叫，啼声在色彩缤纷的树木之间回响，它似乎想要挑战一下它们的精灵，让它们出来，与我们见个面，但是一切都徒然。几个月以来，树林都很友好、和善，它们是我们行动和思考的伴侣和背景，它们是一栋大厦的宽阔墙壁，完全属于我们所有。我们本可以一直与它们生活在一起。我们已经放弃了新婚之时爱的激情和狂喜，但是我们没有忘记它们。我们不可能对那些西班牙栗子树变得冷漠无情——它们长在路两边多石陡坡的顶部，它们的树叶在我们的头顶上交汇。所有树木当中，长势良好的栗子树是最值得看的树木之一，因为它的树叶不那么稠密，而且大多数长在大树枝上，所以光线很容易透过所有水平树叶照射下来，每一片树叶的形状都没有被埋没；与此同时，树枝上醒目的弯曲部分却光秃秃的，很容易从半透明的绿叶中看到它们。栗子树的树干弯曲，树皮上美丽的凹痕通常呈螺旋状。栗子树的大枝不多，而且彼此相距甚远，因此可以形成静悄悄的大卧室，或者鸟儿们的歌唱室，室内光线柔和、树荫清凉。栗子树的树叶一起变成皮革色，当落下时，它们很顽强，在地上显示它们的形状，长久不愿意融入被践踏得很凄惨的主人的怀抱中。当第一片深褐色的落叶从眼前飘过、像池塘里的一艘独木舟时，我们再次恢复了对时间的认知和恐惧。朝春天树篱上攀爬的牛筋草现在完全变成了灰色；它们依然在老地方，只是不再攀爬。此时主要是黄色的花朵，它们开在白蜡树树干周围的深色常春藤上；当它们爬上冬青，形成一堵阳光明媚的结实墙壁时，或者当它们爬上树篱时，一大群翅膀透明的黄蜂和与黄蜂相似的昆虫总是在花朵上，有时候一个路过的幽灵用嗡嗡的声音将它们暂时驱散。但是这些无法长久留住我们的眼睛，无法让它们避开大片白云下被迷雾笼罩着的衰败树林；无法让它们避开我们膝盖周围琥珀色、橘黄色的欧洲蕨和远处金色山毛榉树丛中的蓝色凹穴 —— 此时天空虽然蔚蓝，但是已经开始被松散的乌云覆盖；也无法让它们避开暮空下俯首的杨树 —— 它们的枝头上挂着稀疏的树叶；也没有芬芳的花儿来掩盖枯叶和腐烂水果的味道。我们必须看着这一切，直到最后；我们必须慢慢地获得智慧、获得忘却的记忆，以便接受冬天的福祉。当然，也有暂停的时刻，亦即似乎这个正在衰落的盛典的暂停时刻：在下午，秃头乌鸦在它们的山毛榉家园里漫步、啼叫，鸽子们兴高采烈地咕咕叫；在清晨，溪谷里的白雾被挤压得像白雪，高处的树林接受了同一高度的光线，无数露珠在蜘蛛吊床上的每一根丝线上、在荆棘丛中松散、陡峭的蛛网上闪闪发光，迷雾中传来一英里外的铁砧奏出的音乐——像在山毛榉和丝线般的白云之间盘旋、跳跃的寒鸦的歌声一样欢快；在上午，蓝色的飞蓬和美丽动人的欧石楠花丛中的草地上弥漫着香菇和黑莓的芳香；在紫色的傍晚，霜花降临前，知更鸟热情地歌唱、尖叫，花园的地上飘浮着带来黑色世界的消息的上百种茎的味道；在十一月的某些时刻，到处都飘扬着画眉的柔和乐声。结局应该在持续的大雨中来临。无论何时，我都喜欢雨，清晨的雷雨、如注的暴雨，或者夜晚的阵雨、绵绵细雨、山地暴雨。我喜欢在傍晚看着雨主宰着整个大地，让文明窒息，并且带走我的一切（除了我在漆黑的树木下行走、像发出咝咝声的杂草一样谦虚地享受一切的能力之外）此时，某栋房子里闪烁着灯光，某个断肠人唱着孤独的歌，他们衬托着这浩瀚无边的黑暗力量。我喜欢看着大雨将街道和火车站变成一片纯粹的沙漠，不管它们是否有路灯照耀。雨水从房顶、树枝上流下来，带着泡泡进入水桶。它让灰色的河流具备一种恶魔般的崇高。它迅速流过道路，让燧石移动，让林间小路上光泽的白垩暴露出来。它一直工作，像大地一样持久。它从事着关于永久的事业。从它的噪音和多面性中，我感受到永恒事物的短暂之美。很多天之后，大雨在一个午夜与狂风一起停止。第二天拂晓，万籁俱寂，世界上最后一朵玫瑰花将它的花瓣丢弃到闪闪发亮的白色霜花上，猩红的花瓣长眠于隆冬的荒凉海岸上。

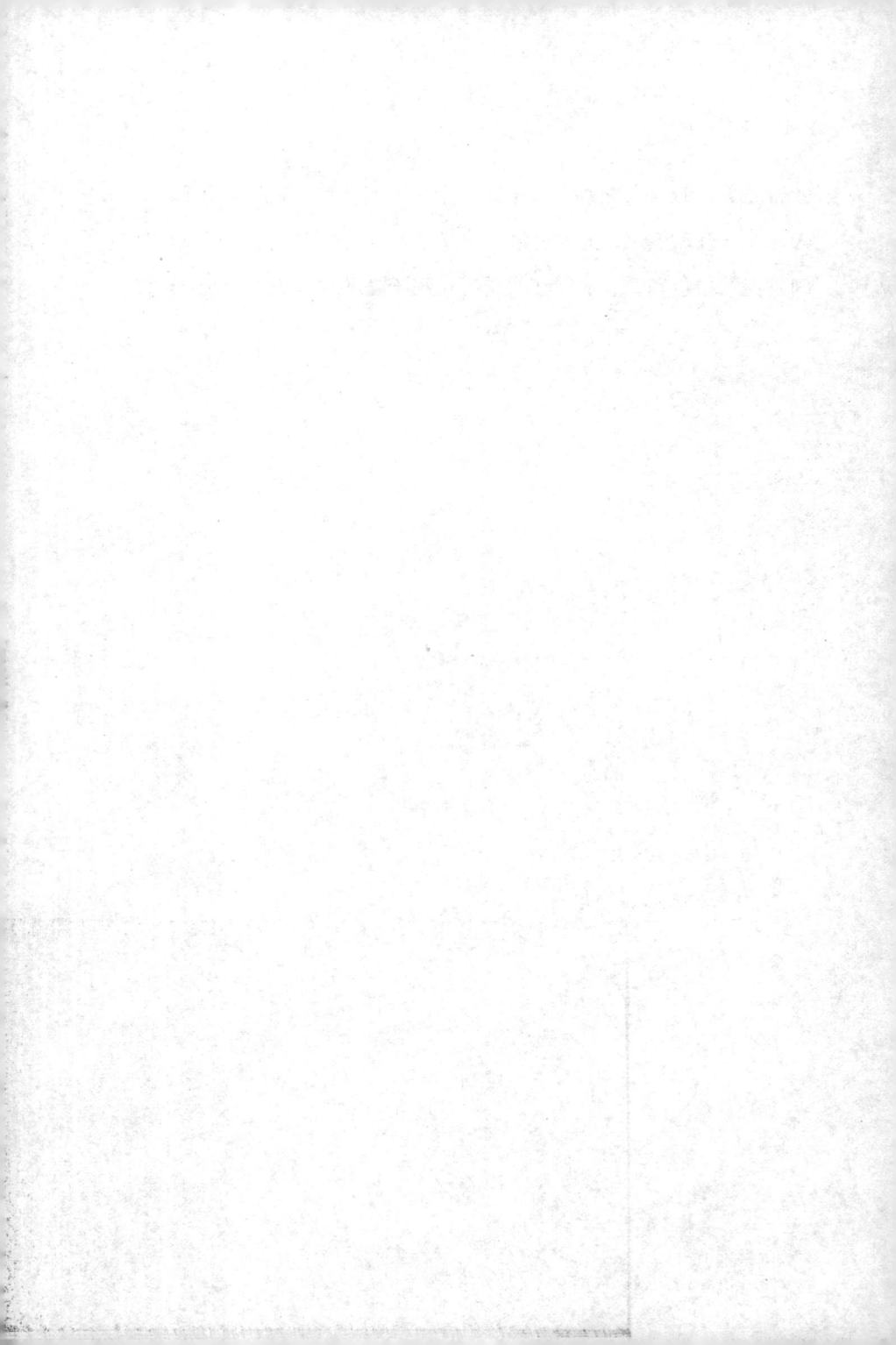